CAUSAS NADA NATURAIS

FSC
www.fsc.org
MISTO
Papel produzido a partir de fontes responsáveis
FSC® C019498

A marca FSC é a garantia de que a madeira utilizada na fabricação do papel deste livro provém de florestas de origem controlada e que foram gerenciadas de maneira ambientalmente correta, socialmente justa e economicamente viável.

P. D. JAMES

CAUSAS NADA NATURAIS

TRADUÇÃO
Fernanda Abreu

COMPANHIA DAS LETRAS

Publicado anteriormente no Brasil como
Um cadáver mutilado (Francisco Alves, 1985).

Proibida a venda em Portugal

Grafia atualizada segundo o Acordo Ortográfico da Língua Portuguesa de 1990, que entrou em vigor no Brasil em 2009.

Título original
Unnatural causes

Capa
Elisa v. Randow

Foto de capa
© Jens Haas/ Corbis (RF)/ LatinStock

Preparação
Jacob Lebensztayn

Revisão
Luciane Helena Gomide
Márcia Moura

Dados Internacionais de Catalogação na Publicação (CIP)
(Câmara Brasileira do Livro, SP, Brasil)

James, P. D.
Causas nada naturais / P. D. James ; tradução Fernanda Abreu. — São Paulo : Companhia das Letras, 2011.

Título original: Unnatural causes
ISBN 978-85-359-1915-8

1. Ficção policial e de mistério (Literatura inglesa) I. Título.

11-05946 CDD-823.0872

Índice para catálogo sistemático:
1. Ficção policial e de mistério : Literatura inglesa 823.0872

2011

EDITORA SCHWARCZ LTDA.
Rua Bandeira Paulista 702 cj. 32
04532-002 — São Paulo — SP
Telefone (11) 3707-3500
Fax (11) 3707-3501
www.companhiadasletras.com.br
www.blogdacompanhia.com.br

SUMÁRIO

LIVRO UM
Suffolk, 7

LIVRO DOIS
Londres, 157

LIVRO TRÊS
Suffolk, 205

LIVRO UM

1

O cadáver sem mãos estava deitado no fundo de um pequeno barco à vela à deriva, não muito longe do litoral de Suffolk. Era o corpo de um homem de meia-idade, um cadáver pequeno e bem-apessoado, cujo sudário, um terno escuro risca de giz, caía com tanta elegância na morte quanto caíra em vida naquele corpo franzino. Os sapatos feitos à mão reluziam, a não ser por certo desgaste nos bicos, e o nó da gravata de seda estava intacto sob o pomo de adão saltado. O desafortunado viajante estava vestido com cuidadosa ortodoxia para a cidade; não estava vestido para aquele mar solitário; tampouco estava vestido para a morte.

Era início de tarde, em meados de outubro, e os olhos vítreos estavam voltados para cima, em direção a um céu de um azul surpreendente, pelo qual o leve vento sudoeste arrastava alguns retalhos esgarçados de nuvens. O casco de madeira do barco, sem mastro nem suportes para remos, batia de leve sobre as ondas do mar do Norte, fazendo a cabeça se mover e rolar como se dormisse um sono intranquilo. Mesmo em vida, aquele tinha sido um rosto pouco digno de nota, e a morte nada fizera senão lhe imprimir uma expressão vazia e triste. Os cabelos louros brotavam esparsos de uma testa alta e proeminente, e o nariz era tão estreito que a crista branca do osso parecia prestes a perfurar a pele; a boca pequena, de lábios finos, se abrira para revelar dois incisivos saltados que davam ao rosto inteiro o aspecto arrogante de uma lebre morta.

As pernas, ainda imobilizadas pela rigidez cadavérica,

estavam encaixadas de um lado e de outro da estrutura que protegia a bolina, e os antebraços tinham sido posicionados descansando sobre o banco. Ambas as mãos haviam sido cortadas na altura dos pulsos. A hemorragia fora branda. Em cada um dos antebraços, um filete de sangue traçara uma teia escura entre os pelos louros enrijecidos, e o banco estava manchado, como se houvesse feito as vezes de uma tábua de cortar. Mas era só isso; o resto do cadáver e as tábuas do barco não exibiam nenhum sangue.

A mão direita tinha sido removida com um corte limpo, e a extremidade curva do rádio reluzia, branca; mas a esquerda fora cortada com muito menos perícia, e as lascas serrilhadas de osso, afiadas como agulhas, despontavam da carne aberta. Ambas as mangas do paletó e os punhos da camisa tinham sido arregaçados para a carnificina, e duas abotoaduras de ouro gravadas com iniciais, agora soltas, cintilavam conforme iam girando devagar e refletindo o sol de outono.

O barco, cuja pintura gasta já estava descascando, flutuava como um brinquedo esquecido em um mar quase vazio. No horizonte, a silhueta dividida de uma embarcação de cabotagem descia Yarmouth Lanes; nada mais se via. Por volta das duas da tarde, um pontinho preto desceu cruzando o céu em direção à costa arrastando atrás de si sua cauda de fumaça, e o ar foi cortado pelo alarido de motores. Então o rugido se distanciou, e outra vez não se pôde ouvir nenhum barulho fora o da água batendo no casco do barco e o grito ocasional de uma gaivota.

De repente, o barquinho balançou com violência antes de se aprumar e ir virando devagar. Como se fosse capaz de sentir o forte puxão da correnteza em direção à costa, começou a se mover de maneira mais decidida. Uma gaivota de cabeça negra, que havia pousado de leve na proa e se encarapitado ali, rígida como uma carranca, ganhou o ar com gritos estridentes e começou a voar em círculos acima do cadáver. De forma lenta e inexorável, com a água a chapinhar junto à proa, o barquinho foi levando seu macabro carregamento em direção à margem.

2

Logo antes das duas da tarde nesse mesmo dia, Adam Dalgliesh, superintendente da Scotland Yard, subiu devagar com seu Cooper Bristol no passeio gramado em frente à igreja de Blythburgh e, no minuto seguinte, passou pela porta da capela norte e adentrou a brancura fria e prateada de um dos interiores de igreja mais belos de Suffolk. Estava a caminho de Monksmere Head, logo ao sul de Dunwich, para passar dez dias de férias de outono com uma tia solteira, sua única parente viva, e aquela era sua última parada no trajeto. Ele havia deixado seu apartamento na City antes de Londres acordar e, em vez de pegar o caminho direto até Monksmere passando por Ipswich, havia bifurcado ao norte em Chelmsford para entrar em Suffolk por Sudbury. Tomara café da manhã em Long Melford, depois pegara a direção oeste, rumo a Lavenham, para percorrer, em ritmo lento e descontraído, a paisagem verde e dourada do mais selvagem e pouco urbanizado dos condados ingleses. Seu humor teria estado totalmente condizente com o dia, não fosse uma preocupação que não o deixava em paz. Antes daquelas férias, ele vinha adiando propositalmente uma decisão pessoal. Antes de voltar para Londres, teria que decidir finalmente se pediria ou não Deborah Riscoe em casamento.

Por mais irracional que isso parecesse, a decisão teria sido mais fácil se ele não soubesse com tanta certeza qual seria a resposta dela. Isso fazia recair sobre ele toda a responsabilidade quanto à decisão de trocar o *status quo* atual e satisfatório (bom, em todo caso satisfatório para ele, e certamente era possível afirmar que Deborah estava mais feliz agora do que um ano antes... ou será que não?) por um compromisso que, segundo ele desconfiava, ambos iriam considerar irrevogável qualquer que fosse o desfecho. Poucos casais são mais infelizes do que aqueles orgulhosos demais para reconhecer a própria infelicidade. Ele conhecia alguns dos riscos. Sabia que ela não gostava do trabalho que ele fazia, que este a deixava infeliz. Isso não era de espantar e, na realidade, considerado de forma isolada, tampouco era importante. Aquele trabalho era uma escolha sua, e ele jamais precisara da aprovação ou do incentivo de quem quer que fosse. Mas era complicado pensar que cada plantão e cada emergência teriam de ser precedidos por um telefonema de desculpas. Enquanto ele passeava para lá e para cá sob o magnífico telhado de caibro e vigas em arco, e sorvia o aroma anglicano da cera usada para lustrar a madeira, das flores e dos velhos hinários úmidos, ocorreu-lhe que conseguira aquilo que desejava quase no mesmo instante em que havia desconfiado não desejar mais. Essa é uma experiência demasiado corriqueira para provocar a decepção duradoura de um homem inteligente, mas ainda assim tem o poder de desconcertar. O que o desanimava não era a perda da liberdade; os homens que mais protestavam em relação a isso em geral eram os menos livres. A perda de privacidade era muito mais difícil de encarar. Mesmo a perda da privacidade física era difícil de aceitar. Enquanto corria os dedos pelo atril de madeira esculpida do século XV, ele tentou imaginar a vida no apartamento de Queenhithe com Deborah sempre presente, não mais uma visita aguardada com ansiedade, mas parte de sua vida, e jurídica e oficialmente sua parente mais próxima.

Era uma época difícil na Scotland Yard para lidar com problemas pessoais. Recentemente, fora feita na corporação uma reorganização importante cujo resultado havia sido a inevitável perturbação de alianças e rotinas, e o esperado quinhão de boatos e insatisfações. E a pressão profissional não havia arrefecido. A maioria dos agentes mais graduados já tinha jornadas de trabalho de catorze horas. O seu último caso, embora resolvido com sucesso, fora particularmente tedioso. Uma criança havia sido assassinada, e a investigação se transformara em uma caçada humana do tipo que ele menos apreciava e para o qual tinha o temperamento menos adequado — uma incansável e persistente verificação de fatos realizada sob os holofotes da opinião pública e prejudicada pelo medo e pela histeria da vizinhança. Os pais da criança tinham se agarrado a ele como dois banhistas que se afogam, em busca de reconforto e esperança, e ele ainda podia sentir o fardo quase físico de sua tristeza e culpa. Fora preciso ao mesmo tempo reconfortá-los e lhes servir de confessor, vingá-los e lhes servir de juiz. Não havia nada de novo nisso para ele. Dalgliesh não tivera nenhum envolvimento pessoal com o luto do casal, e essa distância, como sempre, havia sido a sua força, assim como a raiva e o comprometimento intenso e indignado de alguns dos seus colegas teriam sido a deles. Mas a pressão do caso ainda não o abandonara por completo, e seria preciso mais do que os ventos de um outono em Suffolk para apagar determinadas imagens de sua mente. Nenhuma mulher sensata poderia esperar um pedido de casamento no meio daquela investigação, e Deborah não havia feito isso. O fato de ele ter encontrado tempo e energia para concluir seu segundo livro de poemas poucos dias depois da prisão do culpado era algo que ambos evitaram mencionar. Ele ficara arrasado ao constatar que mesmo o exercício de um talento menor podia ser usado como desculpa para o egoísmo e a inércia. Recentemente, não andava gostando muito de si mesmo, e talvez fosse excesso de otimismo achar que aquelas férias pudessem mudar isso.

Meia hora mais tarde, Dalgliesh fechou a porta da igreja suavemente atrás de si e iniciou os últimos quilômetros da viagem até Monksmere. Escrevera à tia dizendo que provavelmente chegaria às duas e meia e, com sorte, conseguiria cumprir o horário quase à risca. Se, como de hábito, sua tia saísse do chalé às duas e meia, poderia ver o Cooper Bristol surgir no alto da encosta que ia dar na praia. Pensou com carinho na silhueta alta e angulosa da tia à sua espera. Pouca coisa era inabitual em sua história, cuja maior parte dos fatos ele havia adivinhado, concluído quando ainda garoto a partir dos arremedos de conversa descuidados da mãe, ou simplesmente os conhecia como fatos concretos de sua infância. O noivo da tia morrera em 1918, apenas seis meses antes do Armistício, quando ela era moça. A mãe dela, mulher mimada, de beleza frágil e, como a própria tia costumava admitir, o pior tipo de esposa possível para um cura erudito da zona rural, aparentemente pensava que tal sinceridade justificasse e desculpasse por antecipação qualquer arroubo de egoísmo ou excentricidade da sua parte. Não gostava de presenciar a dor alheia, pois esta tornava os outros temporariamente mais interessantes do que ela própria, e decidiu ficar abaladíssima com a morte do jovem capitão Maskell. Fosse qual fosse o sofrimento vivido por sua filha, moça sensível, pouco comunicativa e de temperamento um tanto difícil, era preciso deixar bem claro que ela estava sofrendo mais ainda; três semanas depois de recebido o telegrama, a mãe de sua tia falecera de gripe. Pairam dúvidas se tal atitude extrema era de fato a sua intenção, mas ela teria ficado satisfeita com o resultado. Da noite para o dia, o marido transtornado esqueceu todas as irritações e ansiedades do casamento e passou a se lembrar apenas da alegria e beleza da esposa. Naturalmente, era impensável que ele tornasse a se casar, e de fato isso nunca ocorreu. Jane Dalgliesh, cuja própria dor quase ninguém mais tinha tempo de recordar, assumiu o lugar da mãe como anfitriã da residência paroquial e permaneceu ao lado do pai até sua aposentadoria, em 1945, e sua morte dez anos depois. Era uma mulher de grande inteligência, e, caso considerasse insatisfatória a rotina anual de cuidados com a casa e atividades da paróquia, tão previsíveis e incontornáveis quanto o ano litúrgico, nunca chegou a mencioná-lo. Seu pai tinha tanta certeza da suma importância da própria vocação que jamais lhe ocorreu que os talentos de outra pessoa pudessem ser desperdiçados a seu serviço. Jane Dalgliesh, que mereceu o respeito mas nunca o amor dos membros da paróquia, fez o que precisava ser feito, e se consolou com o estudo dos pássaros. Após a morte do pai, os documentos que ela publicou, registros de uma observação meticulosa, proporcionaram-lhe alguma notoriedade; com o tempo, o que a paróquia outrora chamava com desdém de "o pequeno hobby da srta. Dalgliesh" a transformou em uma respeitadíssima ornitóloga amadora. Pouco mais de cinco anos antes, ela vendera a casa de Lincolnshire para comprar Pentlands, um chalé de pedra nos limites de Monksmere Head. Era ali que Dalgliesh ia visitá-la duas vezes por ano.

Não eram apenas visitas de obrigação, embora ele pudesse ter sentido certa responsabilidade pela tia caso esta não fosse tão obviamente autossuficiente a ponto de, às vezes, o simples fato de sentir afeto parecer uma espécie de ofensa. Mas o afeto existia, e ambos sabiam disso. Dalgliesh já saboreava de antemão a satisfação de encontrá-la e os prazeres garantidos daquelas férias em Monksmere.

Um fogo aceso na ampla lareira estaria espalhando seu aroma por todo o chalé, e diante da lareira estaria a poltrona de espaldar alto que outrora ficava no escritório do pai de Dalgliesh, na casa paroquial em que este havia nascido, cujo couro tinha o cheiro da sua infância. Haveria um quarto de dormir mobiliado com simplicidade, com vista para o mar e para o céu, uma cama confortável, embora estreita, com lençóis levemente recendendo à fumaça de lareira e alfazema, bastante água quente e uma banheira comprida o bastante para um homem de um metro e oitenta e oito de altura se esticar confortavelmente. Sua tia, ela própria com um metro e oitenta e três, nutria um apreço masculino pelos luxos essenciais da vida. De um ponto de vista mais imediato, haveria chá em frente à lareira e torradas quentes com manteiga acompanhadas de patê caseiro. E o melhor de tudo: não haveria nenhum cadáver, nem conversas a respeito. Ele desconfiava que Jane Dalgliesh estranhasse o fato de um homem inteligente decidir ganhar a vida capturando assassinos, e ela não era o tipo de pessoa que fingia um interesse educado quando na verdade não o tinha. Não exigia nada dele, nem mesmo carinho, e por esse motivo era a única mulher do mundo com a qual ele se sentia totalmente em paz. Dalgliesh sabia exatamente o que aquelas férias poderiam lhe proporcionar. Os dois dariam caminhadas, muitas vezes em silêncio, pela faixa úmida de areia firme entre a espuma do mar e a encosta de seixos da praia. Ele carregaria a parafernália de desenho da tia, enquanto ela andaria um pouco na frente, com as mãos enterradas nos bolsos do casaco e os olhos a buscar os lugares onde os chascos haviam pousado na praia, mal se distinguindo dos seixos, ou então a acompanhar o voo de uma andorinha-do-mar ou maçarico. Seriam momentos de paz e descanso, sem qualquer exigência; ao cabo de dez dias, porém, ele voltaria para Londres com uma sensação de alívio.

Ele estava agora atravessando a floresta de Dunwich, onde as plantações de abetos escuros do Departamento Florestal margeavam a estrada. Já tinha a impressão de sentir o cheiro do mar, e o gosto salgado que o vento lhe trazia era mais forte do que o aroma acre das árvores. Dalgliesh se animou. Sentiu-se como uma criança que volta para casa. Então a floresta terminou, e o sombrio verde-escuro dos abetos foi interrompido por uma cerca de arame a separá-lo dos campos e sebes coloridos. Logo, as cores também passaram, e ele atravessou os tojos e urzes das charnecas a caminho de Dunwich. Quando chegou ao vilarejo e virou à direita para subir a colina que margeava o perímetro murado do monastério franciscano em ruínas, ouviu o barulho da buzina de um carro e viu um Jaguar passar zunindo em alta velocidade. Teve um vislumbre de cabelos escuros e da mão de alguém erguida em um cumprimento antes de o carro sumir de vista com uma buzinada de adeus. Pelo visto, o crítico de teatro Oliver Latham estava passando o fim de semana em seu chalé. Era pouco provável que isso fosse atrapalhar Dalgliesh, pois Latham não ia a Suffolk em busca de companhia. Como seu vizinho mais próximo, Justin Bryce, ele usava o chalé para descansar da vida londrina, e talvez dos próprios londrinos, embora frequentasse Monksmere menos do que Bryce. Dalglieh já havia cruzado seu caminho uma ou duas vezes, e identificara nele uma inquietação e uma tensão que reproduziam um aspecto de seu próprio temperamento. Latham era um notório apreciador de carros velozes e gostava de dirigir em alta velocidade, e Dalgliesh desconfiava que usasse os trajetos entre Londres e Monksmere para se desopilar. Era difícil imaginar que outro motivo o faria manter o chalé. Suas visitas eram raras, ele quase nunca trazia suas mulheres, não demonstrava o menor interesse por mobiliar a casa, e a usava sobretudo como base para passeios de carro enlouquecidos pela região, tão violentos e irracionais que pareciam uma espécie de catarse.

Quando Rosemary Cottage surgiu na curva da estrada, Dalgliesh acelerou o carro. Tinha poucas esperanças de conseguir passar despercebido, mas pelo menos podia dirigir a uma velocidade que tornasse pouco razoável parar. Ao passar chispando, pôde ver de relance um rosto em uma das janelas do primeiro andar. Bem, aquilo era de esperar. Celia Calthrop se considerava a decana da pequena comunidade de Monksmere e havia atribuído a si mesma determinados deveres e privilégios. Caso os vizinhos cometessem a insensatez de não mantê-la a par das idas e vindas deles próprios e de seus hóspedes, ela estava disposta a fazer algum esforço para descobrir por conta própria. Tinha um ouvido apurado para qualquer carro que se aproximasse, e a localização de seu chalé, bem no ponto em que a estrada de terra batida que cruzava a encosta da praia encontrava a estrada asfaltada vinda de Dunwich, proporcionava-lhe ampla oportunidade para vigiar tudo o que acontecia.

Fazia doze anos que a srta. Calthrop havia comprado Brodie's Barn, o "celeiro de Brodie", que rebatizara de Rosemary Cottage, "chalé do alecrim". Comprara o chalé, uma casinha de pedra caindo aos pedaços, por um preço baixo, e o transformara de maneira igualmente barata, depois de importunar delicada mas insistentemente a mão de obra local, no ideal romantizado das leitoras de seus livros. A casa aparecia com frequência nas revistas femininas, que a qualificavam de "a deliciosa residência de Celia Calthrop em Suffolk onde, em meio à paz do campo, ela escreve os deliciosos romances que tanto encantam nossas leitoras". Por dentro, à sua maneira pretensiosa e sem gosto, Rosemary Cottage era bem confortável; por fora, tinha tudo que sua dona considerava adequado para um chalé rural: telhado de sapê (muito caro em matéria de seguro e manutenção), um jardim de ervas (no caso, um canteiro de aspecto sinistro; a srta. Calthrop não tinha muito talento com as ervas), um pequeno lago artificial (malcheiroso no verão) e um abrigo para pombos (que os pombos se recusavam obstinadamente a frequentar). Havia também um gramado bem cuidado onde a comunidade dos escritores — expressão de Celia — recebia convites para tomar chá no verão. No início, Jane Dalgliesh tinha sido excluída dos convites, não por não se apresentar como escritora, mas por ser uma mulher solteira, solitária e idosa, e, portanto, segundo a escala de valores da srta. Calthrop, um fracasso social e sexual que merecia apenas ser tratada com uma gentileza algo desdenhosa. Mas então a srta. Calthrop descobriu que a vizinha era considerada uma mulher distinta por pessoas bem qualificadas para tal julgamento, e que os homens que, a despeito das convenções sociais, frequentavam Pentlands e podiam ser vistos passeando pela orla entretidos com a companhia de sua anfitriã, eram muitas vezes também distintos. Outra descoberta foi ainda mais supreendente. Jane Dalgliesh costumava jantar com R. B. Sinclair em Priory House. Nem todos os que tinham em alta conta os três romances de Sinclair, o último deles escrito mais de trinta anos antes, sabiam que ele ainda estava vivo. Mais raros ainda eram aqueles convidados a compartilhar sua mesa de jantar. A srta. Calthrop não era mulher de insistir no erro e, da noite para o dia, a srta. Dalgliesh virou "querida Jane". Esta, por sua vez, continuou a chamar a vizinha de "srta. Calthrop" e deu tão pouca atenção a essa aproximação quanto dera ao desdém anterior. Dalgliesh nunca soube ao certo o que a tia realmente achava de Celia. Ela raramente falava sobre os vizinhos, e as duas mulheres se encontravam muito raramente para que ele pudesse avaliar por si mesmo.

A estrada de terra batida que atravessava a encosta de Monksmere Head até Pentlands passava a menos de cinquenta metros de Rosemary Cottage. Em geral ficava fechada por um pesado portão de fazenda que nesse dia estava aberto, enfiado bem fundo na alta sebe de sarças e sabugueiros. O carro passou sacolejando devagar pelos buracos e entre os restos de feno que logo deram lugar a um gramado, e depois a samambaias. Passou pelos dois chalés idênticos pertencentes a Latham e Justin Bryce, mas não viu nem sinal de qualquer um dos dois, embora o Jaguar de Latham estivesse estacionado em frente à sua porta e uma fina espiral de fumaça escapasse da chaminé de Bryce. A estrada então serpenteou colina acima, e de repente a encosta inteira da praia surgiu estendida à sua frente, roxa e dourada, até as colinas e o mar cintilante. No ponto mais alto da estrada, Dalgliesh parou o carro para observar e escutar. O outono nunca havia sido a sua estação preferida, mas um segundo depois de desligar o motor ele não teria trocado aquela paz suave nem por todas as sensibilidades mais aguçadas da primavera. As urzes agora estavam começando a murchar, mas a segunda floração dos tojos estava tão densa e dourada quanto no primeiro desabrochar do mês de maio. Além da vegetação estendia-se o mar, riscado de roxo, azul-celeste e marrom, e ao sul os charcos encimados pela bruma da reserva de pássaros contribuíam com seus verdes e azuis mais sutis. O ar recendia a urze e fumaça de lareira, os inevitáveis e sugestivos aromas do outono. Era difícil, pensou Dalgliesh, acreditar que estava olhando para um campo de batalha no qual, durante quase nove séculos, a terra havia travado um combate com o mar e perdido; difícil imaginar que, sob a calma enganadora da água riscada de cor, jaziam as nove igrejas afogadas de Dunwich. Poucas eram as construções ainda em pé na encosta, mas nem todas eram antigas. Ao norte, Dalgliesh podia distinguir com alguma dificuldade os muros baixos de Seton House, pouco mais de uma excrescência na beira do penhasco que Maurice Seton, autor de romances de detetive, havia construído em conformidade com sua vida excêntrica e solitária. Pouco menos de um quilômetro mais ao sul, os grandes muros quadrados de Priory House se erguiam como um último bastião contra o avanço do mar e, bem na extremidade da reserva de pássaros, Pentlands Cottage parecia dependurado à beira do vazio. Enquanto seus olhos percorriam a encosta da praia, um cavalo e uma carroça surgiram no extremo norte da estrada e seguiram sacolejando alegremente pelo tojo em direção a Priory House. Dalgliesh pôde ver uma pequena silhueta atarracada e corcunda sentada no lugar do condutor e o chicote, delicado feito uma varinha de condão, ereto ao seu lado. Devia ser a governanta de R. B. Sinclair levando as compras para casa. A alegre condução transmitia uma sensação de domesticidade encantadora, e Dalgliesh ficou observando a carroça com prazer até esta desaparecer atrás do escudo de árvores que ocultavam parcialmente Priory House. Nessa hora, sua tia surgiu na lateral do chalé e ergueu os olhos para o cume da encosta. Dalgliesh olhou de relance para o relógio de pulso. Eram duas horas e trinta e três minutos. Então pisou na embreagem, e o Cooper Bristol desceu sacolejando de leve a estrada em direção a ela.

3

Enquanto recuava instintivamente de volta às sombras de seu quarto no primeiro andar, Oliver Latham observou o carro subir a encosta sacolejando de leve e riu. Mas logo se controlou, silenciado pelo barulho explosivo da própria risada no silêncio do chalé. Aquilo era o cúmulo! O menino prodígio da Scotland Yard, ainda trazendo o cheiro de sangue de sua última caçada, havia aparecido na hora exata de sua deixa. O carro agora estava parando no cume da encosta. Seria agradável se aquele maldito Cooper Bristol finalmente houvesse enguiçado. Mas não: parecia que Dalgliesh havia parado apenas para admirar a vista. Coitado: o bobo estava provavelmente saboreando de antemão os prazeres de duas semanas de mimos em Pentlands. Bem, ele teria uma surpresa. A pergunta era: seria prudente ele, Latham, ficar por perto para assistir à diversão? Por que não? Só tinha que voltar à cidade para a estreia no Court Theatre na quinta-feira, e pareceria estranho caso fosse embora tão pouco tempo depois de ter chegado. Além disso, estava curioso. Pegara o carro para ir até Monksmere na quarta-feira imaginando que ficaria entediado. Mas agora, com um pouco de sorte, aquelas férias prometiam ser bem animadas.

4

Alice Kerrison guiou a carroça até a borda das árvores que escondiam Priory House do trecho norte da encosta da praia, desceu, e seguiu puxando a égua pelo grande arco em ruínas até uma fileira de cocheiras do século XVI. Enquanto retirava os arreios, grunhindo um pouco por causa do esforço, sua mente prática recordou com satisfação o trabalho da manhã e pensou com expectativa nos pequenos prazeres domésticos que estavam por vir. Primeiro os dois iriam tomar juntos o chá, um chá forte e bem doce, como o sr. Sinclair gostava, sentados de um lado e de outro da grande lareira acesa no saguão. Mesmo em um dia quente de outono, o sr. Sinclair gostava de ter a lareira acesa. Então, antes de o dia começar a cair e de a névoa se erguer, os dois dariam seu passeio diário pela encosta. E não seria um passeio sem finalidade. Eles tinham algo para enterrar. Bem, era sempre agradável ter um objetivo, e, apesar de toda a conversa inteligente do sr. Sinclair, restos humanos, por mais incompletos que fossem, continuavam sendo restos humanos, e mereciam respeito. Além do mais, já era hora de eles saírem de casa.

5

Eram quase oito e meia da noite, e Dalgliesh e a tia, uma vez terminado o jantar, estavam sentados em um silêncio cúmplice de um lado e de outro da lareira da sala de estar. O cômodo, que ocupava quase todo o andar térreo de Pentlands, tinha paredes de pedra, com um pé-direito baixo sustentado por imensas vigas de carvalho e piso de lajotas vermelhas. Em frente à lareira aberta, onde um fogo crepitava e soltava faíscas, secava uma bem-arrumada pilha de gravetos. O cheiro de madeira queimada permeava o chalé como um incenso, e o ar vibrava com as batidas do mar. Dalgliesh estava achando difícil continuar acordado em meio àquela paz ritmada, entorpecedora. Sempre havia apreciado o contraste, fosse na arte ou na natureza, e em Pentlands, uma vez caída a noite, os prazeres do contraste eram fáceis de encontrar. Dentro do chalé reinavam a luz e o calor, todas as cores e os confortos da domesticidade civilizada; do lado de fora, sob as nuvens baixas, era tudo escuridão, solidão, mistério. Ele imaginou a praia cem metros mais abaixo pela qual o mar espalhava sua franja rendada na areia gelada e firme; e imaginou ao sul a reserva ornitológica de Monksmere, silenciosa sob o ar da noite, com os juncos quase imóveis dentro das águas paradas.

Dalgliesh esticou as pernas em direção ao fogo e aninhou a cabeça ainda mais fundo no alto espaldar da cadeira; então olhou para a tia. Como sempre, ela estava sentada muito ereta, mas parecia totalmente à vontade. Tricotava um par de meias de lã vermelho-vivo que Dalgliesh torceu não serem para ele. Achava tal coisa improvável. Sua tia não era dada a demonstrações de afeto doméstico desse tipo. A luz da lareira desenhava riscos vermelhos em seu rosto comprido, moreno e anguloso como o de uma asteca, com olhos encimados por sobrancelhas fartas, um nariz comprido e reto e uma boca larga e expressiva. Seus cabelos, agora cinza-escuros, estavam presos em um coque grande na nuca. Ele recordava aquele rosto de seus tempos de criança. Nunca tinha visto nenhuma diferença na tia. No andar de cima, em seu quarto de dormir, presa casualmente no canto de um espelho, havia uma fotografia desbotada tirada em 1916 que a retratava com o falecido noivo. Dalgliesh pensou naquela imagem: o rapaz usando a boina pontuda amassada e a calça militar que outrora lhe pareciam ridículas, mas que agora simbolizavam o romantismo e o pesar de uma época morta muito tempo antes; a moça um centímetro mais alta, inclinada na direção do rapaz com a graça angulosa da adolescência, com os cabelos bem armados presos por fitas e os pés calçados com sapatos pontudos que despontavam por baixo da saia fina e esvoaçante. Jane Dalgliesh nunca conversara com ele sobre sua juventude, e ele nunca lhe perguntara nada. Ela era a mulher mais autossuficiente e menos dada a sentimentalismos que ele conhecia. Dalgliesh se perguntou como Deborah e ela se entenderiam, o que iriam pensar uma da outra. Era difícil imaginar Deborah em outro ambiente que não Londres. Desde a morte da mãe, ela quase nunca visitava sua cidade natal e, por motivos que ambos compreendiam muito bem, ele nunca tinha voltado a Martingale junto com ela. Só conseguia vê-la agora no contexto de seu apartamento da City, ou então em restaurantes, saguões de teatro e seus pubs preferidos. Estava acostumado a viver sua vida em níveis distintos. Deborah não fazia parte de seu trabalho, e ainda não tinha lugar ali em Pentlands. Porém, caso ele a desposasse, ela necessariamente teria alguma participação em ambos. De uma forma ou de outra, durante aquelas curtas férias, ele sabia que precisava decidir o que realmente queria.

"Quer ouvir um pouco de música?", perguntou Jane Dalgliesh. "Estou com a nova gravação de Mahler."

Dalgliesh não era um grande fã de música, mas sabia que esta tinha grande importância para a tia, e escutar os seus discos se tornara parte integrante de quaisquer férias passadas em Pentlands. O conhecimento e o prazer de sua tia eram contagiantes; ele estava começando a descobrir coisas novas. E, naquele seu estado de espírito atual, estava inclusive disposto a tentar ouvir Mahler.

Foi então que eles ouviram o carro.

"Ah, meu Deus", disse ele. "Quem será? Espero que não seja Celia Calthrop." Caso não fosse desencorajada com firmeza, a srta. Calthrop era uma especialista inveterada em visitas-surpresa, e tentava sempre impor à solidão de Monksmere as aconchegantes convenções de uma vida social suburbana. Sua aparição era particularmente provável quando Dalgliesh estava hospedado no chalé. Para Celia, um homem solteiro e de aparência agradável era uma presa natural. Caso não o quisesse para si, havia sempre quem quisesse; ela não gostava de ver nada desperdiçado. Em uma das visitas de Dalgliesh, ela chegara a organizar uma festa em sua homenagem. Na ocasião, intrigado pela incongruência fundamental do evento, ele apreciara o gesto. Como se estivesse se reunindo pela primeira vez, o pequeno grupo de moradores de Monksmere havia saboreado tira-gostos e bebericado xerez barato no salão rosa e branco de Celia, embalado por conversas educadas e sem importância, enquanto do lado de fora uma tempestade rugia pela encosta da praia e as capas de chuva e lamparinas de emergência iam sendo empilhadas no hall de entrada. Com certeza houvera contraste nessa festa. Mas aquele não era um hábito a ser incentivado.

"Está parecendo o Morris da senhorita Calthrop", disse Jane Dalgliesh. "Ela talvez esteja trazendo a sobrinha.

Elizabeth veio de Cambridge convalescer de uma mononucleose. Acho que chegou ontem."

"Nesse caso, ela deveria estar de cama. Parece que são mais de duas pessoas. Essa que está chamando não é a voz de Justin Bryce?"

De fato. Quando a srta. Dalgliesh abriu a porta da sala, os dois puderam ver pelas janelas fechadas da varanda os dois faróis do carro e uma confusão de silhuetas escuras, que aos poucos se transformaram em figuras conhecidas. Parecia que Monksmere inteira tinha vindo visitar sua tia. Até mesmo Sylvia Kedge estava lá, a secretária deficiente de Maurice Seton, mancando com suas muletas em direção ao facho de luz que saía da porta aberta. A srta. Calthrop caminhava ao seu lado, devagar, como para ampará-la. Atrás delas vinha Justin Bryce, cujos chamados inúteis se perdiam na noite. A silhueta alta de Oliver Latham assomava ao seu lado. Por último, emburrada e relutante, vinha Elizabeth Marley, com os ombros curvados e as mãos enterradas nos bolsos do casaco. Ela estava um pouco afastada dos outros no caminho de acesso à casa, e olhava para um lado e outro da escuridão como se quisesse dissociar-se do grupo.

"Boa noite, senhorita Dalgliesh", disse Bryce. "Boa noite, Adam. Não me culpem por esta invasão. Foi ideia de Celia. Meus caros, nós viemos pedir um conselho profissional. Todos, menos Oliver. Nós o encontramos no caminho, e ele só veio pedir um pouco de café emprestado. Pelo menos é o que diz."

"Eu me esqueci de comprar café quando vim da cidade ontem", explicou Latham com calma. "Então resolvi pedir um pouco emprestado à única vizinha na qual podia confiar para me fornecer um pó de qualidade sem um sermão sobre minha ineficiência doméstica. Se soubesse que haveria uma festa, talvez tivesse esperado até amanhã."

Mas ele não demonstrou qualquer inclinação para ir embora.

Todos entraram no chalé, piscando os olhos por causa da luz forte e trazendo consigo uma lufada de ar frio que fez a fumaça branca da lareira agitar-se pela sala. Celia Calthrop foi direto até a poltrona de Dalgliesh e se acomodou como quem vai receber uma homenagem noturna. Suas pernas e pés elegantes, cuidadosamente dispostos de modo a se valorizar, contrastavam marcadamente com o corpo pesado de seios fartos contido por um grosso modelador e com os braços flácidos e cheios de manchas. Dalgliesh calculava que ela tivesse quase cinquenta anos, mas parecia mais velha. Como sempre, estava muito maquiada, mas com perícia. A pequena boca astuta estava pintada de carmim; os olhos, bem afundados nas órbitas e amendoados para baixo, davam a seu rosto um aspecto de espiritualidade espúria muito enfatizado nas fotos publicitárias, e estavam encimados por sombra azul; os cílios estavam cobertos de rímel. Ao retirar o lenço que usava na cabeça, ela revelou a última façanha do cabeleireiro; tinha cabelos finos como os de um bebê, entre os quais os pedaços de couro cabeludo liso e rosado pareciam quase indecentes.

Dalgliesh só encontrara a sobrinha de Celia em duas ocasiões, e dessa vez, ao apertar sua mão, pensou que Cambridge não a havia mudado. Elizabeth ainda era a mesma garota emburrada e de traços pesados que ele recordava. Seu rosto não era desprovido de inteligência, e talvez até pudesse ter sido atraente caso houvesse exibido alguma centelha de animação.

O cômodo havia perdido sua paz. Dalgliesh pensou no quão extraordinário era o barulho que sete pessoas podiam produzir. Houve a agitação habitual para acomodar Sylvia Kedge na cadeira, operação que a srta. Calthrop supervisionou de forma imperiosa, embora não tenha feito nenhum movimento para ajudar. A moça poderia ter sido qualificada de diferente, talvez até bonita, caso fosse possível esquecer as feias pernas deformadas, presas por hastes de metal, os ombros pesados, as mãos masculinas distorcidas pelas muletas. Seu rosto era comprido, moreno como o de uma cigana, e emoldurado por cabelos negros na altura dos ombros lisos e repartidos ao meio. Era um rosto que poderia ter transmitido força e caráter, mas ela lhe havia imposto uma expressão de humildade digna de dó, um ar de sofrimento suportado com docilidade e sem reclamação que não combinava com aquela testa alta. Os imensos olhos negros tinham talento para provocar a compaixão. Ela agora aumentava a agitação generalizada afirmando estar totalmente confortável quando evidentemente não estava, sugerindo, com uma educação depreciativa que tinha a mesma força de uma ordem, que as muletas precisavam ficar ao seu alcance, muito embora isso significasse que elas devessem ficar apoiadas de forma precária sobre seus joelhos; assim, de forma geral, ela tornava todos os presentes desconfortavelmente conscientes da própria e imerecida boa saúde. Dalgliesh já havia assistido uma vez a esse teatro, mas nessa noite sentiu que ela não estava totalmente convicta do que fazia, que a cena era quase mecânica. Pela primeira vez, a moça parecia realmente adoentada e com dor. Tinha os olhos opacos como pedras, e rugas profundas riscavam suas narinas e os cantos de sua boca. Ela parecia estar com o sono atrasado, e quando ele lhe serviu um copo de xerez reparou que sua mão tremia. Tomado por uma pontada de genuína compaixão, envolveu-lhe os dedos com os seus para estabilizar o copo até ela conseguir beber. Sorrindo para a moça, perguntou educadamente:

"Bem, qual é o problema? Em que posso ajudar?"

Mas Celia Calthrop elegera a si mesma a porta-voz do grupo.

"Sinto muito virmos todos incomodar você e Jane em sua primeira noite juntos. Sei que é uma pena. Mas estamos muito preocupados. Pelo menos Sylvia e eu estamos. Muito preocupadas."

"Eu, por minha parte, não estou propriamente preocupado", disse Justin Bryce, "mas sim intrigado, para não dizer esperançoso. Maurice Seton sumiu. Temo que isso possa ser apenas um golpe de publicidade para o seu próximo thriller, e que muito em breve vamos tornar a vê-lo entre nós. Mas não devemos ver as coisas pelo lado sombrio."

De fato, ele não parecia nem um pouco sombrio, agachado sobre um banquinho baixo diante da lareira como uma tartaruga malvada, girando o pescoço comprido na direção do fogo. Na juventude, seu rosto tinha sido atraente: malares saltados, boca larga e expressiva, imensos e luminosos olhos cinzentos sob pálpebras pesadas. Mas agora, aos cinquenta anos, ele estava virando uma caricatura. Embora parecessem ainda maiores, seus olhos tinham menos brilho e lacrimejavam sem parar, como se ele estivesse lutando contra um vento forte. Os cabelos com entradas pronunciadas haviam rareado e ficado duros como uma palha sem vida. Os ossos despontavam sob a pele, dando a seu rosto o mesmo aspecto da cabeça de um morto. Apenas as mãos continuavam as mesmas. Ele então as estendeu na direção do fogo: tinham a pele macia e eram brancas e delicadas como as mãos de uma moça. Ele sorriu para Dalgliesh.

"Sumido, e provavelmente são e salvo. Um autor de livros policiais de meia-idade. De temperamento nervoso. Constituição delicada. Nariz estreito. Dentuço. Cabelos ralos. Pomo de adão proeminente. Quem o encontrar, favor guardar... Então, meu caro rapaz, nós viemos pedir o seu conselho. Pelo que entendi, você está recém-saído de mais uma vitória. Será que devemos esperar Maurice reaparecer e fingir que não percebemos que ele se perdeu? Ou será que devemos jogar o seu joguinho e pedir à polícia que nos ajude a encontrá-lo? Afinal de contas, se for mesmo um golpe publicitário, seria educado colaborarmos. Pobre Maurice: ele precisa de toda a ajuda que conseguir nesse departamento."

"Justin, isso não é assunto para brincadeira." O tom da srta. Calthrop foi severo. "E eu não acho nem por um segundo que isso seja um golpe publicitário. Se achasse, não viria importunar Adam em um momento em que ele precisa particularmente de umas férias calmas e tranquilas para se recuperar do estresse do último caso. Adam, como você foi esperto por capturá-lo antes de ele atacar novamente. Esse caso todo me dá náuseas, literalmente náuseas! E agora, o que vai acontecer? Ele vai passar alguns anos na prisão às custas do Estado, depois ser solto para assassinar outra criança? Será que estamos todos loucos neste país? Não consigo imaginar por que não o enforcamos de forma misericordiosa e pronto."

Dalgliesh ficou feliz pelo fato de o seu rosto estar oculto nas sombras. Tornou a se lembrar do momento da prisão do assassino. Pooley era um homem bem baixinho, baixinho, feio e fedendo de tanto medo. Sua mulher o abandonara fazia um ano, e o remendo inexperiente que franzia o cotovelo de seu terno vagabundo era obviamente de sua própria lavra. Dalgliesh sentira os próprios olhos serem atraídos por aquele remendo como se este possuísse o poder de afirmar que Pooley ainda era um ser humano. Bem, o monstro agora estava enjaulado, e o público e a imprensa podiam exaltar-se nas loas ao trabalho da polícia em geral e do superintendente Dalgliesh em particular. Um psiquiatra sem dúvida seria capaz de explicar por que motivo ele se sentia contaminado pela culpa. A sensação não era nenhuma novidade, e ele lidaria com ela à sua própria maneira. Afinal de contas, refletiu com ironia, ela raramente o havia incomodado por muito tempo, e nem sequer uma vez o fizera querer mudar de profissão. Mas ele certamente não iria conversar sobre Pooley com Celia Calthrop.

Do outro lado da sala, o olhar de sua tia cruzou o seu. Em voz baixa, ela perguntou:

"Senhorita Calthrop, o que espera exatamente que meu sobrinho faça? Se o senhor Seton sumiu, isso não é um assunto para a polícia da região?"

"Será? Esse é um problema nosso!" A srta. Calthrop esvaziou seu copo como se o *amontillado* não passasse de um xerez barato usado para cozinhar, depois estendeu automaticamente o copo para uma segunda dose. "Maurice talvez tenha sumido por motivos lá dele, talvez para coletar material para seu próximo romance. Ele vem dando indicações de que esse livro será diferente dos outros... nada do tipo de seu típico romance de detetive. Ele é um artesão muito cuidadoso, e não gosta de lidar com nada que não faça parte da sua experiência pessoal. Nós todos sabemos disso. Lembram-se de como ele passou três meses viajando com um circo itinerante antes de escrever *Morte no trapézio*? É claro que isso sugere certa deficiência em matéria de imaginação criativa. Os meus romances nunca se restringem à minha experiência pessoal."

"Considerando o que aconteceu com a sua heroína, Celia querida, fico aliviado em ouvir isso", disse Justin Bryce.

Dalgliesh perguntou quando Seton fora visto pela última vez. Antes de a srta. Calthrop conseguir responder, Sylvia Kedge se pronunciou. O xerez e o calor da lareira haviam imprimido um pouco de cor às suas faces, e ela estava bem contida. Dirigiu-se diretamente a Dalgliesh e falou sem interrupção.

"O senhor Seton partiu para Londres na segunda-feira de manhã e ficou hospedado em seu clube de sempre, o Cadaver Club, em Tavistock Square. Ele sempre passa uma semana ou duas lá durante o mês de outubro. Prefere Londres no outono, e gosta de fazer pesquisas para seus livros na biblioteca do clube. Levou consigo uma mala pequena e sua máquina de escrever portátil. Pegou o trem em Halesworth. Disse-me que ia começar a escrever um novo romance, algo diferente de seu estilo habitual, e eu tive a impressão de que ele estava bastante entusiasmado com a ideia, embora nunca tenha conversado a respeito disso comigo. Disse que todos ficariam surpresos com o livro. Combinou comigo que, enquanto ele estivesse fora, eu ficaria trabalhando em sua casa apenas pela manhã, e disse que me ligaria por volta das dez se tivesse algum recado. Essa é a nossa combinação habitual quando ele está trabalhando no clube. Ele digita o manuscrito em espaço duplo e o manda pelo correio para mim por partes, e eu faço uma cópia decente. Ele então revisa o livro inteiro e eu o datilografo para enviar aos editores. Os trechos nem sempre se encaixam, é claro. Quando ele está em Londres, gosta de trabalhar em cenas urbanas; eu nunca sei o que vai chegar da próxima vez. Bem, ele ligou na terça-feira de manhã para dizer que esperava pôr uma parte do manuscrito no correio antes de quarta à noite, e me pediu para fazer um ou dois pequenos remendos em suas roupas. Pela voz, parecia perfeitamente bem, perfeitamente normal."

A srta. Calthrop não conseguiu mais se conter.

"Maurice era mesmo muito abusado de usar você para esse tipo de coisa: remendar suas meias, arear a prataria. Você é uma digitadora qualificada, e isso é um desperdício enorme de talento. Só Deus sabe quantas gravações eu tenho esperado para você digitar. Mas, enfim, isso é outro assunto. Todo mundo sabe o que eu penso."

Todos sabiam o que ela pensava. A empatia para com Celia seria maior caso as pessoas não desconfiassem que sua indignação se devia sobretudo a um interesse próprio. Sempre que havia alguma exploração a ser feita, Celia esperava prioridade.

Sylvia não ligou para a interrupção. Seus olhos escuros continuavam cravados em Dalgliesh. Com uma voz suave, este perguntou:

"Qual foi a vez seguinte em que o senhor Seton se comunicou com a senhorita?"

"Não houve uma vez seguinte, senhor Dalgliesh. Na quarta-feira, quando eu estava trabalhando em Seton House, o telefone não tocou, mas eu naturalmente não me preocupei com isso. Às vezes ele passa muitos dias sem ligar. Fui até lá hoje de manhã cedo para terminar de passar umas roupas quando o senhor Plant ligou. Ele é o zelador do Cadaver Club, casado com a cozinheira do clube. Disse que eles estavam muito preocupados porque o senhor Seton havia saído na terça-feira antes do jantar e ainda não tinha voltado para o clube. A cama estava feita, e suas roupas e sua máquina de escrever ainda estavam lá. O senhor

Plant não gosta de fazer muito alarde no início. Achou que o senhor Seton talvez tivesse ficado fora por algum motivo relacionado a trabalho... mas, depois da segunda noite ainda sem nenhuma notícia, ficou preocupado. Então achou melhor telefonar para casa. Eu não soube o que fazer. Não tinha como entrar em contato com o meio-irmão do senhor Seton, que se mudou recentemente para um apartamento novo do qual não temos o endereço. E ele não tem mais nenhum parente. Eu não tinha certeza se o senhor Seton iria querer que eu tomasse alguma atitude, entende? Sugeri ao senhor Plant esperarmos mais um pouco, e combinamos de nos telefonar assim que houvesse alguma notícia, e então, logo antes da hora do almoço, o correio chegou e recebi o manuscrito.

"Estamos com ele aqui", informou a srta. Calthrop. "E o envelope também." Ela os retirou da volumosa bolsa de mão com um floreio e os entregou a Dalgliesh. Era um envelope comercial convencional, pardo, com dez centímetros por vinte e três, endereçado em letras datilografadas ao Ilustríssimo Sr. Maurice Seton, Seton House, Monksmere, Suffolk. Dentro do envelope havia três folhas de papel *in quarto* mal datilografadas em espaço duplo. Em um tom monocórdico, a srta. Kedge falou:

"Ele sempre endereçava o manuscrito a si mesmo. Mas esse não é o trabalho dele, senhor Dalgliesh. Ele não escreveu este texto nem o datilografou."

"Como pode ter tanta certeza?"

Não era uma pergunta realmente necessária. Poucas coisas são mais difíceis de disfarçar do que a datilografia, e a moça com certeza havia copiado um número suficiente de manuscritos de Maurice Seton para reconhecer o seu estilo. Porém, antes de ela conseguir responder, a srta. Calthrop se intrometeu:

"Talvez seja melhor eu simplesmente ler um trecho."

Todos ficaram aguardando enquanto ela tirava da bolsa um imenso par de óculos incrustado de pedras, ajeitava-o sobre o nariz e se acomodava melhor na poltrona. Maurice Seton estava prestes a ter sua primeira leitura pública, pensou Dalgliesh. O escritor teria ficado satisfeito com a atenção fascinada dos ouvintes presentes, e possivelmente também com as caras e bocas da srta. Calthrop. Confrontada com o trabalho de um colega e segura de sua plateia, Celia estava preparada para dar o melhor de si. Começou a ler:

"Carruthers afastou a cortina de contas e entrou na boate. Ficou alguns instantes parado na porta, com a silhueta alta, elegante como sempre, em um smoking bem cortado, e seus olhos frios e cheios de ironia vasculharam com certo desdém as mesas muito próximas umas das outras, a decoração barata em estilo pseudoibérico, a clientela vulgar. Então era ali o quartel-general da talvez mais perigosa gangue da Europa! Atrás dessa boate sórdida, mas nada incomum, igualzinha por fora a uma centena de outras no Soho, havia um mandachuva capaz de controlar algumas das gangues de criminosos mais poderosas do Ocidente. Parecia improvável. Pensando bem, contudo, toda aquela fantástica aventura era improvável. Ele escolheu a mesa mais próxima da porta, para observar e aguardar. Quando o garçom apareceu, pediu camarões fritos, salada verde e uma garrafa de Chianti. O garçom, um cipriota baixinho e encardido, escutou o pedido sem dizer nada. Será que eles sabiam que ele estava ali?, perguntou-se Carruthers. E, se soubessem, quanto tempo iriam demorar para aparecer?

"Nos fundos da boate havia um pequeno tablado mobiliado apenas com um biombo de bambu e uma solitária cadeira vermelha. De repente, as luzes diminuíram e o pianista começou a tocar uma melodia lenta e sensual. Uma mulher surgiu de trás do biombo. Loura e linda, não era tão jovem, mas já madura, tinha seios fartos e se movia com uma graça e uma arrogância que Carruthers pensou talvez serem indícios de uma origem russa. Ela caminhou sensualmente até a cadeira e, com gestos muito vagarosos, começou a abrir o zíper do vestido de festa. Este deslizou por seus joelhos até o chão. Por baixo, não vestia nada a não ser um sutiã preto e uma calcinha fio dental. Sentada de costas para a plateia, ela girou as mãos para trás para abrir o sutiã. Na mesma hora, um murmúrio rouco se ergueu das mesas lotadas: 'Rosie! Rosie! Vamos, Rosie! Tire tudo! Tire tudo!'."

A srta. Calthrop parou de ler. O silêncio era total. A maioria dos ouvintes parecia estupefata. Então Bryce exclamou:

"Ora, Celia, continue! Não pare agora que está ficando tão emocionante. Será que Rosie se atira em cima do honrado Martin Carruthers para estuprá-lo? Há anos que ele merece isso. Ou será que é pedir demais?"

"Não há por que continuar", disse a srta. Calthrop. "Já temos a prova de que precisamos."

Sylvia Kedge tornou a se virar para Dalgliesh.

"O senhor Seton jamais chamaria uma personagem de Rosie, senhor Dalgliesh. Rosie era o nome de sua mãe. Ele me disse um dia que jamais o usaria em seus livros. E nunca usou."

"Principalmente não no caso de uma prostituta do Soho", interrompeu a srta. Calthrop. "Ele conversou muitas vezes comigo sobre a mãe. Tinha adoração por ela. Verdadeira adoração. Ficou arrasado quando ela morreu e o pai tornou a se casar."

A voz da srta. Calthrop vibrava com todo o desejo da maternidade frustrada. De repente, Oliver Latham pediu:

"Deixe-me ver."

Celia lhe entregou o manuscrito, e todos ficaram olhando com ansiosa expectativa enquanto ele o examinava. Ele então o devolveu sem dizer nada.

"E?", perguntou a srta. Calthrop.

"Nada. Só queria dar uma olhada. Conheço a caligrafia de Seton, mas não sua datilografia. Mas a senhorita diz que ele não datilografou esse texto."

"Tenho certeza de que não", disse a srta. Kedge. "Mas não sei dizer exatamente por quê. Não parece o trabalho dele, só isso. Mas foi datilografado na sua máquina."

"E o estilo?", quis saber Dalgliesh. O pequeno grupo passou alguns segundos pensando. Por fim, Bryce falou:

"Não se pode dizer que seja um texto típico de Seton. Afinal de contas, ele escrevia bem quando queria. Esse texto é quase artificial, não é? Dá a impressão de que ele estava tentando escrever mal."

Elizabeth Marley permanecera calada até então, sentada sozinha no canto como uma criança emburrada que foi arrastada contra a própria vontade para a companhia de adultos chatos. De repente, com um tom impaciente, ela disse:

"Se o texto é falso, está claro que era para nós descobrirmos. Justin tem razão. O estilo é totalmente fajuto. E é coincidência demais a pessoa que escreveu ter usado justamente o único nome capaz de despertar suspeitas. Por que usar Rosie? Na minha opinião, é só Maurice Seton tentando ser esperto, e vocês todos caíram na armadilha. A verdade virá à tona quando o livro novo dele sair. Vocês sabem como ele gosta de experimentar."

"Com certeza esse é o tipo de farsa infantil que Seton seria capaz de bolar", disse Latham. "Não tenho certeza se quero ser um participante involuntário em uma das suas experiências bobas. Sugiro esquecermos essa história toda. Quando quiser, ele vai aparecer."

"Afinal de contas, Maurice sempre foi muito estranho e introvertido", concordou a srta. Calthrop. "Principalmente em relação ao trabalho. E tem mais uma coisa. Eu já dei a ele uma ou duas dicas úteis. Ele com certeza as usou. Mas nunca me disse nada depois. Eu naturalmente não esperava um agradecimento formal. Fico muito feliz em poder ajudar um colega escritor. Mas, quando um livro é publicado, é um pouco desconcertante encontrar uma ou duas ideias minhas no enredo sem nunca ter recebido sequer um obrigado de Maurice."

"A essa altura, ele provavelmente já esqueceu que não teve essas ideias sozinho", sugeriu Latham, com uma espécie de desprezo condescendente.

"Ele nunca esquecia nada, Oliver. Maurice tinha uma mente muito arguta. E era também muito metódico no trabalho. Sempre que eu fazia alguma sugestão, ele fingia apenas um leve interesse, e balbuciava alguma coisa sobre tentar usar aquilo em algum momento. Mas eu podia ver pela expressão dos seus olhos que ele havia mordido a isca, e estava só esperando chegar em casa para anotar a sugestão em uma daquelas fichas lá dele. Não que isso me incomodasse. Mas acho que ele de vez em quando poderia ter reconhecido a ajuda. Eu lhe dei uma ideia um mês atrás, mais ou menos, e aposto o que vocês quiserem que ela vai estar no seu próximo livro."

Ninguém quis apostar. Bryce então falou:

"Você está coberta de razão em relação a ele, Celia. Eu mesmo já dei minha contribuição de vez em quando. Sabe lá Deus por quê, a não ser pelo fato de eu às vezes ter alguma ideia para um novo método de assassinato; parece uma pena desperdiçá-la quando o pobre Seton obviamente já esgotou todos os seus recursos. Porém, tirando aquele brilho predatório em seu olhar... nenhum sinal de agradecimento, meus caros! É claro que, por motivos que todos vocês irão entender, ele agora não recebe mais nenhuma ajuda minha. Não depois do que fez com Arabella."

"Ah, minha ideia não foi exatamente sobre um novo método de assassinato", disse a srta. Calthrop. "Foi só uma situação. Pensei que poderia dar um primeiro capítulo bem eficiente. Eu não parava de dizer a Maurice que é preciso fisgar o leitor desde o começo. Imaginei um cadáver à deriva no mar, a bordo de um pequeno barco com as mãos decepadas nos pulsos."

O silêncio que se fez foi tão completo e repentino, que as batidas do relógio de pé atraíram todos os olhares, como se o relógio estivesse soando a hora de uma execução. Dalgliesh tinha os olhos fixos em Latham. Este se retesara na cadeira e segurava o pé do copo com tanta força, que Dalgliesh quase pensou que o vidro fosse quebrar. Era impossível detectar o que havia por trás daquela máscara pálida e rígida. De repente, Bryce soltou sua risada aguda e nervosa, e a tensão se dissipou. Foi quase possível escutar os pequenos arquejos de alívio.

"Que imaginação mais mórbida a sua, Celia! Ninguém nunca iria desconfiar. Você precisa controlar seus impulsos, minha cara, ou a Liga de Autores de Romances de Amor vai expulsar você do clube."

Latham então se manifestou com uma voz controlada, sem vida.

"Nada disso ajuda com o nosso problema", disse ele. "Será que eu entendi bem, e nós decidimos não tomar nenhuma atitude em relação ao sumiço de Seton? Eliza provavelmente está certa, e isso não passa de uma bobagem que o próprio Maurice inventou. Se for assim, o quanto antes deixarmos o senhor Dalgliesh em paz para aproveitar suas férias, melhor."

Ele já estava levantando-se para ir embora, como se estivesse subitamente farto daquela conversa toda, quando uma batida alta e decidida soou na porta do chalé. Jane Dalgliesh arqueou uma das sobrancelhas para o sobrinho com uma expressão intrigada; então, sem dizer nada, ergueu-se e atravessou a varanda para abrir a porta. Todos se calaram e puseram-se a escutar desavergonhadamente. Uma visita após o anoitecer era algo raro naquela comunidade isolada. Quando a noite caía, os moradores estavam acostumados a ver apenas uns aos outros, e sabiam por um instinto advindo de uma longa experiência a quem pertenciam os passos que se aproximavam de sua porta. Mas aquela batida forte tinha sido desferida pela mão de um desconhecido. Um murmúrio suave e entrecortado de vozes veio da varanda. Então a srta. Dalgliesh apareceu no vão da porta, e nas sombras atrás dela se podiam ver dois homens vestidos com capas de chuva. Ela falou:

"Estes são o inspetor Reckless e o investigador Courtney, do Departamento de Investigação Criminal do condado. Eles estão procurando Digby Seton. O barco à vela dele encalhou em Cod Head."

"Que estranho", comentou Justin Bryce. "Às cinco horas da tarde de ontem o barco estava atracado como sempre no final de Tanner's Lane."

Todos pareceram perceber na mesma hora como era estranho um inspetor e um investigador da polícia aparecerem no meio da noite para perguntar sobre um barco à vela desaparecido, mas Latham falou antes de os outros conseguirem formular suas perguntas:

"O que aconteceu, inspetor?"

Quem respondeu foi Jane Dalgliesh.

"Uma coisa estarrecedora, infelizmente. O corpo de Maurice Seton estava dentro do barco."

"O corpo de Maurice! Maurice? Mas que coisa mais ridícula!" A voz aguda e didática da srta. Calthrop atravessou o aposento em um protesto inútil.

"Não pode ser Maurice. Ele nunca sai de barco. Maurice não gosta de velejar."

O inspetor avançou em direção à luz e se pronunciou pela primeira vez.

"Ele não estava velejando, minha senhora. O senhor Seton estava morto no fundo do barco. Morto, com as duas mãos decepadas nos pulsos."

6

Pela décima vez, como quem se compraz com a própria teimosia, Celia Calthrop repetiu:

"Eu já disse mil vezes! Não comentei nada sobre a trama com ninguém a não ser com Maurice. Por que iria comentar? E não adianta ficar insistindo em relação à data. Já faz uns seis meses... talvez mais. Não me lembro exatamente quando foi. Mas nós estávamos caminhando sozinhos pela praia em direção a Walberswick, e eu de repente pensei que seria um bom começo para um romance policial descrever um cadáver sem mãos à deriva no mar, a bordo de um barco. Então fiz a sugestão a Maurice. Tenho certeza de que não comentei nada com ninguém antes de hoje à noite. É claro que Maurice pode ter comentado."

Com irritação, Elizabeth Marley exclamou:

"Claro que ele contou para alguém! É pouco provável que tenha cortado as próprias mãos para garantir que a situação ficasse verossímil. E sugerir que você e o assassino tiveram a mesma ideia seria levar a coincidência longe demais. Mas não entendo como você pode estar tão segura de não ter comentado sobre isso com mais ninguém. Acho que mencionou o fato para mim uma vez, quando estávamos conversando sobre como Maurice demorava para dar o pontapé inicial em suas tramas."

Ninguém pareceu acreditar nela. Em voz baixa, mas não tão baixa a ponto de os outros não conseguirem escutá-lo, Justin Bryce disse:

"Cara Eliza! Sempre tão leal." Oliver Latham riu, e houve um silêncio curto e constrangido quebrado pela voz rouca e beligerante de Sylvia Kedge.

"Ele nunca comentou a respeito comigo."

"Não, minha cara", respondeu a srta. Calthrop com um tom afetado. "Mas havia muitas coisas sobre as quais o senhor Seton não conversava com você. As pessoas não costumam contar tudo à empregada. E era assim que ele via você, minha cara. Você deveria ter tido mais orgulho, e não o ter deixado usá-la como uma serviçal. Os homens preferem um pouco de vontade própria, sabia?"

Aquilo era gratuitamente ofensivo, e Dalgliesh pôde sentir a surpresa constrangida e generalizada. Mas ninguém disse nada. Ele quase sentiu vergonha de olhar para a moça, mas esta havia abaixado a cabeça como quem simplesmente aceita um merecido pito, e as duas mechas negras de cabelos caíram para a frente e lhe ocultaram o rosto. No súbito silêncio, ele pôde ouvir o som rascante da sua respiração, e desejou poder sentir pena da moça. Não havia dúvida de que Celia Calthrop era insuportável; mas algo em Sylvia Kedge despertava antipatia. Ele se perguntou o que haveria por trás daquele impulso específico de selvageria.

Já fazia quase uma hora que o inspetor Reckless e seu investigador tinham chegado, hora esta durante a qual o inspetor mal abrira a boca, e o resto dos presentes, com exceção de Dalgliesh e da tia, havia falado pelos cotovelos. Nem todas as intervenções tinham sido sensatas. Ao chegar, Reckless se acomodara em uma cadeira alta encostada na parede e ficara sentado ali, imóvel, rígido como um oficial de justiça, com os olhos escuros a observar o recinto iluminado pela luz da lareira. Apesar do calor da sala, ele ainda vestia a capa de chuva, um gabardine encardido que parecia frágil demais para sustentar o peso de sua armadura de botões, fivelas e bótons de metal. No colo, segurava com cuidado um imenso par de luvas grossas e compridas e um chapéu de feltro, como se temesse que alguém fosse arrancá-los de suas mãos. Parecia um intruso;

dava a impressão de ser o oficial menos graduado, presente ali contra a própria vontade, o homenzinho que não se arrisca a tomar um drinque durante o serviço. E esse era exatamente o efeito que ele desejava provocar, pensou Dalgliesh. Como todos os inspetores de sucesso, Reckless era capaz de inibir a própria personalidade sempre que desejava, de modo que até mesmo a sua presença física se tornava tão inócua e banal quanto uma peça de mobília. Naturalmente, sua aparência revertia em grande auxílio. Homem baixo — com certeza devia ter justo a altura regulamentar para ser policial —, seu rosto pálido e ansioso era tão neutro e pouco digno de nota quanto qualquer um dos milhões de rostos que se podiam ver reunidos em um estádio de futebol no sábado à tarde. Sua voz também era monocórdica, sem qualquer sotaque a sugerir uma origem de classe, e não fornecia nenhuma pista a seu respeito. Os olhos, bem afastados um do outro e afundados nas órbitas debaixo de sobrancelhas protuberantes, tinham o tique de se moverem de forma inexpressiva de rosto em rosto quando as pessoas falavam, algo que os presentes poderiam ter achado desconcertante caso houvessem se dado ao trabalho de reparar no fato. A seu lado, o investigador Courtney se mantinha sentado com um ar de quem recebera a ordem de ficar com as costas eretas, os olhos e ouvidos abertos e a boca fechada, e que estava cumprindo à risca as instruções.

Dalgliesh olhou para o outro lado da sala, onde a tia estava sentada em sua poltrona habitual; ela havia recomeçado a tricotar, e parecia serenamente alheia a tudo o que acontecia à sua volta. Aprendera a tricotar com uma governanta alemã, e segurava as agulhas na vertical à moda europeia; Celia Calthrop parecia fascinada com as pontas das agulhas que se entrechocavam, e tinha os olhos cravados nelas como se estivesse ao mesmo tempo enfeitiçada e ofendida pela perícia inabitual de sua anfitriã. Agora menos à vontade, não parava de cruzar e descruzar as pernas e de afastar a cabeça da lareira como se considerasse o calor intolerável. A sala estava mesmo ficando quente. Todos os outros presentes, com exceção de Reckless, pareciam sentir a temperatura. Oliver Latham andava de um lado para o outro, com o cenho molhado de suor, e sua energia irrequieta parecia fazer subir ainda mais a temperatura. De repente, ele se virou para Reckless:

"Quando ele morreu?", indagou. "Deem-nos alguns fatos para variar um pouco. Quando Seton morreu?"

"Não podemos saber com exatidão antes do laudo do legista, senhor."

"Em outras palavras, o senhor não quer nos dizer. Deixe-me formular a pergunta de outra maneira, então. Para que horários vocês estão esperando que nós forneçamos álibis?"

Celia Calthrop soltou um pequeno ganido de protesto, mas se virou para Reckless com a mesma ansiedade dos outros, à espera da resposta.

"Vou querer um depoimento de cada um de vocês em relação ao período que vai da hora em que o senhor Seton foi visto pela última vez, ou seja, segundo me consta, sete e meia da noite de terça, até a meia-noite de quarta."

"Não é um pouco tarde?", perguntou Latham. "Ele deve ter sido lançado ao mar bem antes da meia-noite. Na hora do pôr do sol, da estrela vespertina, o que me deixa livre dessa... Vou começar, posso? No início da noite de terça, eu estava na New Theatre Guild, a associação de dramaturgos, e depois fui a uma festa organizada por um figurão do meio teatral. Voltei para meu apartamento pouco depois da uma, e passei o resto da noite com uma pessoa amiga. Agora não posso dizer quem é, mas acho que amanhã poderei lhes dar o nome dessa pessoa. Nós acordamos tarde, fomos almoçar no Ivy, e nos separamos quando peguei meu carro para vir para cá. Cheguei ao meu chalé pouco depois das sete e meia de ontem, e não tornei a sair a não ser para um curto passeio pela praia antes de ir me deitar. Hoje passei o dia passeando de carro pela região e comprando mantimentos. Depois do jantar, percebi que não tinha comprado café, e vim procurar a única vizinha capaz de me proporcionar um pó tragável sem ser acompanhado de um sermão engraçadinho sobre os homens e sua falta de talento para a organização doméstica. De modo a facilitar as coisas para vocês, devo enfatizar que aparentemente tenho um álibi para a hora da morte, supondo que Seton tenha morrido na terça-feira, mas não para o horário em que ele foi despachado para sua última viagem, supondo que isso tenha acontecido ontem à noite."

Durante a primeira parte desse discurso, a srta. Calthrop havia exibido uma variedade de expressões faciais em rápida sucessão — curiosidade, reprovação, lubricidade e uma leve tristeza —, como se tentasse decidir qual delas lhe caía melhor. Acabou optando pela leve tristeza, como uma mulher boa que lamenta mais uma vez a fragilidade dos homens.

Em voz baixa, o inspetor Reckless falou:

"Preciso lhe perguntar o nome dessa dama, senhor."

"Nesse caso, sua pergunta será em vão até eu ter a oportunidade de falar com ela. Mas é muita gentileza sua supor que se tratava de uma dama. Olhe aqui, inspetor, seja sensato! Se eu tivesse alguma coisa a ver com a morte de Seton, a esta altura já teria organizado meu álibi. Além disso, se eu me dispusesse a inventar um álibi falso, este provavelmente não iria envolver mulher nenhuma. Tirando considerações de cavalheirismo inadequadas a esta situação, nós não conseguiríamos enganar a polícia por muito tempo. Ninguém consegue se lembrar de todos os detalhes. Tudo que vocês teriam de fazer seria nos perguntar sobre o que conversamos, quem fechou as cortinas, em que lado da cama eu dormi, com quantas cobertas, o que comemos no café da manhã. Fico pasmo que alguém tente inventar um álibi. Seria preciso uma cabeça com mais talento para detalhes do que a minha."

"Bem, Oliver, você parece ter se safado", afirmou Celia com um tom severo. "Afinal de contas, estamos falando em assassinato. Nenhuma mulher sensata criaria dificuldades com isso."

Latham riu.

"Mas ela não é uma mulher sensata, minha cara Celia. É uma atriz. Não que eu esteja prevendo qualquer problema. Meu pai me deu um conselho útil na vida. Nunca vá para a cama com uma mulher se algum de vocês dois tiver vergonha de admitir o fato no dia seguinte. Restringe um pouco a vida sexual, mas agora vocês podem ver as vantagens práticas disso."

Dalgliesh tinha dúvidas se Latham considerava aquele fato realmente tão restritivo assim. No círculo sofisticado que ele frequentava, poucas pessoas se importavam que um affaire vazasse, contanto que este aumentasse o seu status, e Oliver Latham, rico, bonito, cosmopolita e com fama de difícil de fisgar, estava muito bem posicionado no mercado. Com irritação, Bryce disse:

"Bem, sendo assim, caso Seton tenha morrido na terça à noite, como parece provável, você não tem com que se preocupar. A menos, claro, que o inspetor tenha a indelicadeza de sugerir que a sua companheira noturna lhe proporcionaria um álibi em qualquer circunstância."

"Ah, ela me proporcionaria qualquer coisa que eu pedisse com educação", disse Latham em tom casual. "Mas com certeza isso seria perigoso. É tudo uma questão de interpretação. Contanto que ela estivesse fazendo o papel da mentirosazinha galante, que arrisca a própria reputação para salvar o amante da cadeia, eu não teria problemas. Mas imaginem se ela decidisse mudar de papel? Provavelmente é melhor que eu esteja lhe pedindo apenas para dizer a verdade."

Celia Calthrop, obviamente farta do interesse generalizado pela vida sexual de Latham, interrompeu-o com impaciência:

"Acho que eu praticamente não preciso rememorar minhas ações. Eu era uma amiga muito querida do pobre Maurice, talvez a única amiga de verdade que ele jamais teve. Mas não tenho objeção nenhuma em contar a vocês o que fiz, e imagino que isso vá ajudar a fornecer um álibi para outra pessoa. Todas as informações são importantes, não é mesmo? Eu passei a maior parte do tempo em casa. Na noite de terça, porém, levei Sylvia até Norwich de carro, e ambas fomos ao salão lavar e pentear os cabelos. Fomos ao *Estelle's*, perto de Maddermarket. Ir ao cabeleireiro é um programa agradável para Sylvia, e acho importante não ficar desleixada só porque se mora no campo. Tomamos um chá já meio tarde em Norwich, e levei Sylvia para casa por volta das oito e meia; depois, voltei para meu chalé. Passei a manhã de ontem trabalhando, ditando no gravador, e ontem à tarde fui de carro até Ipswich fazer umas compras e visitar uma amiga, Lady Briggs, que mora em Wells Walk. Foi só uma visitinha-surpresa. Na verdade ela não estava em casa, mas a empregada se lembrará de mim. Na volta, acabei me perdendo um pouco, e só cheguei em casa quase às dez. A essa altura, minha sobrinha já tinha chegado de Cambridge, e ela, é claro, pode confirmar que passei o resto da noite em casa. Hoje, logo antes da hora do almoço, Sylvia ligou para me contar sobre o manuscrito e o sumiço de Maurice. Não soube muito bem o melhor a fazer, mas, quando vi o superintendente Dalgliesh passar de carro, liguei para o senhor Bryce e sugeri que viéssemos todos consultá-lo. A essa altura, eu já estava com a premonição de que havia alguma coisa muito errada; e como eu tinha razão!"

Quem falou em seguida foi Justin Bryce. A boa vontade dos suspeitos para apresentarem informações que ninguém ainda solicitara oficialmente deixou Dalgliesh intrigado. Eles recitavam seus álibis com a segurança pouco sincera de conversas recentes em uma reunião religiosa. Sem dúvida, no dia seguinte pagariam por aquela indulgência com a ressaca emocional de sempre. Mas não era tarefa sua alertá-los. Ele começou a sentir um respeito consideravelmente maior por Reckless; pelo menos o homem sabia ficar sentado e escutar.

"Eu também estava no meu apartamento londrino de Bloomsbury até ontem, disse Bryce, mas, se Seton morreu tarde na terça à noite, certamente estou fora da lista, meus caros. Precisei ligar para o médico duas vezes nessa noite. Passei muito mal mesmo. Tive uma daquelas minhas crises de asma; você sabe como eu sofro, Celia. Meu médico, Lionel Forbes-Denby, pode confirmar tudo. Telefonei para ele pela primeira vez pouco antes da meia-noite, implorando para que fosse à minha casa na mesma hora. É claro que ele não pôde ir. Disse-me apenas para tomar duas das minhas cápsulas azuis e tornar a ligar dali a uma hora se não tivessem surtido efeito. Foi bem malvado da sua parte. Eu disse a ele que achei que estivesse morrendo. É por isso que o meu tipo de asma é tão perigoso. Se você achar que vai morrer durante uma crise, pode morrer mesmo."

"Mas com certeza não se Forbes-Denby proibir, não é mesmo?", zombou Latham.

"Muito engraçado, Oliver, mas ele pode estar errado."

"Ele também era o médico de Maurice, não era?", indagou a srta. Calthrop. "Maurice sempre confiou nele. Precisava tomar muito cuidado com o coração, e sempre dizia que Forbes-Denby o mantinha vivo."

"Bem, ele deveria ter ido à minha casa na terça à noite", disse Bryce, ressentido. "Eu tornei a ligar às três e meia e ele apareceu às seis, mas a essa altura o pior já tinha passado. Mesmo assim, é um álibi."

"Na verdade não, Justin", disse Latham. "Não temos prova nenhuma de que você ligou do seu apartamento."

"É claro que eu liguei do meu apartamento! Já falei. Eu estava praticamente à beira da morte. Além do mais, se eu tivesse deixado um recado falso e estivesse correndo por Londres para assassinar Seton, o que teria feito quando Forbes-Denby aparecesse na minha casa? Ele nunca mais iria me tratar!", Latham riu.

"Meu caro Justin! Se Forbes-Denby diz que não vai aparecer, ele não vai aparecer. E você sabe muito bem disso."

Bryce assentiu com tristeza; parecia aceitar com notável filosofia a destruição de seu álibi. Dalgliesh já tinha ouvido falar em Forbes-Denby. Tratava-se de um medalhão do West End que também era um médico competente. Ele e seus pacientes tinham em comum a fé na infalibilidade médica de Forbes-Denby e, segundo os boatos, poucos comiam, bebiam, casavam, pariam, viajavam ao exterior ou morriam sem a sua permissão; eles se compraziam com as suas excentricidades, relatavam com ardor as suas mais recentes grosserias, e eram capazes de passar o jantar inteiro discutindo a última façanha de Forbes-Denby, fosse ela jogar seu remédio preferido pela janela ou demitir a cozinheira. Dalgliesh ficou aliviado ao pensar que a tarefa de pedir àquele excêntrico antipático que fornecesse o histórico médico da vítima e um álibi para um dos suspeitos, caberia a Reckless ou a um de seus asseclas.

De repente, Justin explodiu com uma violência que fez todos se virarem para encará-lo:

“Eu não o matei, mas não me peçam para ficar triste por ele ter morrido! Não depois do que ele fez com Arabella!”

Celia Calthrop lançou na direção de Reckless o olhar resignado e levemente contrito da mãe cujo filho está prestes a fazer uma cena, mas não inteiramente sem justificativa. Com um tom confidencial, murmurou:

“Arabella. A gata siamesa do senhor Bryce. Ele acha que Maurice a matou.”

“Acho não, Celia. Tenho certeza.” Ele se virou para Reckless.

“Eu atropelei o cachorro dele há uns três meses. Foi um acidente. Eu gosto de animais. Gosto de animais, estou dizendo! Gostava até de Towser, um vira-lata dos mais desagradáveis, mal-educados e feios que existem; admita, Celia. Foi horrível! Ele correu bem para debaixo das rodas do meu carro. Seton adorava esse cachorro. Praticamente me acusou de atropelar o bicho de propósito. Então, quatro dias depois, ele matou Arabella. Era esse o tipo de homem que ele era! E vocês ainda se espantam que alguém tenha dado fim nele!"

A srta. Calthrop, a srta. Dalgliesh e Latham começaram a falar todos ao mesmo tempo, anulando assim de forma eficaz suas boas intenções.

"Justin, meu caro, não houve nenhum indício sequer de prova..."

"Senhor Bryce, ninguém vai imaginar que Arabella tem alguma coisa a ver com o que aconteceu."

"Pelo amor de Deus, Justin, de que adianta desencavar..."

Reckless o interrompeu falando baixinho:

"E quando o senhor chegou a Monksmere?"

"Na quarta-feira à tarde. Pouco antes das quatro. E eu também não trouxe o cadáver de Seton comigo no carro. Para minha sorte, tive problemas com o câmbio durante todo o trajeto de Ipswich até aqui, e tive que deixar o carro na oficina de Baines nos arredores de Saxmundham. Fiz o resto do caminho de táxi. O jovem Baines me trouxe. De modo que, se vocês quiserem vasculhar o carro em busca de sangue e impressões digitais, poderão encontrá-lo na oficina. Desejo-lhes boa sorte."

"Mas por que nós estamos nos preocupando com isso?", indagou Latham. "E os parentes próximos? O querido meio-irmão de Maurice. A polícia não deveria estar tentando encontrá-lo? Afinal de contas, trata-se do herdeiro. É ele quem tem de se explicar."

Eliza Marley disse em voz baixa:

"Digby estava em Seton House ontem à noite. Fui eu quem o levei de carro até lá."

Era apenas a segunda vez que Eliza abria a boca desde a chegada do inspetor, e Dalgliesh percebeu que ela não estava com muita vontade de falar então. No entanto, ninguém que estivesse tentando causar sensação desejaria reação mais gratificante. Um silêncio atônito recaiu sobre a sala, e foi quebrado pela voz incisiva e autoritária da srta. Calthrop:

"Como assim, levou-o até lá de carro?"

Uma pergunta previsível, pensou Dalgliesh.

A moça deu de ombros:

"Isso mesmo. Eu levei Digby Seton para casa ontem à noite. Ele me ligou da estação ferroviária de Ipswich antes de pegar a conexão e me pediu que o encontrasse quando descesse do trem das oito e meia em Saxmundham. Ele sabia que Maurice não estaria em casa, e acho que queria economizar o dinheiro do táxi. Enfim, eu fui. Levei o Mini."

"Você não me contou isso quando cheguei em casa", disse a srta. Calthrop, em tom de acusação. O resto dos presentes se remexeu nas cadeiras, pouco à vontade, com medo de estar prestes a presenciar uma briga de família. Somente a silhueta escura sentada junto à parede parecia totalmente alheia a esse fato.

"Não pensei que você estivesse particularmente interessada. De toda forma, você chegou bem tarde, não foi?"

"Mas e hoje à noite? Você não disse nada mais cedo."

"Por que deveria ter dito? Se Digby quisesse ir embora de novo para algum outro lugar, isso não é da minha conta. De toda forma, foi antes de sabermos que Maurice Seton tinha morrido."

"Então você foi buscar Digby a pedido dele no trem das oito e meia?", quis saber Latham, como se estivesse ansioso para se certificar do fato.

"Sim. E digo mais, Oliver: ele se encontrava no trem quando encostei o carro. Não estava espreitando na sala de espera nem perambulando em frente à estação. Comprei uma passagem para ter acesso à plataforma, vi quando ele desceu do trem, e estava com ele quando entregou sua passagem ao condutor. Uma passagem comprada em Londres, aliás; ele reclamou do preço. Em todo o caso, o condutor se lembrará. Só havia mais uma meia dúzia de passageiros além dele."

"E imagino que ele não estivesse carregando nenhum cadáver?", perguntou Latham.

"Não, a menos que o cadáver estivesse dentro de uma

bolsa de viagem com mais ou menos noventa centímetros por sessenta."

"E você o levou direto para casa?"

"Claro. Era essa a ideia. Sax não é exatamente um lugar com vida noturna animada depois das oito, e Digby não é minha companhia preferida para um drinque. Eu só estava lhe poupando o preço de um táxi. Já falei."

"Bem, Eliza, continue", incentivou Bryce. "Você levou Digby para Seton House. E depois?"

"Nada. Eu o deixei em frente à porta. A casa estava silenciosa e não havia nenhuma luz lá dentro. Bem, é claro que não. Todo mundo sabe que em meados de outubro Maurice está em Londres. Digby me convidou para um drinque, mas eu disse que estava cansada e queria ir para casa, e que tia Celia provavelmente estaria acordada me esperando. Nós nos demos boa-noite, e Digby entrou em casa com sua própria chave."

"Então ele tinha uma chave?", interveio Reckless. "Ele e o irmão tinham esse tipo de relação?"

"Não sei que tipo de relação eles tinham. Só sei que Digby tem uma chave da casa."

Reckless se virou para Sylvia Kedge.

"A senhorita sabia disso? Que Digby Seton tinha acesso irrestrito à casa?"

"Maurice Seton deu uma chave ao irmão uns dois anos atrás", respondeu Sylvia Kedge. "De vez em quando, ele falava em pedir a chave de volta, mas o senhor Digby a usava tão raramente quando o irmão não estava, que acho que Maurice pensou que não tinha muita importância deixá-lo ficar com ela."

"Por que ele queria a chave de volta, só para saber?", indagou Bryce. A srta. Calthrop obviamente considerava isso o tipo de pergunta que Sylvia não deveria ser obrigada a responder. Com uma expressão e uma voz que diziam claramente "não na frente dos criados", ela retrucou:

"Maurice chegou a mencionar a chave uma ou duas vezes, e disse que talvez a pedisse de volta. Não porque não confiasse em Digby. Ele estava só um pouco preocupado que a chave fosse perdida ou roubada em uma daquelas boates de que Digby tanto gosta."

"Bom, parece que ele não pediu a chave de volta", disse Latham. "Digby a usou para entrar por volta das nove horas da noite de ontem. E ninguém o viu desde então. Eliza, tem certeza de que a casa estava vazia?"

"Como poderia ter certeza? Eu não entrei. Mas não ouvi ninguém, e não havia luz nenhuma acesa."

"Eu passei lá às nove e meia da manhã de hoje", disse Sylvia Kedge. "A porta da frente estava trancada, como sempre, e a casa vazia. Nenhuma das camas estava desfeita. O senhor Digby não tinha sequer se servido de uma bebida."

Houve um comentário tácito de que alguma coisa súbita e drástica de fato devia ter ocorrido. Com certeza era raro Digby Seton não se fortificar adequadamente para enfrentar uma crise.

Mas Celia havia começado a falar.

"Isso não quer dizer nada. Digby carrega sempre um cantil. Era uma das manias dele que tanto costumavam irritar Maurice. Mas onde ele pode ter ido parar?"

"Ele não lhe disse nada sobre tornar a sair?", perguntou Latham, virando-se para Eliza Marley. "Como ele lhe pareceu?"

"Não, não disse nada. Eu não sou particularmente observadora em relação à disposição de Digby, mas ele me pareceu normal."

"Que ridículo!", exclamou a srta. Calthrop. "Digby com certeza não tornaria a sair depois de ter acabado de chegar. E para onde é que alguém poderia ir? Tem certeza de que ele não disse quais eram seus planos?"

"Talvez alguém o tenha chamado para sair", disse Elizabeth Marley.

A voz de sua tia soou incisiva.

"Alguém o tenha chamado para sair? Ninguém sabia que ele estava aqui! Quem o teria chamado para sair?"

"Não sei. Só estou dizendo que é uma possibilidade. Quando eu estava andando de volta para o carro, ouvi o telefone tocar."

"Tem certeza?", perguntou Latham.

"Por que fica me perguntando se eu tenho certeza? Você sabe como é lá em cima da encosta da praia; sabe como é silencioso; sabe como aquele lugar é solitário e misterioso; sabe como o som se propaga à noite. Eu estou dizendo que ouvi o telefone tocar!"

Todos se calaram. Elizabeth tinha razão, é claro. Todos sabiam como era a encosta da praia à noite. E o mesmo silêncio, a mesma solidão e o mesmo mistério os aguardavam do lado de fora. Apesar do calor da sala, Celia Calthrop teve um calafrio. Mas o calor estava de fato ficando insuportável.

Bryce estava agachado sobre um banquinho baixo em frente à lareira, alimentando o fogo de forma compulsiva com pedaços de madeira que tirava de um cesto como se fosse um foguista dos infernos. As grandes línguas de fogo lambiam a madeira e chiavam; as paredes de pedra da sala pareciam suar sangue. Dalgliesh foi até uma das janelas e tentou abrir a persiana. Quando conseguiu liberá-la, ondas de um delicioso ar frio passaram por cima dele, erguendo os tapetes do chão e fazendo entrar, qual uma trovoada, o barulho do mar. Quando ele tornou a se virar, ouviu a voz monocórdica e sem ênfase de Reckless:

"Sugiro que alguém leve a senhorita Kedge para casa. Ela parece adoentada. Não precisarei falar com ela hoje."

A moça pareceu prestes a protestar, mas Elizabeth Marley se mostrou decidida e sucinta:

"Eu a levo. Quero ir para casa também. Eu deveria estar convalescendo, e esta não foi exatamente uma noite repousante, não é? Onde está o casaco dela?"

Houve um pequeno surto de movimentação na sala. Todos pareciam aliviados pelo fato de fazerem alguma coisa, e houve grande agitação para pegar o casaco de Sylvia Kedge, suas muletas, e garantir seu bem-estar. A srta. Calthrop lhe entregou as chaves de seu carro e disse, generosa, que voltaria para casa a pé, acompanhada naturalmente por Oliver e Justin. Sylvia Kedge, cercada por um cordão de ajudantes, começou a coxear em direção à porta.

Foi então que o telefone tocou. O pequeno grupo congelou na mesma hora, criando um instantâneo de apreensão. Aquele som roufenho, ao mesmo tempo tão comum e tão ameaçador, deixou todos petrificados, sem conseguir dizer nada. A srta. Dalgliesh, que havia andado até o telefone, estava erguendo o aparelho quando Reckless se levantou depressa e, sem pedir licença, arrancou-o de sua mão.

Pouco se pôde ouvir do que foi dito; Reckless, por sua vez, economizou palavras e só usou monossílabos. Parecia estar falando com uma delegacia de polícia. Passou a maior parte do tempo escutando em silêncio e soltando grunhidos ocasionais. Concluiu dizendo:

"Certo. Obrigado. Irei encontrá-lo em Seton House cedo, amanhã de manhã. Boa noite." Ele tornou a pôr o fone no gancho e se virou para encarar os outros, que não fizeram qualquer esforço para disfarçar a ansiedade. Dalgliesh quase imaginou que o inspetor fosse decepcioná-los, mas em vez disso ele falou:

"Encontramos o senhor Digby Seton. Ele telefonou para a delegacia de Lowestoft para avisar que foi hospitalizado ontem à noite depois de cair com seu carro dentro de uma vala na estrada de Lowestoft. Vai ter alta amanhã de manhã cedo."

A boca da srta. Calthrop já se abrira para a pergunta inevitável, quando ele acrescentou:

"Segundo Digby, alguém lhe telefonou pouco depois das nove da noite de ontem para lhe pedir que fosse imediatamente à delegacia de Lowestoft identificar o corpo do irmão. A pessoa lhe disse que o corpo do senhor Maurice Seton havia encalhado na praia em um barco à vela, com as duas mãos decepadas nos pulsos."

Incrédulo, Latham exclamou:

"Mas isso é impossível! Pensei que o senhor tivesse dito que o corpo só foi encontrado no começo da noite de hoje?"

"E foi. Ninguém telefonou da delegacia de Lowestoft ontem à noite. Ninguém sabia o que tinha acontecido com Maurice Seton até o corpo dele aparecer na praia hoje à noite. A não ser uma pessoa, é claro."

Ele percorreu os presentes com o olhar, e seus olhos melancólicos foram passando de rosto em rosto. Ninguém disse nada nem se mexeu. Era como se estivessem todos paralisados em um instante do tempo, aguardando impotentes algum inevitável cataclismo. Um instante para o qual nenhuma palavra parecia adequada; ele exigia ação, drama. E Sylvia Kedge, como quem se oferece para dar o melhor de si, escorregou com um gemido dos braços de Eliza e desabou no chão.

7

"Ele morreu à meia-noite de terça", disse Reckless. "Talvez uma hora antes ou uma hora depois. É essa a minha avaliação com base no estágio da rigidez cadavérica e no aspecto geral do cadáver. Ficarei surpreso se a autópsia não a confirmar. As mãos foram removidas em algum momento após a morte. Não houve grande hemorragia, mas o banco do barco aparentemente foi usado como tábua de cortar. Supondo que o senhor Bryce tenha dito a verdade, e que o barco ainda estivesse atracado aqui às cinco da tarde na quarta-feira, então quase com certeza foi lançado ao mar depois que a maré virou, uma hora depois. A mutilação deve ter ocorrido depois do anoitecer. Mas a essa altura ele já estava morto havia quase dezoito horas, talvez mais. Eu não sei onde morreu, nem como. Mas vou descobrir."

Os três policiais estavam reunidos na sala. Jane Dalgliesh inventara um pretexto para deixá-los a sós: oferecera-lhes um café; da cozinha, Dalgliesh podia ouvir o leve tilintar da preparação da bebida. Fazia mais de dez minutos que os outros tinham ido embora. Fora preciso pouco tempo ou esforço para reanimar Sylvia Kedge e, depois de ela e Liz Marley partirem, houve um acordo tácito generalizado de que a animação da noite podia agora se encerrar. Os visitantes pareceram subitamente desmilinguidos de cansaço. Quando Reckless, como quem consegue extrair da própria exaustão energia e vigor, começou a questioná-los quanto a uma possível arma do crime, foi recebido com uma incompreensão desanimada. Ninguém parecia lembrar se tinha um cutelo, machadinha ou machado em casa, nem onde essas ferramentas ficavam guardadas, nem quando haviam sido usadas pela última vez. Ninguém, exceto Jane Dalgliesh. E até mesmo a calma afirmação da srta. Dalgliesh de que um cutelo havia sumido de seu barracão de ferramentas alguns meses antes só provocou um interesse brando. Todos já tinham tido a sua cota de assassinato por uma noite. Como crianças excessivamente animadas ao final de uma festa, queriam ir para casa.

Foi só depois de a srta. Dalgliesh também se retirar que Reckless começou a falar sobre o caso. Era de esperar que fosse assim, mas Dalgliesh se irritou ao constatar como o incomodava a implicação evidente daquela atitude. Reckless provavelmente não era nem burro nem totalmente insensível. Não faria nenhum alerta. Não antagonizaria Dalgliesh solicitando uma discrição e cooperação que, ambos sabiam, tinha o direito de esperar naturalmente. Mas aquele caso era seu. Era ele quem estava no comando. Cabia a ele decidir, a seu critério, que pedaços do quebra-cabeça apresentar para Dalgliesh examinar; até onde se confidenciar; e com quem. Era uma situação nova para Dalgliesh, e ele não tinha certeza se iria gostar disso.

A sala continuava abafada. O fogo na lareira já se apagava, transformando-se em uma pirâmide de cinzas brancas, mas o calor preso entre as paredes de pedra lhes fustigava os rostos como se saísse de um forno, e o ar tinha um cheiro forte. O inspetor parecia imune a tudo isso.

"Senhor Dalgliesh, fale-me um pouco sobre as pessoas que estiveram aqui hoje à noite", pediu ele. "Todas elas se dizem escritoras?"

"Imagino que Oliver Latham se defina como crítico de teatro", respondeu Dalgliesh. "A senhorita Calthrop gosta de ser conhecida como autora de romances de amor, seja lá o que isso significa. Não sei como Justin Bryce definiria a si mesmo. Ele edita uma revista mensal de crítica literária e política criada pelo avô."

"Eu sei", foi a surpreendente reação de Reckless. "A *Monthly Critical Review*. Meu pai assinava. Isso na época em que seis *pence* significavam alguma coisa para um trabalhador. E, por seis *pence*, a *Monthly Crit.* dava o seu recado em alto e bom som. Hoje em dia, a revista é praticamente tão café com leite quanto o *Financial Times*: conselhos sobre investimentos, críticas de livros que ninguém quer ler, concursozinhos confortáveis para a elite intelectual. Não é possível que ele consiga viver disso."

Dalgliesh respondeu que, em relação a ganhar a vida, sabia-se que Bryce financiava a revista com sua renda pessoal.

"Bryce parece ser um daqueles homens que não se importa de as pessoas acharem que ele é gay", disse Reckless. "Ele é gay, senhor Dalgliesh?"

Não era uma pergunta irrelevante. Nada na personalidade de um assassino é irrelevante em uma investigação de assassinato, e aquilo estava sendo tratado como um caso de assassinato. Mesmo assim, de maneira irracional, a pergunta irritou Dalgliesh.

"Não sei", respondeu ele. "Talvez seja um pouco ambivalente."

"É casado?"

"Não que eu saiba. Mas com certeza ainda não chegamos ao ponto em que todos os solteiros acima dos quarenta são automaticamente considerados suspeitos, ou será que chegamos?"

Reckless não respondeu. A srta. Dalgliesh tornara a entrar com a bandeja de café, e ele aceitou uma xícara com um agradecimento solene, mas sem parecer querer de fato a bebida. Quando ela saiu de novo, ele começou a sorver o café ruidosamente; acima da borda da xícara, seus olhos escuros se fixaram em uma aquarela que retratava um bando de alfaiates em pleno voo, de autoria de Jane Dalgliesh, pendurada na parede à sua frente.

"Os gays são muito ressentidos", disse ele. "Não violentos, nem todos. Mas ressentidos. E esse foi um crime ressentido. E a tal secretária, a aleijada? De onde ela veio, senhor Dalgliesh?"

Sentindo-se um aluno submetido a uma prova oral, Dalgliesh respondeu com a voz calma:

"Sylvia Kedge é órfã e mora sozinha em um chalé em Tanner's Lane. Tem a reputação de ser uma digitadora competente. Trabalhava principalmente para Maurice Seton, mas também faz alguns serviços para a senhorita Calthrop e para Bryce. Sei muito pouco sobre ela, ou sobre qualquer um deles."

"Sabe o suficiente para as minhas necessidades atuais, senhor Dalgliesh. E a senhorita Marley?"

"É órfã também. Foi criada pela tia. Atualmente estuda em Cambridge."

"E todas essas pessoas são amigas da sua tia?"

Dalgliesh hesitou. Amizade não era uma palavra que sua tia usasse com facilidade, e ele duvidava de que ela de fato se referisse a mais de uma pessoa em Monksmere como sua amiga. Mas ninguém renega propositalmente os conhecidos quando estão prestes a se tornarem suspeitos de assassinato. Resistindo à tentação de responder que eles se conheciam intimamente, mas não muito bem, ele disse com cautela:

"É melhor o senhor perguntar para minha tia. Mas eles todos se conhecem. Afinal de contas, esta é uma comunidade pequena e isolada. Eles dão um jeito de conviver."

"Isso quando não estão matando os animais de estimação uns dos outros", comentou Reckless.

Dalgliesh não respondeu. Reckless acrescentou:

"Ninguém ficou particularmente abalado, ficou? Não ouvi sequer uma palavra de tristeza durante toda a noite de hoje. Como são todos escritores, seria de imaginar que um deles inventasse algum epitafiozinho estiloso."

"A senhorita Kedge reagiu mal", disse Dalgliesh.

"Aquilo não foi tristeza. Foi choque. Choque clínico. Se ela não estiver melhor amanhã, é bom alguém chamar um médico."

Ele estava certo, é claro, pensou Dalgliesh. A reação de Sylvia fora de choque. E isso em si era interessante. Sem dúvida as notícias da noite foram um choque, mas teriam sido tão chocantes para alguém que já estivesse sabendo? Não houvera nada de falso naquele desmaio de última hora, e ele não sugeria nenhum conhecimento escuso.

De repente, Reckless se levantou da cadeira, olhou para a xícara vazia como quem não tem certeza de como ela se materializara em sua mão, e tornou a pousá-la com movimentos vagarosos sobre a bandeja de café. Após alguns instantes de hesitação, o investigador Courtney fez o mesmo com a sua. Parecia que os dois finalmente se preparavam para partir. Primeiro, porém, Reckless precisava saber de uma coisa. Como se tratava de uma informação totalmente fatual, que poderia ou não revelar-se importante, Dalgliesh ficou irritado com a própria relutância em fornecê-la. Disse a si mesmo que os próximos dias já seriam difíceis o suficiente sem que ele deixasse Reckless fazê-lo mergulhar em uma mórbida autoanálise. Com firmeza, falou:

"Tem uma coisa que o senhor precisa saber sobre o manuscrito falso. Eu posso estar errado... não há muitas informações para servir de base... mas acho que reconheci a descrição da boate. Parece se tratar de um lugar chamado Cortez Club, no Soho; seu dono era L. J. Luker. O senhor deve se lembrar do caso. Foi em 1959. Luker deu um tiro no sócio, foi condenado à morte, mas depois foi solto quando o Tribunal de Apelação Criminal anulou o veredito."

Reckless respondeu devagar.

"Eu me lembro de Luker. O advogado Justice Brothwick defendeu o caso, não foi? O Cortez Club seria um lugar útil a conhecer caso se desejasse culpar alguém por um assassinato. E Luker seria um bom homem para culpar."

Reckless andou até a porta, e seu investigador o seguiu como uma sombra. Então se virou para um último comentário.

"Estou vendo que será uma grande vantagem tê-lo aqui, senhor Dalgliesh."

Ele fez a frase soar como um insulto.

8

O contraste entre a claridade da sala e a fria penumbra da noite de outono era total. Foi como entrar num poço. Quando a porta de Pentlands se fechou atrás deles, Celia Calthrop foi tomada por um instante de pânico cego. A noite à sua volta a intimidava. Ela respirou a escuridão como se esta fosse um peso concreto. Era como se a noite houvesse tornado o ar mais denso, transformando-o em um peso que ela precisava se esforçar para atravessar. Não havia mais direção nem distância. Nesse vazio negro e sobrenatural, as batidas secas e melancólicas do mar ecoavam por todos os lados, fazendo-a sentir-se ameaçada e imobilizada como um viajante perdido em uma praia deserta. Quando Latham iluminou com sua lanterna o caminho que saía da casa, o chão pareceu irreal e muito distante, como a superfície da Lua. Era impossível pés humanos fazerem contato com aquele solo distante e etéreo. Celia tropeçou, e teria perdido o equilíbrio não houvesse Latham segurado seu braço com uma força repentina e surpreendente.

Eles partiram juntos pela trilha que se afastava da praia. Celia, que não previra voltar para casa a pé, calçava sapatos leves de salto alto que não paravam de escorregar nos seixos lisos de praia que coalhavam o caminho, ou de afundar nos trechos de areia fofa, que a faziam projetar-se para a frente, enquanto Latham a segurava como uma criança desgraciosa e recalcitrante. Mas o pânico havia passado. Seus olhos já se acostumavam com a noite, e a cada passo cambaleante o rugido das ondas ficava mais fraco e menos insistente. Mas foi um alívio quando Justin Bryce falou com a voz inalterada, normal:

"A asma é uma doença estranha! Foi uma noite traumática... meu primeiro contato com um assassinato... mas estou me sentindo bastante bem. Ontem mesmo, porém, tive uma crise horrorosa sem causa aparente. É claro que ainda posso ter uma reação mais tarde."

"É claro que sim", concordou Latham com um tom cáustico. "Principalmente se Forbes-Denby não confirmar seu álibi para terça à noite."

"Ah, mas ele vai confirmar, Oliver! E não posso deixar de pensar que o depoimento dele terá muito mais peso do que qualquer coisa que a sua companheira noturna possa dizer."

Celia Calthrop, reconfortada pela proximidade e pela normalidade dos dois, disse depressa:

"Que bom que Adam Dalgliesh está aqui. Afinal de contas, ele nos conhece. Socialmente, pelo menos. E, como ele também é escritor, sinto que está em casa em Monksmere."

Latham deu uma risada que soou como um grito.

"Se você considera a presença de Adam Dalgliesh um reconforto, eu invejo a sua capacidade de enganar a si mesma. Diga-nos o que acha dele, Celia! Um detetive gentleman, que investiga só pela diversão e trata seus suspeitos com uma cortesia estudada? Uma espécie de Carruthers profissional, diretamente saído de uma das horríveis sagas de Seton? Minha cara Celia, Dalgliesh nos venderia todos a Reckless caso achasse que isso contribuiria, mesmo minimamente, para a sua reputação. Ele é o homem mais perigoso que conheço."

Ele tornou a rir, e Celia sentiu aumentar no braço a pressão da mão dele. Agora de fato a machucava, puxando-a para a frente como se fosse uma prisioneira. Mas ela não conseguia desvencilhar-se. Embora a trilha ali estivesse mais larga, o chão ainda era irregular. Cambaleando e escorregando, com os pés machucados e os tornozelos doloridos, ela não tinha a menor chance de acompanhá-los a não ser com a ajuda de Latham e sua mão cruel. E não podia suportar a ideia de ficar sozinha. A voz de Bryce soou em seu ouvido.

"Oliver tem razão, sabe, Celia? Dalgliesh é um detetive profissional, e provavelmente um dos mais inteligentes do país. Não vejo como os seus dois livros de poesia podem alterar isso, por mais que eu os admire pessoalmente."

"Mas Reckless não é nenhum bobo." Latham ainda parecia estar achando graça na situação. "Viram como ele mal abriu a boca e ficou só nos incentivando a tagarelar como crianças autocentradas? Provavelmente descobriu mais coisas a nosso respeito em cinco minutos do que outros suspeitos teriam lhe revelado em horas de interrogatório formal. Quando é que nós vamos aprender a manter a boca fechada?"

"Como não temos nada a esconder, não vejo que importância isso tem", retrucou Celia Calthrop. Oliver estava mesmo muito irritante nessa noite! Daria até para pensar que estava um pouco embriagado.

"Ah, Celia!", disse Justin Bryce. "Todo mundo tem alguma coisa a esconder da polícia. É por isso que somos tão ambivalentes em relação a ela. Espere só até Dalgliesh perguntar por que você ficou se referindo a Seton no passado mesmo antes de saber que o corpo dele tinha sido encontrado. Porque você fez isso, sabia? Até eu percebi, então Dalgliesh também deve ter percebido. Fico me perguntando se ele vai achar que é seu dever comentar isso com Reckless."

Mas Celia era durona demais para se deixar intimidar por Bryce. Irritada, falou:

"Ora, Justin, não seja estúpido! Eu não acredito em você. E, mesmo que eu tenha dito isso, foi provavelmente porque estava me referindo a Maurice como escritor. E, de fato, a sensação que se tem é de que, como escritor, o coitado já está acabado faz tempo."

"Meu Deus, tem razão!", disse Latham. "Mortinho da silva. Acabado mesmo. Riscado do mapa. Maurice Seton só escreveu um trecho de prosa eficaz na vida, mas ele veio diretamente do coração. E do cérebro. E produziu exatamente o efeito que ele pretendia que produzisse. Cada palavra do texto foi escolhida para ferir, e o conjunto... foi mortal."

"Está falando da peça de teatro dele?", perguntou Celia. "Pensei que você desprezasse essa peça. Maurice sempre dizia que foi a sua crítica que a matou."

"Celia, querida, se as minhas críticas fossem capazes de matar uma peça, metade das pequenas montagens hoje em cartaz em Londres teria fechado as portas depois da noite de estreia." Ele a puxou para a frente com um ímpeto renovado, e por um minuto Justin Bryce ficou para trás. Apressando-se para alcançá-los, falou, ofegante:

"Maurice deve ter sido morto na terça à noite. E o corpo dele foi lançado ao mar no final do dia de quarta. Mas como foi que o assassino o trouxe até Monksmere? Oliver, você veio de Londres na quarta. O corpo não estava na mala do seu Jaguar, estava?"

"Não, meu caro", respondeu Latham com um tom descontraído. "Eu tomo muito cuidado com o que carrego na mala do meu Jaguar."

Condescendente consigo mesma, Celia falou:

"Bom, eu não tenho o que temer. Sylvia me deu um álibi para até tarde da noite de terça, e esse é claramente o horário crucial. Reconheço que saí sozinha na quarta à noite, mas Reckless não vai chegar ao ponto de suspeitar que eu mutilei o cadáver. E isso me faz lembrar uma coisa. Uma pessoa nem sequer citou um álibi, fosse para terça ou para quarta: Jane Dalgliesh. E além do mais... o cutelo era dela!"

"Pelo amor de Deus, por que a senhorita Dalgliesh iria querer matar Seton?", perguntou Latham.

"Por que qualquer um de nós desejaria matá-lo?", rebateu Celia. "E eu não estou dizendo que foi ela. Estou só comentando que aparentemente o cutelo era dela."

"Eu já quis fazer isso", disse Bryce em um tom alegre. "Matar Seton. Depois que encontrei Arabella, poderia tê-lo matado com facilidade. Mas não o fiz. Mesmo assim, não consigo ficar triste com o fato de ele ter morrido. Fico me perguntando se deveria pedir para ver o corpo depois da investigação. Talvez o choque me tire dessa insensibilidade que sinto não ser de todo saudável."

Mas Latham ainda estava refletindo sobre o cutelo perdido.

"Qualquer um poderia ter pego esse cutelo!", disse ele com um tom enfático. "Qualquer um! Todos nós entramos e saímos das casas uns dos outros na hora em que queremos. Ninguém aqui deixa nada trancado. Nunca houve necessidade disso. E nós ainda nem sabemos que o cutelo foi a arma do crime."

"Meus caros", disse Bryce. "Pensem no assunto e se acalmem. Até ficarmos sabendo a causa da morte, nem mesmo podemos ter certeza de que Maurice foi assassinado."

9

Eles a deixaram na porta de Rosemary Cottage, e ela os viu desaparecer noite adentro. A voz aguda de Justin e a risada de Latham continuaram a chegar a seus ouvidos bem depois de as suas silhuetas terem se fundido às sombras mais escuras das sebes e árvores. Não havia luzes no chalé, e a sala estava vazia. Então Elizabeth já devia ter ido deitar-se. Devia ter dirigido depressa de Tanner's Cottage. Sua tia não soube ao certo se deveria ficar satisfeita ou triste com isso. Sentiu uma súbita necessidade de companhia, mas não era capaz de encarar perguntas ou discussões. Haveria muita coisa a discutir, mas não nessa noite. Ela estava demasiado cansada. Acendeu a luz da cabeceira e, ajoelhando-se sobre o tapete em frente à lareira, cutucou de forma ineficaz as pedras da lareira e as cinzas do fogo apagado. Então se levantou com dificuldade, grunhindo como uma velha por causa do esforço, e deixou-se cair em uma poltrona. Na sua frente, outra poltrona idêntica se destacava, baixa e sólida, abarrotada de almofadas, vazia e comovente. Era nela que Maurice havia sentado naquela tarde de outubro, seis anos antes. Era o dia do inquérito oficial; um dia de rajadas de vento frias e repentinas. Havia um bom fogo aceso na lareira nessa noite. Ela o esperava, e se certificara de que tanto ela quanto o cômodo estivessem preparados para sua chegada. A luz da lareira e do único abajur discreto que estava aceso iluminavam de forma agradável e calculada o mogno encerado, e lançavam leves sombras nos rosas e azuis suaves das almofadas e do tapete. A bandeja de bebidas tinha sido posta ao alcance da mão. Nada fora deixado ao acaso. E ela havia esperado por ele com a mesma ansiedade de uma moça antes do primeiro encontro. Usava um vestido de lã macia, entre o azul e o cinza. O vestido a deixava mesmo com um aspecto muito esbelto, muito jovem. Continuava pendurado em seu armário. Ela nunca conseguiu usá-lo outra vez. E ele se sentara na sua frente, rígido e escuro com seus trajes formais de luto, parecendo um pequeno e absurdo manequim de gravata e braçadeira pretas e rosto petrificado de tristeza. Mas ela não havia compreendido que aquilo era tristeza. Como poderia ter compreendido? Era impossível ele estar de luto por causa daquela ninfomaníaca fútil, egoísta, monstruosa. É claro que fora um choque saber que Dorothy havia morrido, que se matara, é claro que fora horrível ter de identificar o corpo afogado, é claro que houvera o calvário do inquérito, de ter de encarar as fileiras de rostos brancos e acusadores. Ele sabia muito bem o que aqueles rostos diziam: que ele levara a esposa ao suicídio. Não era de espantar que estivesse com uma cara chocada e doente. Mas triste? Jamais lhe ocorrera que ele pudesse ficar triste. Ela não sabia muito bem por quê, mas partira do princípio de que no coração dele devia haver uma pontinha de alívio. Alívio pelo fato de os longos anos de tormento e autocontrole terem finalmente chegado ao fim, pelo fato de poder recomeçar a viver. E ela estaria ali para ajudá-lo, assim como o havia ajudado com sua compreensão e seus conselhos quando Dorothy ainda estava viva. Ele era um escritor, um artista. Precisava de afeto e compreensão. A partir dessa noite, nunca mais precisaria ficar sozinho.

Será que ela o amara, perguntou a si mesma? Era difícil lembrar. Talvez não. Talvez aquilo nunca tivesse sido amor como ela imaginava que o amor devesse ser. Mas fora o mais perto que havia chegado desse cataclismo desejado, arredio, tantas vezes imaginado. Ela havia lidado com a versão falsificada desse sentimento em quase quarenta romances; mas a versão legítima jamais estivera ao seu alcance.

Sentada em frente à lareira apagada, recordou o segundo em que havia percebido a verdade, e a lembrança fez suas faces corarem. De repente, ele havia começado a chorar, de forma tão canhestra quanto uma criança. Nessa hora, todos os artifícios foram esquecidos. Restara somente a pena. Ela havia se ajoelhado ao seu lado, segurado sua cabeça e murmurado palavras de reconforto e amor. Fora então que acontecera. O corpo inteiro dele se retesou e se afastou. Ele a olhou, ainda recuperando o fôlego, e ela viu a expressão em seu rosto. Estava tudo ali. Pena, constrangimento, um tiquinho de medo e o mais difícil de tudo para aceitar: repulsa física. Em um amargo instante de total consciência, ela havia se visto pelos olhos dele. Ele estava de luto por aquela criatura esbelta, alegre e linda; e uma feia mulher de meia-idade tinha escolhido justamente esse momento para se atirar em seus braços. Naturalmente, ele se controlara. Nada chegara a ser dito. Até mesmo os medonhos soluços foram interrompidos no meio, como os de uma criança a quem de repente se oferece uma bala. Ela refletiu com amargura que não existia nada melhor do que correr perigo para amenizar a tristeza. De alguma forma, sem nenhum pingo de graça, ela havia cambaleado de volta até sua cadeira, com o rosto em chamas. Ele permanecera o tempo exigido pela boa educação e ela lhe servira os seus drinques, escutara suas reminiscências sentimentaloides em relação à esposa — meu Deus, será que o pobre imbecil havia esquecido tão depressa? —, e fingira interesse por seus planos de longas férias no exterior, "para tentar esquecer". Ele deixara passar seis meses antes de considerar prudente tornar a visitar Rosemary Cottage sozinho, e mais tempo ainda antes de começar, com hesitação, a estabelecer o acordo tácito de que ela estaria disponível sempre que ele quisesse ser visto em público na companhia de uma dama. Pouco antes de sair de férias, escrevera-lhe para dizer que a incluíra em seu testamento "em agradecimento por sua empatia e compreensão quando da morte de minha querida esposa". Ela havia entendido muito bem. Aquele era o tipo de gesto insensível e sem sutileza que ele consideraria um pedido de desculpas adequado e digno da situação. Mas a primeira reação dela não tinha sido de raiva nem humilhação; ela apenas se perguntara quanto iria receber. Desde então, viera perguntando-se isso cada vez mais; e agora a questão havia ganhado um imediatismo fascinante. É claro que talvez fossem apenas cem libras ou algo assim. Mas poderiam ser milhares. Poderia até ser uma fortuna. Afinal de contas, Dorothy tinha a reputação de ser uma mulher rica, e Maurice não tinha mais ninguém a quem deixar o dinheiro. Nunca tivera o meio-irmão em alta conta, e ultimamente os dois se haviam distanciado ainda mais. Além do quê, ele não devia isso a ela?

Um facho enviesado de luz do hall se destacou sobre o carpete. Em silêncio, Elizabeth Marley entrou na sala, descalça, com a camisola vermelha reluzindo à meia-luz. Esticou-se toda rígida na poltrona em frente à da tia, com os pés na direção do fogo que morria e o rosto oculto nas sombras.

"Achei mesmo que tivesse escutado você chegar. Quer alguma coisa? Um leite quente? Um Ovomaltine?"

Seu tom de voz era desgracioso, constrangido, mas a proposta era inesperada, e a srta. Calthrop ficou tocada.

"Não, querida, obrigada. Pode voltar para a cama. Vai se resfriar. Deixe que eu preparo uma bebida quente e levo a sua para você."

A moça não se mexeu. A srta. Calthrop tornou a tentar atiçar a lareira. Dessa vez, uma língua de fogo sibilou ao redor dos carvões, e ela sentiu pela primeira vez um calor bem-vindo nas mãos e no rosto.

"Levou Sylvia em casa sem problemas? Como ela estava?"

"Não muito bem. Mas ela nunca está muito bem."

"Depois de tudo, fiquei me perguntando se deveríamos ter insistido para ela ficar aqui", comentou a tia. "Ela parecia mesmo muito doente, não era seguro deixá-la sozinha."

Elizabeth deu de ombros.

"Eu disse a ela que estávamos com uma cama sobressalente até a nova *au pair* chegar, e que ela podia usá-la. Mas ela não quis nem ouvir falar no assunto. Quando insisti, começou a ficar ansiosa, de modo que fui embora. Afinal de contas, ela tem trinta anos, não é? Não é mais nenhuma criança. Eu não podia forçá-la a ficar aqui."

"Não, claro que não." Segundo Celia Calthrop, teria sido difícil a sobrinha acolher Sylvia em casa. Ela já havia percebido que a maioria das mulheres se mostrava menos simpática com a moça do que os homens, e Elizabeth não fazia a menor questão de disfarçar sua antipatia. A voz da poltrona perguntou:

"O que aconteceu depois que nós fomos embora?"

"Não muita coisa. Jane Dalgliesh parece pensar que ele talvez tenha sido morto com um cutelo que era seu. Parece que o cutelo sumiu umas quatro semanas atrás."

"O inspetor Reckless disse a vocês que ele foi morto desse jeito?"

"Não. Mas com certeza..."

"Então nós ainda não sabemos como ele morreu. Ele poderia ter sido morto de uma dúzia de maneiras diferentes, e as mãos cortadas depois da morte. Imagino que tenha sido assim que aconteceu. Não seria uma coisa fácil de fazer se a vítima estivesse viva e consciente. O inspetor Reckless deve saber se foi assim que sucedeu. Para começar, não teria sangrado muito. E imagino que, mesmo sem o relatório do legista, ele saiba qual foi a hora da morte, com margem de erro de mais ou menos uma hora."

"Ele sem dúvida deve ter morrido na terça à noite, não?", disse sua tia. "Alguma coisa deve ter acontecido com ele na terça. Maurice jamais sairia do clube desse jeito para passar a noite fora sem avisar ninguém. Ele morreu na terça à noite, quando Sylvia e eu estávamos no cinema."

Ela falava com uma segurança teimosa. Desejava que fosse assim, portanto deveria ser assim. Maurice tinha morrido na terça à noite, e seu álibi estava garantido. Ainda acrescentou:

"Que pena para Justin e Oliver eles terem estado na cidade nessa noite. É claro que eles têm lá os seus álibis. Mas mesmo assim é uma pena."

"Eu também estava em Londres na terça à noite", disse a moça em voz baixa. Antes de a tia conseguir falar, prosseguiu depressa:

"Certo, já sei o que você vai dizer. Eu teoricamente estava adoentada em Cambridge. Bom, eles me deixaram sair antes do que eu disse a você. Peguei o primeiro trem rápido para a estação de Liverpool Street na terça de manhã. Tinha combinado de almoçar com uma pessoa lá. Ninguém que você conheça. Uma pessoa de Cambridge. Ele já se formou. Enfim, ele não apareceu nesse dia. Mandou um recado, é claro, muito educado, pedindo mil desculpas. Mas é uma pena que tenhamos combinado de nos encontrar em um lugar onde éramos conhecidos. Não gostei muito de ver o chefe dos garçons com cara de quem estava sentindo pena de mim. Não que eu tenha ficado surpresa, para falar a verdade. Não tem importância. Mas eu não iria querer Oliver e Justin fofocando sobre a minha vida. Também não vejo por que deveria contar isso para Reckless. Ele que descubra por si próprio."

"Mas você contou para mim!", pensou Celia. Sentiu uma onda de felicidade tão intensa que ficou feliz pelo fato de as duas estarem sentadas na sombra. Era a primeira confidência de verdade que ouvia da sobrinha. E a felicidade a deixou sensata. Depois de resistir ao primeiro impulso de reconfortar ou interrogar a moça, ela disse:

"Não tenho certeza se foi sensato da sua parte passar o dia inteiro em Londres, querida. Você ainda não está forte o suficiente. Mas isso não parece ter feito muito mal. O que fez depois do almoço?"

"Ah, passei a tarde trabalhando na London Library. Depois fui ao teatro. Já estava ficando tarde quando terminou, então achei melhor passar a noite na cidade. Afinal de contas, você não estava me esperando em nenhum horário específico. Jantei no Lyons Club de Coventry Street e consegui um quarto no hotel Walter Scott, em Bloomsbury. Passei a maior parte da noite andando por Londres. Acho que peguei minha chave e fui para o quarto pouco antes das onze."

A srta. Calthrop a interrompeu, animada:

"Então o porteiro poderá confirmar o seu álibi. E talvez alguém se lembre de você no Lyons. Mas acho que fez bem em não comentar nada sobre isso por enquanto. É assunto seu e de mais ninguém. Vamos fazer o seguinte: esperar para saber a hora da morte. Depois avaliamos a situação como um todo."

Ela achou difícil não deixar o tom de felicidade transparecer na própria voz. Aquilo era o que sempre desejara. As duas conversando, fazendo planos juntas. Por mais que a abordagem fosse indireta, ela estava sendo solicitada para proporcionar reconforto e conselho. Estranho ser necessário Maurice morrer para as duas se aproximarem. Seguiu falando:

"Bom que você não ficou chateada com o almoço que não aconteceu. Os rapazes de hoje não têm educação. Se ele não conseguiu ligar para você no mínimo na véspera, deveria ter dado um jeito de aparecer. Mas pelo menos agora você já sabe o que esperar."

A moça se levantou da cadeira e caminhou até a porta sem dizer nada. Sua tia ainda lhe disse:

"Vou preparar as bebidas quentes, e podemos tomá-las nós duas no seu quarto. Não demoro nada. Você sobe e fica na cama."

"Não quero nada, obrigada."

"Mas você disse que queria uma bebida quente. Você deveria beber alguma coisa. Deixe-me fazer um Ovomaltine. Ou quem sabe só um leite quente."

"Já disse, não quero nada. E vou para a cama. Quero que me deixem em paz."

"Mas Eliza..."

A porta se fechou. Celia não conseguiu ouvir mais nada, nem sequer passos suaves na escada. Nada a não ser o assobio da lareira e, do lado de fora, o silêncio e a solidão da noite.

10

Dalgliesh foi despertado na manhã seguinte pelo toque do telefone. Sua tia deve ter atendido depressa, pois o toque cessou quase na mesma hora, e ele tornou a se deixar levar por aquele torpor feliz entre o sono e o despertar que se segue a uma noite bem-dormida. Meia hora deve ter passado antes de o telefone tornar a tocar, e dessa vez o barulho pareceu mais alto e mais insistente. Ele abriu totalmente os olhos e viu, emoldurada pela janela, uma forma alongada de luz em que só uma linha finíssima separava o mar do céu. Aquele prometia ser mais um maravilhoso dia de outono. Já era mais um maravilhoso dia de outono. Ele viu com surpresa que o seu relógio marcava dez e quinze. Vestiu o roupão, calçou os chinelos e desceu até o térreo a tempo de ouvir a tia atendendo o telefone.

"Aviso-lhe logo que ele acordar, inspetor. É urgente? Não, tirando o fato de que ele deveria estar de férias... Tenho certeza de que ele irá sem problemas assim que terminar de tomar café. Até logo."

Dalgliesh se abaixou e encostou a bochecha na da tia por um instante. Como sempre, a pele dela tinha uma textura suave e dura como uma luva de camurça.

"Reckless?"

"Sim. Ele disse que está em Seton House, e seria bom se você pudesse encontrá-lo lá hoje de manhã."

"Imagino que ele não tenha dito em que condição. Será que ele espera que eu trabalhe, ou apenas fique admirando enquanto ele trabalha? Ou quem sabe eu sou um suspeito?"

"A suspeita sou eu, Adam. É quase certeza que a arma usada foi o meu cutelo."

"Ah, isso já foi devidamente anotado. Mesmo assim, imagino que você seja menos suspeita do que a maioria dos seus vizinhos. E certamente menos do que Digby Seton. No fundo, nós policiais somos almas simples. Gostamos de encontrar um motivo antes de prendermos alguém. E nenhum motivo nos alegra tanto quanto a perspectiva de ganhar dinheiro. Imagino que Digby seja o herdeiro do meio-irmão."

"Todo mundo imagina que sim. Dois ovos ou só um, Adam?"

"Dois, por favor. Mas deixe que eu cuido dos ovos. Fique aqui conversando comigo. Eu pensei ter escutado dois telefonemas. De quem foi o primeiro?"

Sua tia explicou que R. B. Sinclair havia telefonado para convidar os dois para jantar no domingo. Ela prometera ligar de volta para confirmar. Enquanto dedicava uma atenção amorosa a seus ovos que estalavam na frigideira, Dalgliesh ficou intrigado. Pouco disse, no entanto, além de expressar sua vontade de ir ao jantar. Aquilo era uma novidade. Imaginou que as visitas da tia a Priory House fossem relativamente frequentes, mas isso nunca ocorria quando ele estava em Pentlands. Afinal de contas, todo mundo partia do princípio de que R. B. Sinclair não visitava ninguém nem recebia visitas. Sua tia tinha um privilégio único. Mas não era difícil adivinhar os motivos dessa inovação. Sinclair queria conversar sobre o assassinato com o único homem capaz de fornecer uma opinião profissional. Era reconfortante, embora um pouco decepcionante, constatar que o grande homem não era imune à curiosidade comum. Mesmo para aquele não participante convicto da charada humana, uma morte violenta despertava um fascínio macabro. Mas é claro que Dalgliesh iria ao jantar. A tentação era demasiado grande para ele resistir. Já vivera o suficiente para saber que poucas experiências podem causar tanto desencanto quanto conhecer alguém famoso. No entanto, no caso de R. B. Sinclair, qualquer escritor estaria disposto a correr o risco.

Dalgliesh levou todo o tempo do mundo para se aprontar depois do café; vestiu um paletó de tweed por cima do suéter e hesitou junto à porta do chalé, onde uma coleção heterogênea de bengalas deixadas por antigos hóspedes, como reféns para assegurar um retorno feliz, o fez ceder à tentação de acrescentar um toque final à sua fantasia de turista cheio de energia. Ele escolheu uma resistente bengala de freixo, sopesou-a na mão e tornou a colocá-la no lugar. Não havia por que exagerar a encenação. Depois de entoar um "até logo" para a tia, partiu pela encosta da praia. O caminho mais rápido teria sido de carro: virar à direita no cruzamento com a estrada, percorrer pouco menos de um quilômetro na estrada em direção a Southwold, e depois pegar a trilha estreita, mas razoavelmente lisa, que cruzava a encosta da praia até a casa de Seton. Perversamente, Dalgliesh decidiu ir a pé. Afinal de contas, ele em teoria estava de férias, e o recado do inspetor não havia mencionado qualquer urgência. Sentiu pena de Reckless. Não há nada mais irritante e frustrante para um policial do que a incerteza quanto à extensão de sua responsabilidade. Mas na verdade não havia nenhuma incerteza. Reckless era o único encarregado da investigação, e ambos sabiam disso. Mesmo que o chefe da polícia de Suffolk decidisse pedir ajuda à Scotland Yard, era altamente improvável que Dalgliesh recebesse aquele caso para cuidar. Seu envolvimento era demasiado pessoal. Mas Reckless não apreciaria nem um pouco o fato de conduzir sua investigação sob os olhos de um superintendente do Departamento de Investigação Criminal, sobretudo um superintendente com a reputação de Dalgliesh. Bem, era uma pena para Reckless; mas pior ainda para ele, pensou Dalgliesh. Aquele era o fim de toda esperança que pudesse ter de passar férias solitárias e descomplicadas, uma semana abençoada de paz, sem qualquer exigência e que, quase sem nenhum esforço seu, acalmaria os nervos e solucionaria seus problemas pessoais. Desde o início, seu plano provavelmente não passava de uma invenção nascida do cansaço e da necessidade de fugir. Mas era desconcertante ver tudo ruir assim tão cedo. Ele estava tão pouco inclinado a interferir no caso, quanto Reckless a pedir sua ajuda. É claro que devia ter havido telefonemas cheios de tato com a Scotland Yard. Todos haviam chegado ao consenso de que a familiaridade de Dalgliesh com Monksmere e o fato de ele conhecer as pessoas em questão deveriam ficar à disposição do inspetor. Isso qualquer cidadão devia à polícia. No entanto, se Reckless achava que Dalgliesh estava ansiando por alguma participação mais direta, precisava ser rapidamente corrigido nessa impressão.

Era impossível não se deliciar com a beleza do dia e, enquanto Dalgliesh caminhava, a maior parte de sua irritação se dissipou. A encosta inteira da praia estava banhada pelo calor amarelo do sol de outono. A brisa estava fresca, mas não chegava a ficar fria. A trilha de areia era firme sob seus pés, às vezes passando bem entre o tojo e as urzes, outras vezes serpenteando entre os densos arbustos de amoreira e espinheiros atarracados que formavam uma sucessão de pequenas cavernas nas quais a luz se perdia e a trilha se transformava em um mero fio de areia. Durante a maior parte da caminhada, Dalgliesh pôde ver o mar, exceto quando passou atrás dos muros cinzentos de Priory House. Esta ficava bem de frente para o mar, a cem metros da beira do penhasco, e era margeada ao sul por um alto muro de pedra e ao norte por uma faixa de abetos. À noite, a casa transmitia uma impressão sinistra e nada acolhedora que reforçava sua localização naturalmente reservada. Dalgliesh pensou que, se Sinclair gostava de reclusão, não poderia ter encontrado lugar mais perfeito. Perguntou-se quanto tempo demoraria para o inspetor Reckless começar a violar essa privacidade com suas perguntas. Ele não demoraria muito para descobrir que Sinclair tinha um lance de escadas privativo que ia do seu terreno até a praia. Imaginando que o cadáver tivesse sido carregado até o barco, e não o barco guiado a remo por uma distância considerável pelo litoral até o cadáver, este devia ter sido levado até a praia por um dos três caminhos. Não havia outro acesso. Um dos caminhos, talvez o mais óbvio, era o beco de Tanner's Lane, que passava em frente ao chalé de Sylvia. Como o barco ficava atracado no final de Tanner's Lane, esse teria sido o caminho mais direto. O segundo era o declive íngreme e arenoso que ia de Pentlands até a praia. Já era complicado descê-lo à luz do dia. À noite, seria perigoso até para alguém experiente e que não estivesse carregando nada. Dalgliesh não conseguia imaginar o assassino arriscando-se por esse caminho. Mesmo que sua tia não ouvisse o carro distante, saberia que alguém estava passando pelo chalé. Pessoas que moravam sozinhas e em lugares tão afastados eram muito sensíveis a ruídos desconhecidos à noite. Sua tia era uma mulher desatenta e nada curiosa, para quem os hábitos dos pássaros sempre pareceram mais interessantes do que os dos seres humanos. No entanto, nem mesmo ela ficaria olhando sem fazer nada enquanto alguém passasse em frente à porta de sua casa carregando um cadáver. Haveria também o problema de transportar o cadáver por quase um quilômetro de praia até onde o Sheldrake estava à espera. A menos, é claro, que o assassino o tivesse deixado semienterrado na areia enquanto ia pegar o barco e remasse com ele até o cadáver. Mas isso certamente aumentaria o risco de forma desnecessária, e seria impossível eliminar todos os vestígios de areia do corpo. Mais ainda: seriam necessários remos e suportes para remos no casco. Ele se perguntou se Reckless havia verificado isso.

O terceiro acesso à praia era pela escada de Sinclair. Esta ficava a meros cinquenta metros do final de Tanner's Lane e conduzia a uma pequena enseada, protegida, onde o penhasco, mais alto ali do que em qualquer outro ponto, ruíra e se erodira pelo mar até formar uma curva suave. Aquele era o único trecho da praia em que o assassino — se assassino houvesse — poderia ter mutilado o corpo sem medo de ser visto nem do norte nem do sul. Somente na improvável eventualidade de um dos moradores da cidade resolver dar um passeio noturno pela praia é que ele correria o risco de ser visto; e em Monksmere, depois que a noite caía, os moradores nunca resolviam passear sozinhos pela praia.

Priory House tinha agora ficado para trás, e Dalgliesh chegara ao bosque ralo de faias que margeava Tanner's Lane. Ali, as folhas caídas tornavam o chão quebradiço, e através da rede formada pelos galhos nus via-se um trecho de azul que podia ser o céu ou o mar. O bosque terminava de repente, e Dalgliesh usou uma passagem estreita para chegar ao beco. Logo à sua frente ficava o chalé baixo, de tijolos vermelhos, onde Sylvia Kedge morava sozinha desde a morte da mãe. Era uma construção feia, tão quadrada quanto uma casa de bonecas e com quatro janelas pequenas, todas fechadas por pesadas cortinas. O portão e a porta da frente tinham sido alargados, provavelmente para comportar a cadeira de rodas da moça, mas a mudança em nada contribuíra para melhorar as proporções da casa. Não houvera nenhuma tentativa para deixá-la mais bonita. O minúsculo jardim da frente era um trecho de terra escura, cortado ao meio por um caminho de cascalho; a tinta das portas e janelas tinha um marrom viscoso, institucional. Dalgliesh pensou que devia existir um Tanner's Cottage ali fazia várias gerações, cada qual construído um pouco mais para cima do beco, até por sua vez ruir ou ser levado pelos grandes temporais. Agora, aquela caixa quadrada e vermelha do século xx se segurava firme para tentar sua chance contra o mar. Obedecendo a um impulso, Dalgliesh abriu o portão do jardim com um empurrão e subiu o caminho que conduzia até a casa. De repente, seus ouvidos captaram um som. Outra pessoa estava explorando o local. Elizabeth Marley surgiu no canto da casa. Sem o menor constrangimento, lançou-lhe um olhar casual e disse: "Ah, é o senhor! Bem que achei que tinha ouvido alguém bisbilhotar por aqui. O que deseja?".

“Nada. Eu sou naturalmente bisbilhoteiro. Enquanto a senhorita provavelmente estava procurando a senhorita Kedge?”

“Sylvia não está. Pensei que ela talvez estivesse no laboratório fotográfico que tem nos fundos da casa, mas não. Vim trazer um recado da minha tia. Supostamente, ela quer ter certeza de que Sylvia está bem depois do choque de ontem à noite. Mas na verdade quer que ela vá digitar seus textos antes de Oliver Latham ou Justin Bryce a pegarem. Vai haver muita competição pela dona Kedge, e não tenho dúvidas de que ela vai tirar o melhor proveito possível disso. Todos gostam da ideia de ter uma secretária particular à sua disposição por dois xelins a cada mil palavras, incluindo o papel carbono.”

“Seton pagava só isso a ela? Por que ela não foi embora?”

“Ela era muito dedicada a ele, ou pelo menos fingia ser. Imagino que tivesse lá os seus motivos para ficar. Afinal de contas, não seria fácil para ela arrumar um apartamento na cidade. Vai ser interessante ver quanto dinheiro ele lhe deixou no testamento. De toda forma, ela gostava de se fazer passar pela ajudante leal e sobrecarregada que ficaria muito feliz em se transferir para minha tia, se isso não significasse deixar o pobre senhor Seton na mão. Minha tia, é claro, nunca percebeu esse joguinho. Mas ela não é particularmente sagaz.”

“Enquanto a senhorita, por sua vez, tem a todos nós muito bem catalogados. Mas não está sugerindo que alguém matou Maurice Seton para ficar com a digitadora dele?”

Ela se virou para ele, furiosa, com o rosto de traços pesados vermelho de raiva.

“Não estou nem aí para quem o matou, nem por quê! Só sei que não foi Digby Seton. Eu fui buscá-lo na saída do trem na quarta à noite. E se o senhor estiver se perguntando onde ele estava na terça à noite, eu posso lhe dizer. Ele me contou no carro a caminho de casa. Das onze da noite em diante, ele ficou preso na delegacia de polícia de

West Central. A polícia o pegou na rua, bêbado, e ele compareceu diante do juiz na quarta de manhã. De modo que, para a sorte dele, Digby ficou detido das onze da noite de terça até quase o meio-dia de quarta. Tente destruir esse álibi, superintendente."

Dalgliesh assinalou em tom brando que destruir álibis era tarefa de Reckless, não sua. A moça deu de ombros, enfiou as mãos nos bolsos do casaco e fechou com um chute o portão de Tanner's Cottage. Ela e Dalgliesh subiram o beco juntos, calados. De repente, ela disse:

"Imagino que o corpo tenha sido levado até o mar por esta rua. É o caminho mais fácil até onde o Sheldrake estava atracado na praia. Mas o assassino teria precisado carregar o cadáver pelos últimos cem metros. O beco é estreito demais para um carro, ou mesmo para uma moto. Ele poderia ter levado o cadáver de carro até a campina de Coles e estacionado na borda do gramado. Havia dois policiais à paisana ali quando passei, procurando marcas de pneu. Não vão encontrar muita coisa. Alguém deixou o portão aberto ontem à noite, e as ovelhas de Coles pisotearam o beco inteiro hoje de manhã."

Dalgliesh sabia que isso não era incomum. Ben Coles, dono de uns oitenta hectares de terras improdutivas a leste da estrada para Dunwich, não mantinha seus portões em muito bom estado, e as suas ovelhas, com a perversidade cega característica de sua raça, passavam tanto tempo em Tanner's Lane quanto em sua própria campina. No horário do passeio das ovelhas, o beco ficava um caos: os balidos a plenos pulmões do rebanho se misturavam com as buzinas frenéticas dos motoristas que tentavam obrigar os outros a desocuparem a única vaga de carros disponível. Mas aquele portão aberto poderia ter sido muito útil para determinada pessoa; com suas alegres corridinhas, as ovelhas de Coles podiam ter seguido uma antiga tradição local. Era sabido que, na época do contrabando, os rebanhos eram conduzidos à noite pelas trilhas de ovelhas que atravessavam os charcos de Westleton, de modo que qualquer vestígio dos cascos dos cavalos fosse apagado antes de os oficiais dos impostos conduzirem sua busca matinal.

Eles seguiram caminhando juntos até chegarem à passagem que dava acesso à metade norte de Monksmere Head. Dalgliesh estava parando para se despedir quando a moça soltou de repente:

"O senhor deve me achar uma vagabunda ingrata. Ela me dá uma mesada, claro. Quatrocentas libras por ano, mais a anuidade de Cambridge. Mas isso o senhor já deve saber. A maioria das pessoas aqui parece saber."

Era inútil perguntar a quem ela se referia; Dalgliesh poderia ter respondido que Celia Calthrop não era mulher de deixar a própria generosidade passar despercebida. Mas ficou surpreso com a quantia. A srta. Calthrop não tentava esconder o fato de não ter renda pessoal — "Pobre de mim. Sou uma moça trabalhadora. Cada *penny* que recebo vem do meu próprio esforço" —, mas isso não levava a supor que lhe faltasse dinheiro. Seus livros vendiam muito, e ela trabalhava duro, incrivelmente duro pelos padrões de Latham e Bryce, que tinham tendência a pensar que bastava Celia recostar-se em uma poltrona confortável com o gravador ligado para sua ficção de qualidade duvidosa sair jorrando em um fluxo espontâneo e altamente rentável. Era fácil falar mal de seus livros. No entanto, se ela estivesse comprando afeto, e o preço da tolerância — ainda que relutante — fosse estudar em Cambridge e receber quatrocentas libras por ano, podia ser necessário muito esforço. Um romance a cada seis meses; uma aparição semanal na revista *Home and Hearth*; participações naquelas mesas-redondas maçantes e intermináveis da TV sempre que o seu agente conseguisse; contos escritos sob pseudônimo para as revistas femininas semanais; aparições gratuitas em bazares de igreja, onde a publicidade era de graça mesmo que o chá tivesse de ser pago. Ele sentiu uma pontada de pena de Celia. A vaidade e ostentação que causavam o desprezo bem-humorado de Latham e Bryce de repente lhe pareceram nada mais do que as armadilhas patéticas de uma vida solitária e insegura. Ele se perguntou se ela realmente havia nutrido algum afeto por Maurice Seton. E perguntou-se também se estaria citada no seu testamento.

Elizabeth Marley não parecia estar com pressa nenhuma para se separar dele, e foi difícil afastar-se daquela figura tão insistente. Ele estava acostumado a servir de confidente. Afinal de contas, isso fazia parte do seu trabalho. Mas agora não estava trabalhando, e sabia muito bem que as pessoas que mais faziam confidências eram as que mais cedo tinham propensão a se arrepender. Além do mais, ele não estava realmente inclinado a conversar sobre Celia Calthrop com sua sobrinha. Torceu para a moça não ter a intenção de acompanhá-lo por todo o caminho até Seton House. Ao olhar para ela, pôde ver aonde ia parar pelo menos uma parte da tal mesada de quatrocentas libras. Seu casaco forrado de pelo era de couro verdadeiro. A saia plissada de tweed fino parecia feita sob medida. Os sapatos eram resistentes, mas também elegantes. Ele se lembrou de algo que escutara Oliver Latham dizer certa vez, não se lembrava quando nem por quê: "Elizabeth Marley tem paixão por dinheiro. Acho isso muito interessante numa idade em que todos tentam tanto fingir não prestar a menor atenção nesse assunto".

Ela agora estava recostada na estrutura de madeira que formava a passagem, barrando de forma eficaz o seu caminho.

"Foi ela, é claro, quem me fez ser aceita em Cambridge. Ninguém moderadamente inteligente como eu consegue entrar lá se não tiver dinheiro ou influência. Os alunos brilhantes não têm o menor problema. Todo mundo fica feliz em recebê-los. Mas para nós, comuns mortais, é tudo uma questão de estudar na escola certa, fazer os cursos preparatórios certos, ter os nomes certos escritos no formulário de candidatura. Até isso titia conseguiu. Ela tem um talento incrível para usar pessoas. Nunca tem medo de ser inconveniente ou vulgar, o que naturalmente facilita as coisas."

"Por que a senhorita desgosta tanto assim da sua tia?", quis saber Dalgliesh.

"Ah, não é nada pessoal. Mas nós duas não temos muita coisa em comum. O problema é o trabalho dela. Os romances já são ruins o suficiente. Graças a Deus, não temos o mesmo sobrenome. As pessoas em Cambridge são bem tolerantes. Se ela fosse uma receptadora de mercadorias roubadas disfarçada de dona de bordel, ninguém ligaria a mínima. Nem eu. Mas aquela coluna que ela escreve... É totalmente humilhante! Pior ainda que os livros. O senhor conhece o tipo de besteira." Ela ergueu a voz até atingir um falsete afetado. "Não ceda aos desejos dele, querida. Os homens só querem uma coisa."

Na opinião de Dalgliesh, os homens, incluindo ele próprio, muitas vezes de fato só queriam uma coisa; mas achou prudente não mencionar isso. De repente, sentiu-se um homem de meia-idade, entediado e irritado. Não queria nem esperava companhia e, se a sua solidão devia ser perturbada, poderia ter escolhido companheiros mais agradáveis do que aquela adolescente rabugenta e insatisfeita. Mal escutou o resto de sua reclamação. Ela havia baixado a voz, e as palavras foram carregadas para longe dele pela brisa refrescante. Mas ele pôde ouvir seus balbucios finais. "É totalmente amoral, no sentido verdadeiro da palavra. Conservar cuidadosamente a própria virgindade, como uma isca para bons partidos. Na nossa época!"

"Eu próprio não me identifico muito com esse ponto de vista", disse Dalgliesh. "Mas de toda forma, como sou homem, sua tia sem dúvida me julgaria parcial. Mas pelo menos é uma forma realista de pensar. E a senhorita não pode culpar sua tia por dar os mesmos conselhos semana sim, semana não, quando ela recebe tantas cartas de leitoras querendo ter seguido os seus conselhos para começo de conversa."

A moça deu de ombros: "Ela é obrigada a adotar o ponto de vista mais ortodoxo, claro. Aquela revista feminina horrorosa não a contrataria se ela se atrevesse a ser honesta. Não que eu ache que ela saiba ser honesta. E ela precisa daquela coluna. O único dinheiro que tem é o que ganha com seu trabalho, e os romances não podem continuar vendendo para sempre". Dalgliesh detectou o tom de ansiedade em sua voz. Com brutalidade, falou:

"Eu não me preocuparia. As vendas dela não vão cair. Ela escreve sobre sexo. A senhorita pode até não gostar do embrulho, mas sempre haverá demanda para essa mercadoria básica. Acho que as suas quatrocentas libras estão garantidas pelos próximos três anos."

Por alguns instantes, Dalgliesh achou que ela lhe daria um tapa na cara. Então, para sua surpresa, ouviu-a soltar uma risada bem alta e se afastar da passagem.

"Eu merecia ouvir isso! Tenho me levado a sério demais. Desculpe se importunei o senhor. Imagino que estivesse a caminho de Seton House." Dalgliesh respondeu que sim, e perguntou se Elizabeth queria que ele desse algum recado para Sylvia Kedge caso ela estivesse lá.

"Para Sylvia, não. Por que eu deveria bancar o gigolô da minha tia? Não, eu tenho um recado para Digby. Só queria dizer que, se ele quiser, pode fazer as refeições no chalé até conseguir se organizar. Hoje só temos carne fria com salada, de modo que, se ele não conseguir aparecer, não perderá muita coisa. Mas não imagino que ele queira ficar dependendo de Sylvia. Os dois se detestam. E não vá imaginar coisas, superintendente. Eu posso estar disposta a dar uma carona para Digby e alimentá-lo por um dia ou dois. Mas é só isso. Não tenho interesse por homens afeminados."

"Não", disse Dalgliesh. "Imagino mesmo que não tenha."

Por algum motivo, ela enrubesceu. Já estava virando-lhe as costas quando, movido apenas por uma leve curiosidade, Dalgliesh falou:

"Uma coisa me deixa intrigado. Quando Digby Seton telefonou e pediu à senhorita que o encontrasse em Saxmundham, como ele sabia que você não estava em Cambridge?" Ela tornou a se virar e sustentou seu olhar sem qualquer constrangimento ou medo. Nem sequer pareceu abalada com a pergunta. Em vez disso, para a surpresa de Dalgliesh, ela riu.

"Eu queria saber quanto tempo demoraria para alguém me perguntar isso. Deveria imaginar que seria o senhor. A resposta é simples. Esbarrei com Digby em Londres por acaso na terça de manhã. Na estação de metrô de Piccadilly, para ser exata. Passei a noite de terça em Londres, sozinha. De modo que provavelmente não tenho álibi... Vai dizer isso ao inspetor Reckless? É claro que vai."

"Não", respondeu Dalgliesh. "Quem dirá a ele é a senhorita."

11

Maurice Seton tivera sorte na escolha de seu arquiteto, e sua casa possuía a característica de todas as construções domésticas de boa qualidade: parecia totalmente adequada ao contexto. As paredes de pedra cinzentas se curvavam a partir das urzes para sustentar o ponto mais elevado de Monksmere Head, com vista ao norte para Sole Bay e ao sul para os charcos e para a reserva ornitológica até Sizewell Gap. Era uma casa despretensiosa e agradável, em formato de L, com dois andares, construída a apenas cinquenta metros da borda do penhasco. Era de se supor que aquelas paredes elegantes, como as do sólido bastião de Sinclair, um dia desmoronariam para dentro do mar do Norte; mas isso não parecia um risco imediato. O penhasco ali tinha uma força e uma altura que proporcionavam alguma esperança de solidez. O braço mais comprido do L estava virado para o sudeste, e era composto quase inteiramente de portas de vidro reforçado que se abriam para uma varanda com piso de pedra. Ali, Seton participara do projeto arquitetônico. Dalgliesh achava pouco provável que o arquiteto houvesse escolhido instalar os dois rebuscados vasos que marcavam os cantos da varanda e nos quais alguns arbustos, com os galhos contorcidos pelos ventos frios do litoral de Suffolk, não conseguiam crescer, ou a pretensiosa placa que oscilava entre dois postes baixos e na qual as palavras "Seton House" estavam inscritas em letras góticas.

Não foi necessário o carro estacionado no final da varanda para informar a Dalgliesh que Reckless já estava ali. Embora não tenha visto ninguém, soube que sua chegada estava sendo observada. As portas de vidro pareciam cheias de olhos. Uma delas estava entreaberta. Dalgliesh a abriu totalmente e entrou na sala de estar.

Foi como pisar no palco de um teatro. Todos os cantos do cômodo comprido e estreito estavam iluminados com uma luz morna, como banhados pelo brilho de lâmpadas de arco voltaico. A decoração era moderna. No centro da parede dos fundos, uma escadaria aberta fazia a curva em direção ao primeiro andar. Até mesmo os móveis — contemporâneos, funcionais, com uma aparência cara — contribuíam para a impressão de impermanência e irrealidade. Quase todo o espaço das portas de vidro era ocupado pela mesa de trabalho de Seton, um móvel engenhosamente projetado e dotado de um complexo conjunto de gavetas, armários e estantes que se estendiam de ambos os lados da superfície de trabalho central. Era provável que a mesa tivesse sido fabricada segundo as especificações do próprio dono, e ela era um símbolo de status funcional, feita de carvalho claro encerado. Nas paredes cinza-claras, duas gravuras conhecidas de Monet estavam emolduradas de forma pouco imaginativa.

As quatro pessoas que se viraram para encarar Dalgliesh sem sorrir quando ele cruzou a soleira da porta de vidro estavam tão imóveis e cuidadosamente dispostas pelo recinto quanto atores que assumiram suas marcas, prontos para o pano subir. Digby Seton estava deitado em um sofá posicionado na diagonal no centro da sala. Vestia um roupão lilás de seda sintética por cima de um pijama vermelho, e talvez estivesse mais adequado ao papel de protagonista romântico, não fosse pelo gorro de gaze cinza que lhe apertava a cabeça e descia até as sobrancelhas. O método moderno de fazer curativos é eficaz, mas não chega a ser atraente. Dalgliesh se perguntou se Seton estaria com febre. Mas ele não teria tido alta do hospital caso não tivesse condições para isso, e Reckless, que não era nem inexperiente nem bobo, devia ter ligado para o médico para se certificar de que ele estava bem o suficiente para ser interrogado. Mas os olhos de Digby exibiam um brilho pouco natural, e uma lua vermelha ardia em cada uma de suas faces, fazendo-o parecer um chamativo palhaço de circo, um foco de colorido bizarro em contraste com o sofá cinzento. O inspetor Reckless estava sentado diante da escrivaninha, com o investigador Courtney ao seu lado. À luz da manhã, Dalgliesh viu o rapaz com clareza pela primeira vez e ficou impressionado com sua beleza agradável. Courtney tinha o tipo de expressão honesta e franca que se costuma ver nos anúncios que louvam as virtudes de uma carreira em algum banco para rapazes inteligentes e ambiciosos. Bem, o investigador Courtney optara pela polícia. Em seu atual estado de espírito, Dalgliesh considerou isso uma pena.

O quarto ator não chegava a estar no palco. Pela porta aberta que conduzia à sala íntima, Dalgliesh pôde ver de relance Sylvia Kedge. Estava sentada em sua cadeira de rodas diante da mesa de jantar. À sua frente havia uma bandeja de prata, e ela estava entretida polindo um garfo com a mesma falta de entusiasmo de um figurante que sabe que a atenção da plateia está concentrada em outro lugar. Ergueu os olhos por um instante para Dalgliesh, e ele ficou chocado com a tristeza em seu rosto contraído. Ela parecia muito adoentada. Então tornou a baixar os olhos e prosseguiu o que estava fazendo.

Digby Seton pôs as pernas para fora do sofá, andou lentamente até a porta da sala de jantar e a fechou com cuidado usando o pé coberto pela meia. Nenhum dos policiais disse nada.

"Desculpem", disse Seton. "Não quero ser grosseiro, mas essa mulher me dá calafrios. Que inferno, eu já disse a ela que lhe darei as trezentas libras que Maurice lhe deixou! Graças a Deus o senhor apareceu, superintendente! Vai assumir o caso?"

Não poderia ter havido começo pior.

"Não", respondeu Dalgliesh. "Este caso não tem nada

a ver com a Yard. Sem dúvida o inspetor Reckless já lhe explicou que o oficial encarregado é ele."

Sentiu que Reckless merecia essa indireta zombeteira.

"Mas eu pensei que sempre chamassem a Yard no caso de assassinatos difíceis", protestou Seton.

"E o que o faz pensar que este é um caso de assassinato?", indagou Reckless. Ele estava organizando papéis sobre a mesa com gestos vagarosos, e não se virou para Seton ao falar. Sua voz soava baixa, pouco enfática, quase desinteressada.

"Bom, e não é? Digam-me vocês. São vocês os especialistas. Mas não entendo como Maurice poderia ter cortado as próprias mãos. Uma, talvez, mas as duas... Se isso não for assassinato, o que é então? E, que droga, vocês têm um agente da Scotland Yard bem aqui no local."

"De férias, não se esqueça", disse Dalgliesh. "Eu estou exatamente na mesma situação que o senhor."

"Não está mesmo!" Seton se contorceu para ficar sentado e levou a mão até debaixo do sofá para pegar os sapatos.

"Seu irmão Maurice não lhe deixou duzentas mil libras de herança. Meu Deus, que loucura! É inacreditável! Algum imbecil resolve acertar contas antigas, e eu ganho uma bolada! Mas onde Maurice conseguiu esse dinheiro todo, afinal?"

"Aparentemente, veio em parte da mãe, e em parte da herança da falecida esposa", respondeu Reckless. Ele havia terminado de organizar os papéis e estava agora examinando uma gavetinha de fichas com o cuidado metódico de um estudioso em busca de uma referência.

Seton deu uma risada soltando o ar pelo nariz.

"Foi isso que Pettigrew lhe disse? Pettigrew! Veja só isso, Dalgliesh! É a cara de Maurice ter um advogado chamado Pettigrew. Afinal de contas, *petty* quer dizer 'mesquinho' e, com um nome desses, o que mais o pobre coitado poderia ser na vida? Pettigrew! Condenado desde que nasceu a ser um respeitável advogado de interior. Não dá para imaginar a cara dele? Seco, preciso, sessenta e poucos anos, muito elegante com seu relógio de bolso e seu terno risca de giz. Meu Deus, só espero que ele saiba escrever um testamento válido."

"Não acho que o senhor precise se preocupar com isso", disse Dalgliesh. Na verdade, ele conhecia Charles Pettigrew, advogado também de sua tia. O escritório era antigo, mas o dono atual, que o herdara do avô, era um rapaz de trinta anos competente e cheio de energia, que havia aceitado o tédio de um escritório de advocacia de interior em troca da proximidade do mar e de uma paixão pela vela.

"Imagino que vocês tenham encontrado uma cópia do testamento", disse ele.

"Aqui está." Reckless entregou-lhe uma folha de papel rígido, e Dalgliesh correu os olhos por ela. O testamento era curto, e ele não levou muito tempo para ler. Depois de dar instruções para seu corpo ser usado para pesquisas médicas e depois cremado, Maurice Seton deixava duas mil libras para Celia Calthrop, "em agradecimento por sua empatia e compreensão quando da morte de minha querida esposa", e trezentas libras para Sylvia Kedge, "contanto que ela tenha passado dez anos trabalhando para mim na ocasião de minha morte". O resto dos bens seria herdado por Digby Kenneth Seton, ficando sob responsabilidade de um truste até ele se casar, e depois disso sendo inteiramente revertido para ele. Caso Digby morresse antes do meio-irmão, ou caso morresse solteiro, a totalidade dos bens ficariam para Celia Calthrop.

"Pobre Kedge!", exclamou Seton. "Mais dois meses e ela teria direito às trezentas libras. Não é de espantar que esteja com essa cara de doente! Sinceramente, eu não fazia a menor ideia desse testamento. O que eu sabia é que muito provavelmente seria o herdeiro de Maurice. Ele mais ou menos disse isso a mim certa vez. De toda forma, não tinha mais ninguém para quem deixar o dinheiro. Nós nunca fomos particularmente próximos, mas tínhamos o mesmo pai, e Maurice respeitava muito o velho. Mas duzentas mil libras! Dorothy deve ter-lhe deixado uma fortuna. O que não deixa de ser engraçado, considerando que o seu casamento já estava pelas tabelas quando ela morreu."

"Então o senhor Maurice Seton não tinha nenhum outro parente?", perguntou Reckless.

"Não que eu saiba. Que sorte a minha, não é mesmo? Quando ela se matou, correram boatos sobre uma irmã que deveria ser avisada. Ou seria um irmão? Sinceramente, não me lembro. Enfim, ninguém apareceu, e o testamento mencionava apenas Maurice. O pai de Dorothy era especulador imobiliário, e ela recebeu muito dinheiro. Tudo acabou ficando para Maurice. Mas duzentas mil libras!"

"Talvez seu meio-irmão tenha tido sucesso com os livros", sugeriu Reckless. Ele havia terminado de examinar as fichas, mas continuava sentado diante da escrivaninha, fazendo anotações em um caderninho e parecendo bem moderadamente interessado nas reações de Seton. Mas Dalgliesh, ele também policial de profissão, sabia que o interrogatório estava correndo bem conforme o esperado.

"Ah, acho que não! Maurice sempre dizia que escrever não pagava nem as suas meias. Isso lhe causava até certa amargura. Segundo ele, nós vivemos na era da 'ficção de sabão em pó'. Se um escritor não tem um truque, ninguém se interessa por ele. Os best-sellers foram inventados pelos publicitários, a escrita de qualidade é uma desvantagem, e as bibliotecas públicas acabaram com as vendas. Devo dizer que ele estava certo. Se tinha duzentas mil libras, não entendo por que deveria ligar para isso. A não ser, é claro, pelo fato de que ele gostava de escrever. Acho que escrever exercia algum efeito benéfico sobre o seu ego. Nunca entendi o que o fazia levar a escrita a sério, mas, afinal de contas, ele nunca entendeu por que eu queria ter minha própria boate. E agora vou poder fazer isso. Se tudo der certo, poderei ter uma cadeia inteira de boates. Vocês estão ambos convidados para a inauguração. Se quiserem, podem levar todos os funcionários da West Central. Nada de inventar despesas dizendo que tiveram de entrar para verificar o alvará de venda de bebida alcoólica ou para ver se o espetáculo não era excessivamente imoral. Nada de investigadoras fantasiadas de turistas do interior fugidas de casa. As melhores mesas. Tudo por conta da casa. Sabe, Dalgliesh, eu poderia ter feito a Golden Pheasant dar certo se possuísse o capital necessário. Bem, agora tenho."

"Só se o senhor se casar", lembrou-lhe Dalgliesh de forma pouco gentil. Ele havia anotado os nomes dos membros do truste formado pelo testamento de Seton, e não conseguia ver nenhum daqueles cavalheiros cautelosos e conservadores se dispor a liberar algum dinheiro para financiar uma segunda boate do mesmo tipo da Golden Pheasant. Perguntou-se por que Maurice Seton fazia tanta questão de que Digby se casasse.

"Maurice vivia dando indiretas para eu sossegar na vida. Dava muito valor ao nome da família. Ele próprio não tinha filhos... pelo menos não que eu saiba... e não imagino que tivesse muita vontade de se casar novamente depois do fiasco com Dorothy. Além do mais, ele tinha o coração mole. Também temia que eu fosse morar com alguma bicha. Não queria o seu dinheiro dividido com um namorado efeminado. Pobre Maurice! Não acho que ele seria capaz de reconhecer uma bicha louca caso um dia desse de cara com uma. Mas ele tinha na cabeça essa ideia de que Londres, e em especial as boates do West End, vivem cheias delas."

"Que extraordinário!", comentou Dalgliesh, seco. Seton não pareceu notar a ironia. Ansioso, prosseguiu:

"Olhem aqui, vocês acreditam em mim em relação ao telefonema, não é? O assassino me telefonou quando cheguei aqui na quarta à noite, e me obrigou a ir até Lowestoft atrás de uma história fajuta. A ideia era me afastar da casa e garantir que eu não tivesse um álibi para a hora da morte. Pelo menos imagino que fosse essa a ideia. De outra forma, não faz sentido. E fiquei mesmo em uma situação delicada. Queria muito que Liz tivesse ido comigo.

Não vejo como poderei provar que Maurice não estava em casa quando cheguei, ou que eu não fui dar um passeio noturno pela praia com ele, adequadamente armado com a faca de cozinha. Falando nisso, vocês acharam a arma do crime?"

Sucinto, o inspetor respondeu que não.

"Senhor Seton", disse ele, "seria útil para mim se o senhor conseguisse lembrar mais coisas em relação a esse telefonema."

"Bem, mas eu não me lembro." De repente, Seton soou irritado. Continuou, com uma voz contrariada: "Vocês já me perguntaram isso, e eu já respondi! Não me lembro. Mas que droga, eu levei uma baita pancada na cabeça desde então! Se vocês me dissessem que imaginei a história toda, eu não ficaria surpreso; só que deve ter acontecido mesmo, senão eu não teria saído de carro. Estava exausto e não teria ido a Lowestoft só por diversão. Alguém telefonou. Disso eu tenho certeza. Mas não consigo me lembrar da voz. Não tenho nem certeza se era homem ou mulher."

"E o recado?"

"Eu já disse, inspetor! A voz falou que estava ligando da delegacia de polícia de Lowestoft, que o cadáver de Maurice tinha ido dar à praia a bordo do meu barco com as mãos decepadas..."

"Decepadas ou cortadas?"

"Ah, sei lá! Decepadas, acho. Enfim, eu tinha que ir a Lowestoft o quanto antes para identificar o corpo. Então eu fui. Sabia onde Maurice guardava as chaves do carro, e por sorte o Vauxhall estava com bastante combustível. Por sorte ou por azar. Eu quase morri. Ah, sei que vocês vão dizer que a culpa foi minha. Reconheço que tomei um ou dois goles do meu cantil no caminho. Bom, é mais do que natural! E eu já estava cansado antes de sair. E tive uma noite horrível na terça... a West Central não chega a ser um hotel. E depois ainda tive a longa viagem de trem."

"E o senhor saiu para Lowestoft imediatamente, sem

se dar ao trabalho de verificar a informação?", quis saber Reckless.

"Eu verifiquei a informação, sim! Quando já estava na estrada, ocorreu-me checar se o barco tinha mesmo sumido. Então desci a Tanner's Lane até onde pude e fui a pé até a praia. O Sheldrake não estava lá. Isso me bastou como confirmação. Imagino que vocês achem que eu deveria ter ligado para a delegacia de novo, mas nunca me ocorreu que o recado pudesse ser falso até eu já estar a caminho, e a essa altura o mais fácil a fazer era checar o barco. Eu acho..."

"Sim?", indagou Reckless com uma voz calma.

"Quem telefonou devia saber que eu estava aqui. E não pode ter sido Liz Marley, porque ela havia acabado de sair quando o telefone tocou. Mas como é que alguma outra pessoa poderia ter sabido?"

"O senhor pode ter sido visto chegando", sugeriu Reckless. "E imagino que tenha acendido as luzes ao entrar. As luzes podem ser vistas por muitos quilômetros."

"Eu acendi as luzes, sim. Acendi todas elas. Este lugar me dá arrepios quando está escuro. Mesmo assim, é estranho."

Era mesmo estranho, pensou Dalgliesh. Mas a explicação do inspetor provavelmente estava certa. Monksmere Head inteira poderia ter visto aquelas luzes ofuscantes. E, quando elas se apagaram, alguém teria sabido que Digby Seton estava a caminho. Mas por que mandá-lo sair de casa? Será que ainda havia algo a ser feito em Seton House? Algo a ser procurado? Algum indício a ser destruído? Será que o corpo estava escondido em Seton House? Mas como poderia ser possível se o que Digby estava dizendo sobre o barco sumido fosse verdade?

De repente, Digby falou:

"O que devo fazer quanto a doar o corpo para pesquisas médicas? Maurice nunca me disse nada sobre qualquer apreço pela pesquisa médica. Mas se era o que ele queria..."

Ele olhou alternadamente para Dalgliesh e Reckless com uma expressão de dúvida. O inspetor falou:

"Eu não me preocuparia com isso agora. Seu irmão deixou as instruções necessárias e os formulários oficiais junto com seus outros documentos. Mas isso tudo vai ter que esperar."

"Sim, imagino que vá mesmo", concordou Seton. "Mas eu gostaria... Quer dizer, se é isso que ele queria..."

Ele hesitou e não terminou a frase. Boa parte de sua animação já se havia esvaído, e ele parecia muito cansado. Dalgliesh e Reckless se entreolharam, compartilhando a opinião de que o cadáver de Maurice não seria mais de muita serventia uma vez terminado o trabalho de Walter Sydenham, o eminente e cuidadoso dr. Sydenham, cujo manual de patologia forense deixava claro que ele preferia uma incisão inicial da garganta até a virilha. Os membros de Seton poderiam até ser úteis para aulas práticas de alunos de medicina, mas provavelmente não era isso que ele tinha em mente. O seu cadáver, porém, já tinha dado sua contribuição para a ciência.

Reckless se preparava para ir embora. Explicou para Seton que este deveria comparecer para depor no inquérito dali a cinco dias, convite recebido sem entusiasmo, e começou a juntar seus papéis com a eficiência satisfeita de um corretor de seguro ao cabo de uma boa manhã de trabalho. Digby o observava com o ar intrigado e levemente apreensivo de um garotinho que achou a companhia dos adultos estressante, mas não tem certeza se quer mesmo que eles vão embora. Depois de fechar sua pasta, Reckless fez uma última pergunta sem parecer de fato querer saber a resposta:

"Senhor Seton, não acha um pouco estranho o seu meio-irmão o ter nomeado como herdeiro? Afinal de contas, vocês dois não se davam especialmente bem."

"Mas eu já disse!", protestou Seton com um gemido. "Não havia mais ninguém. Além disso, nós nos dávamos razoavelmente bem. Quer dizer, eu fazia questão de me dar bem com ele. Ele não era um homem difícil de se conviver, contanto que você o bajulasse em relação àqueles livros horríveis que escrevia e fizesse algum esforço para agradar-lhe. Eu gosto de me dar bem com as pessoas quando posso. Não gosto de brigas nem de situações desagradáveis. Não acho que teria aguentado a companhia dele por muito tempo, mas eu não vinha aqui com frequência. Já disse a vocês que a última vez em que o vi foi no feriado bancário de agosto. Além disso, Maurice era um solitário. Eu era o único parente que lhe restava, e ele gostava de pensar que tinha alguém próximo."

"Então o senhor manteve relações com ele por causa do dinheiro", disse Reckless. "E ele manteve relações com o senhor porque tinha medo de ficar completamente sozinho. É isso?"

"Bem, é assim que as coisas funcionam." Seton não estava nem um pouco abalado. "É a vida. Nós todos queremos alguma coisa uns dos outros. Tem alguém que o ame exclusivamente pelo que o senhor é, inspetor?"

Reckless se levantou e passou pela porta de vidro que estava aberta. Dalgliesh foi atrás, e os dois ficaram em pé juntos na varanda sem dizer nada. O vento estava fresco, mas o sol ainda brilhava, morno e dourado. No mar azul-esverdeado, duas velas brancas se agitavam com movimentos compassados, como pedacinhos de papel soprados pelo vento. Reckless sentou-se nos degraus que conduziam da varanda até a estreita faixa de grama e a borda do penhasco. Dalgliesh, sentindo de modo irracional que não podia ficar em pé, pois isso punha Reckless em situação desvantajosa, sentou-se ao seu lado. Sentiu as pedras inesperadamente frias sob as mãos e coxas, um lembrete de que o calor do sol de outono tinha pouca potência. O inspetor disse:

"Daqui não há como descer para o mar. Seria de esperar que Seton fosse querer um acesso privativo. Tanner's Lane fica bem distante."

"O penhasco aqui é bem alto, e há poucas pedras sólidas. Poderia ser arriscado construir uma escada", sugeriu Dalgliesh.

"Pode ser. Ele devia ser um sujeito bem esquisito. Meticuloso. Metódico. Veja, por exemplo, aquelas fichas. Ele anotava ideias para romances tiradas de jornais, revistas, pessoas. Ou simplesmente tinha as ideias sozinho. Mas elas estão todas cuidadosamente catalogadas ali, aguardando o momento de serem úteis."

"E a contribuição da senhorita Calthrop?"

"Não está nas fichas. Mas isso não quer dizer muita coisa. Sylvia Kedge me disse que a casa muitas vezes ficava destrancada quando Seton estava aqui. Eles todos parecem deixar as casas destrancadas. Qualquer um poderia ter entrado e pego a ficha. Aliás, qualquer um poderia ter lido a ficha. Essas pessoas parecem entrar e sair das casas umas das outras quando querem. Acho que deve ser a solidão. Isso, supondo que Seton tenha feito uma ficha."

"Ou que a senhorita Calthrop de fato tenha lhe dado a tal ideia", disse Dalgliesh. Reckless olhou para ele.

"O senhor também pensou nisso? O que achou de Digby Seton?"

"O mesmo que sempre achei. É preciso um esforço mental para entender um homem cuja ambição mais arrebatada é ter sua própria boate. Mas ele provavelmente acha igualmente difícil entender por que nós iríamos querer trabalhar na polícia. Não acho que o nosso Digby tenha sangue-frio ou inteligência suficientes para planejar esse assassinato. A verdade é que ele é meio burrinho."

"Ele passou a maior parte da noite de terça na cadeia. Eu liguei para a West Central e confirmei. Além do mais, estava bêbado. Não havia nada de fingido na sua embriaguez."

"Muito conveniente para ele."

"É sempre conveniente ter um álibi, senhor Dalgliesh. Mas existem alguns álibis que não pretendo perder tempo tentando quebrar. E o dele é desse tipo. Além do mais, a menos que estivesse mentindo agora há pouco, ele simplesmente não sabe que a arma do crime não foi uma faca. E pensa que Seton morreu na quarta à noite. Maurice não poderia estar vivo nesta casa quando Digby e a senhorita Marley chegaram na quarta-feira. Isso não quer dizer que o seu corpo não estava aqui. Mas não consigo ver Digby bancando o açougueiro, e não vejo por que ele faria isso. Mesmo que tenha encontrado o corpo aqui e entrado em pânico, ele é do tipo a tomar umas e outras e depois voltar para a cidade, não a planejar uma farsa elaborada. E, quando bateu o carro, ele estava na estrada para Lowestoft, não para Londres. Além do mais, não vejo como ele poderia ter sabido da agradável ideia da senhorita Calthrop para se iniciar um romance policial."

"A menos que Eliza Marley tenha lhe contado a caminho daqui."

"E por que ela contaria a Digby Seton? Esse não é um assunto provável para uma conversa a caminho de casa. Mas está bem. Vamos supor que ela sabia e que contou para Digby, ou então, seja lá como for, que ele sabia. Ele chega aqui e encontra o corpo do irmão. Então decide imediatamente criar um mistério na vida real cortando fora as mãos de Maurice e empurrando o cadáver para o mar. Por quê? E o que ele usou como arma? Lembre-se: eu vi o cadáver, e poderia jurar que aquelas mãos foram cortadas com um cutelo, não com uma faca; nem faca nem serrote: cutelo. Nada de faca de cozinha! O cutelo de Seton continua na despensa. E o da sua tia... caso tenha sido ele a arma do crime... foi roubado três meses atrás."

"Então Digby Seton é carta fora do baralho. Mas e os outros?"

"Nós só tivemos tempo para uma verificação preliminar. Vou pegar os depoimentos deles hoje à tarde. Mas parece que todos têm algum tipo de álibi para a hora da morte. Todos, exceto a senhorita Dalgliesh. Como ela mora sozinha, isso não é nenhuma surpresa."

A voz monótona e sem ênfase não se modificou. Os olhos escuros continuaram a fitar o céu. Mas Dalgliesh não se deixou enganar. Então era aquela a razão para ele ter sido chamado a Seton House: o inesperado acesso de confidência do inspetor. Ele sabia como Reckless devia estar vendo a situação. Ali estava uma mulher idosa e solteira que levava uma vida solitária e isolada. Não tinha nenhum álibi para a hora da morte, nem para a noite de quarta-feira, quando o corpo fora lançado ao mar. Dispunha de um acesso quase privativo à praia. Sabia onde ficava atracado o Sheldrake. Tinha quase um metro e oitenta e três de altura, e era uma mulher do campo, forte e ágil, viciada em caminhadas cansativas e acostumada com a noite.

Era verdade que ela não possuía nenhum motivo aparente. Mas que importância tinha isso? Apesar do que ele havia dito à tia naquela manhã, Dalgliesh sabia muito bem que o motivo não era a primeira preocupação. Para o policial que se concentrava de forma lógica no "onde", "quando" e "como", o "porquê" acabaria sendo-lhe revelado em toda a sua lamentável inadequação. O antigo chefe de Dalgliesh costumava dizer que todos os motivos para se cometer assassinato podiam ser reduzidos a quatro categorias principais: amor, luxúria, ódio e lucro. Superficialmente, era até verdade. Mas os motivos eram tão variados e complexos quanto a personalidade humana. Ele não tinha dúvidas de que a mente do inspetor, versada em todos os tipos de horror, já estava ocupada recordando antigos casos em que as sementes da desconfiança, da solidão ou da antipatia irracional haviam florescido sob a forma de violência e morte inesperadas.

De repente, Dalgliesh foi tomado por uma raiva tão intensa que por alguns segundos sua fala e seu pensamento ficaram paralisados. A raiva percorreu seu corpo inteiro qual uma onda de náusea, deixando-o pálido e trêmulo de repulsa por si mesmo. Engasgado com essa raiva, ele felizmente foi salvo da loucura ainda pior de dizer alguma coisa, do sarcasmo, da indignação, ou do fútil protesto de que sua tia, naturalmente, não daria qualquer declaração a não ser na presença de um advogado. Ela não precisava de advogado. Tinha a ele. Mas, meu Deus, que férias eram aquelas?

Ouviu-se um rangido de rodas, e Sylvia Kedge passou com sua cadeira pela porta de vidro e a manobrou até o lado deles. Não disse nada, mas fitou com atenção a trilha que conduzia à estrada. O olhar dos dois homens acompanhou o seu. Uma caminhonete dos correios, compacta e brilhante feito um brinquedo, percorria a encosta da praia em direção à casa.

"É o correio", disse ela.

Dalgliesh viu que suas mãos apertavam com força as laterais da cadeira, e os nós dos dedos estavam brancos. Quando a caminhonete chegou diante da varanda, viu o corpo dela se erguer um pouco e se retesar, como se tomado por uma súbita rigidez. No silêncio que se seguiu ao instante em que o motor foi desligado, ele pôde ouvir sua respiração pesada.

O carteiro bateu a porta da caminhonete e andou na sua direção lançando-lhes um cumprimento alegre. Não houve resposta da moça e, intrigado, ele correu os olhos de seu rosto rígido para as figuras imóveis dos dois homens. Então entregou a correspondência a Reckless. Um único envelope pardo em formato ofício, com o endereço datilografado à máquina.

"É do mesmo tipo do anterior", disse ele. "Como o que entreguei a ela ontem." Ele meneou a cabeça em direção à srta. Kedge, e então, como ainda não havia obtido resposta, recuou desajeitadamente em direção à caminhonete murmurando um "Tenham um bom dia".

"Está endereçado ao Ilustríssimo Sr. Maurice Seton", disse Reckless a Dalgliesh. "Foi posto no correio em Ipswich no final do dia de quarta-feira ou na manhã de quinta. O carimbo do correio é do meio-dia de ontem."

Ele segurava o envelope com delicadeza por um dos cantos, como quem toma cuidado para não marcá-lo com novas impressões digitais. Com o polegar direito, levantou a aba. Dentro do envelope havia uma única folha de papel ofício, coberta com um texto datilografado em espaço duplo. Reckless começou a ler em voz alta:

"O cadáver sem mãos estava deitado no fundo de um pequeno barco à vela, à deriva, não muito longe do litoral de Suffolk. Era o corpo de um homem de meia-idade, um cadáver pequeno e bem-apessoado, cujo sudário, um terno escuro risca de giz, caía com tanta elegância na morte quanto em vida naquele corpo franzino..."

De repente, Sylvia Kedge estendeu a mão.

"Deixe-me ver."

Reckless hesitou antes de segurar a folha de papel em frente aos olhos dela.

"Foi ele quem escreveu isso", ela disse com a voz rouca. "Esse texto é dele. E essa é a datilografia dele."

"Pode ser", disse Reckless. "Mas ele não poderia ter posto o texto no correio. Mesmo que o envelope tenha sido enviado já tarde na noite de quarta, ele não poderia tê-lo postado. A essa altura, ele já estava morto."

"Foi ele quem datilografou isto aqui!", gritou ela. "Estou dizendo, eu conheço o seu trabalho. Foi ele quem datilografou! E ele não tinha mãos!"

Ela explodiu em sucessivos acessos de risos histéricos. Seu riso reboou pela encosta da praia como um eco selvagem, espantando de tal modo um bando de gaivotas que, gritando alarmadas, saíram da beira do penhasco formando uma só nuvem branca.

Reckless olhou para o corpo rígido e para a boca que gritava, com uma falta de preocupação cheia de curiosidade, sem fazer qualquer movimento para reconfortar ou controlar a moça. De repente, Digby Seton apareceu no vão da porta de vidro, com o rosto pálido sob a ridícula atadura.

"Mas que diabos...?"

Reckless o fitou com uma expressão vazia no rosto e disse, com a voz sem entonação:

"Senhor Seton, nós acabamos de ter notícias do seu irmão. Não é ótimo?"

12

Foi preciso algum tempo para acalmar a srta. Kedge. Dalgliesh não tinha dúvidas de que a histeria da moça era genuína; aquilo não era nenhuma encenação. A única coisa que o surpreendeu foi o fato de ela ficar tão chateada. Em toda a pequena comunidade que vivia em Monksmere, apenas Sylvia Kedge parecia genuinamente chocada e abalada com a morte de Seton. E com certeza o seu choque era verdadeiro. Ela exibia o aspecto e o comportamento de uma mulher cujo precário autocontrole finalmente se perde. No entanto, fez esforços visíveis para se controlar, e finalmente sentiu-se bem o suficiente para ser acompanhada de volta a Tanner's Cottage por Courtney, que sucumbira inteiramente ao apelo de seu rosto contraído e de seus olhos suplicantes e saiu empurrando sua cadeira de rodas pela rua, como a mãe que exibe seu frágil recém-nascido aos olhares maus de um mundo potencialmente hostil. Dalgliesh ficou aliviado ao vê-la partir. Percebera que não gostava de Sylvia Kedge, e tinha mais vergonha ainda desse sentimento porque sabia que as suas raízes eram irracionais e pouco nobres. Ele a considerava fisicamente repulsiva. A maioria dos vizinhos usava Sylvia Kedge para satisfazer, a um custo muito baixo, um impulso fácil de sentir dó; ao mesmo tempo, eram recompensados pelo dinheiro gasto. Como muitos deficientes, Sylvia era alvo ao mesmo tempo de condescendência e de exploração. Dalgliesh se perguntou o que ela pensava deles todos. Desejou poder sentir mais pena dela, mas era difícil não observar com certo desprezo a forma como ela usava a própria deficiência. Mas, pensando bem, de que outras armas ela dispunha? Desprezando o jovem agente de polícia por sua capitulação fácil e a si mesmo pela própria insensibilidade, Dalgliesh tomou o caminho de volta a Pentlands para almoçar. Voltou pela estrada. O trajeto era mais demorado e menos interessante, mas ele nunca havia gostado de voltar pelo mesmo caminho da ida. Aquele o fez passar em frente ao chalé de Bryce. Quando chegou lá, uma das janelas do andar de cima foi aberta e o dono da casa pôs o pescoço comprido para fora e chamou:

"Adam, meu caro rapaz, entre. Estava esperando você chegar. Sei que anda bancando o espião para aquele seu amiguinho sem graça, mas não o culpo por isso. Pode deixar o seu chicote do lado de fora e sirva-se da bebida que preferir. Já vou descer." Dalgliesh hesitou, então abriu a porta do chalé com um empurrão. A pequena sala de estar estava bagunçada como sempre, pois servia como depósito para toda a quinquilharia que Bryce não conseguia guardar no apartamento de Londres. Dalgliesh decidiu esperar pela bebida e chamou escada acima:

"Ele não é meu amiguinho sem graça. É um agente de polícia muito competente."

"Ah, sem dúvida!" A voz de Bryce soou abafada. Aparentemente, ele estava vestindo uma roupa por cima da cabeça. "Competente o bastante para me capturar se eu não for esperto. Eu fui detido por dirigir acima da velocidade permitida na A13 umas seis semanas atrás, e o agente em questão, um brutamontes grandalhão com um olhar cruel como o de um mutante, foi muito grosseiro. Escrevi para o chefe de polícia do condado reclamando. É claro que foi a pior coisa que eu poderia ter feito. Hoje entendo isso. Eles agora querem acabar comigo de verdade. Puseram meu nome em alguma lista negra, pode ter certeza."

Ele a essa altura já havia entrado na sala, e Dalgliesh viu com surpresa que de fato parecia preocupado. Murmurando palavras de reconforto, aceitou um xerez — as bebidas de Bryce eram sempre excelentes — e se acomodou na última aquisição do aposento: uma encantadora poltrona vitoriana de encosto alto.

"Então, Adam. Pode ir abrindo a boca, como dizem por aí. O que Reckless descobriu? *Reckless*, 'destemido'... Que nome mais inadequado!"

"Eu não sou exatamente o confidente do inspetor. Mas outra parte do manuscrito chegou hoje pelo correio. Está mais bem escrita desta vez. É a descrição de um cadáver sem mãos dentro de um barco, aparentemente datilografada pelo próprio Seton."

Dalgliesh não viu motivo para esconder essa informação de Bryce. Seria muito pouco provável Sylvia Kedge guardá-la para si.

"Postada quando?"

"Ontem antes do almoço. Em Ipswich."

Desolado, Bryce soltou um gemido.

"Ah, não! Ipswich não! Eu estive em Ipswich na quinta. Vou lá com frequência. Fazer compras, sabe? Não tenho álibi."

"Você provavelmente não é o único", assinalou Dalgliesh à guisa de consolo. "A senhorita Calthrop estava no carro. Latham também. Eu também, aliás. Até mesmo aquela mulher que trabalha em Priory House tinha saído de carroça. Eu a vi chegar pela encosta da praia."

"Aquela é Alice Kerrison, governanta de Sinclair. Não acho que ela tenha ido mais longe do que Southwold. Provavelmente foi buscar mantimentos."

"Na quinta à tarde. As lojas não fecham mais cedo?"

"Ah, meu caro Adam, que importância isso tem? Imagino que ela tenha só saído para dar um passeio. Não iria de carroça até Ipswich só para pôr no correio um documento incriminatório. Mas ela detestava Seton. Era governanta de Seton House antes de a mulher dele morrer. Sinclair a contratou depois que Dorothy se matou, e Alice trabalha para ele desde então. Uma história extraordinária! Alice ficou com Seton até depois do inquérito, e então, sem lhe dizer nada, fez as malas e subiu até Priory House para perguntar a Sinclair se ele tinha um emprego para lhe dar. Aparentemente, Sinclair tinha chegado ao ponto em que o ímpeto de ser autossuficiente não englobava mais a lavagem das roupas, e a contratou. Até onde sei, não se arrependeu."

"Fale-me sobre Dorothy Seton", pediu Dalgliesh.

"Ah, ela era uma beleza, Adam! Tenho uma foto dela em algum lugar, preciso lhe mostrar. Era totalmente neurótica, claro, mas linda mesmo. Acho que o termo correto em jargão médico é maníaco-depressiva. Extremamente alegre em um minuto, e tão deprimida no minuto seguinte que os outros chegavam a ser contaminados por seu pessimismo. Era muito ruim para mim, naturalmente. Eu já tenho dificuldade suficiente para conviver com as minhas próprias neuroses sem ter que lidar com as dos outros. Acho que ela tornou a vida de Seton um inferno. Daria para ter pena dele, não fosse pela pobre Arabella."

"Como ela morreu?", quis saber Dalgliesh.

"Foi uma coisa horrível! Seton a pendurou naquele gancho de carne na viga da minha cozinha. Nunca vou me esquecer da visão daquele corpo peludo tão amado se balançando, esticado como um coelho morto. Ela ainda estava quente quando a tiramos do gancho. Venha, vou lhe mostrar."

Antes de entender que Bryce estava falando de sua gata, Dalgliesh já tinha sido arrastado até a cozinha. Conseguiu conter o primeiro impulso que teve — soltar uma risada nervosa — e seguiu Bryce. Este tremia de raiva e segurava o antebraço de Dalgliesh com uma força surpreendente, enquanto gesticulava para o gancho com uma fúria impotente, como se aquele objeto fosse tão culpado quanto Seton. Agora que o fim de Arabella estava sendo relembrado de forma tão realista, não parecia haver nenhuma chance imediata de ele conseguir qualquer informação sobre a morte de Dorothy Seton. Dalgliesh tinha empatia por Bryce. Também amava os gatos, embora de forma menos explícita. Caso Seton de fato tivesse matado sem motivo um belo animal, por maldade e vingança, era difícil lamentar sua morte. Além disso, um homem assim devia ter feito o seu quinhão de inimigos.

Dalgliesh perguntou quem tinha encontrado Arabella.

"Sylvia Kedge. Ela veio digitar um texto ditado por mim, e eu me atrasei ao retornar de Londres. Cheguei uns cinco minutos depois dela. Ela ligara para Celia e lhe pedira que viesse soltar Arabella. Não conseguia alcançar o corpo. Naturalmente, as duas estavam muito abaladas. Sylvia chegou a passar mal. Tivemos que empurrar a cadeira de rodas até a pia, e ela vomitou em cima da minha louça lavada. Não vou ficar me lamentando. Mas achei que você já conhecesse os detalhes. Pedi à senhorita Dalgliesh que lhe escrevesse. Esperava que você pudesse vir até aqui e provar que Seton tinha sido o responsável. A polícia daqui não conseguiu fazer nada. Imagine se tivesse sido uma pessoa, quanta agitação, quanta bobagem! Igualzinho a Seton. É ridículo. Eu não sou uma daquelas pessoas piegas que consideram os seres humanos mais importantes do que qualquer outra forma de vida. Nós somos numerosos demais, para começo de conversa, e a maioria não sabe nem ser feliz por si própria, quanto mais fazer outra pessoa feliz. E nós somos feios. Feios! Adam, você conhecia Arabella. Ela não era a mais linda das criaturas? Você não considerava um privilégio poder olhar para ela? Aquela gata deixava a vida mais radiosa."

Fazendo uma careta diante da escolha de palavras de Bryce, Dalgliesh teceu os elogios habituais em relação a Arabella, que de fato tinha sido uma linda gata e parecia saber disso. Sua tia lhe contara sobre o incidente em uma das cartas que lhe escrevia de quinze em quinze dias, mas não chegara a mencionar o pedido de Bryce para que ele fosse até lá assumir a investigação, o que não era nenhuma surpresa. Dalgliesh evitou assinalar que não havia nenhuma prova concreta contra Seton. A questão havia provocado muita raiva, muito ressentimento e muita desconfiança, mas uma quantidade incrivelmente pequena de pensamento racional. Mas ele não tinha estômago para resolver esse problema agora. Instou Bryce a voltar para a sala e tornou a perguntar como Dorothy Seton tinha morrido.

"Dorothy? Ela tinha ido passar as férias de outono em Le Touquet com Alice Kerrison. A essa altura, as coisas já estavam bem ruins entre ela e Seton. Ela passara a depender muito de Alice, e acho que Seton pensou que seria uma boa ideia alguém acompanhá-la para ficar de olho. Quando já fazia uma semana que as duas tinham partido, Seton percebeu que não conseguiria continuar morando com ela, e escreveu dizendo que queria se separar. Ninguém sabe exatamente o que estava escrito na carta, mas Alice Kerrison estava com Dorothy quando ela a abriu, e disse durante o inquérito que a senhora Seton ficou terrivelmente abalada e falou que elas precisavam voltar para casa na mesma hora. Seton tinha escrito do Cadaver Club, e a casa estava vazia quando as duas chegaram. Segundo Alice, Dorothy parecia muito calma, e na verdade bem mais disposta do que de hábito. Ela começou a preparar o jantar das duas, e Dorothy passou algum tempo sentada à escrivaninha escrevendo. Então disse que ia dar um passeio na praia para ver a lua refletida no mar. Foi até o final de Tanner's Lane, se despiu, arrumou as roupas em uma pilha com uma pedra por cima e andou até o mar. O corpo foi encontrado uma semana depois. Suicídio. Ela deixou um bilhete debaixo da pedra dizendo que agora percebia que não tinha nenhuma utilidade nem para si nem para mais ninguém, e que decidira se matar. Um bilhete bem direto, muito claro, muito lúcido. Lembro-me de ter pensado na época que a maioria dos suicidas fala em acabar com tudo. Dorothy escreveu apenas que decidira se matar."

"O que aconteceu com a carta que Seton lhe escreveu?"

"Nunca foi encontrada. Não estava junto com os pertences de Dorothy, e Alice não a viu destruí-la. Mas Seton foi bem franco a respeito. Estava triste, mas fizera o que devia ser feito. Ficara impossível continuar. Eu não percebi exatamente o que viver com Dorothy havia feito com ele até assistir à sua peça dois anos depois. A peça falava sobre o casamento com uma pessoa neurótica, mas nela quem se mata é o marido. Bom, é natural. Seton queria o papel principal. Não no sentido literal, é claro. Ainda assim, poderia muito bem ter desempenhado esse papel. Não poderia ter se saído muito pior do que o pobre Barry. Não que se possa culpar os atores. A peça era horrível, Adam! Mas, mesmo assim, foi escrita com uma honestidade e uma dor terríveis."

"Você estava no teatro?", quis saber Dalgliesh.

"Bem no meio da terceira fila da plateia, meu caro, e encolhido de tanto constrangimento. Seton estava em um camarote. Havia levado Celia consigo, e devo dizer que ela fez jus ao convite. Seu vestido tinha um decote vertiginoso, e ela brilhava feito uma árvore de Natal de tantas joias falsas. Acha que Seton queria que as pessoas pensassem que ela era sua amante? Tenho a sensação de que o nosso Maurice gostava de ser considerado um menino mau. Eles pareciam um casal de membros da pequena realeza estrangeira, meu caro. E ele um herói de guerra ou algo do tipo. Eu estava com Paul Markham, que rapaz mais sensível! No final do primeiro ato, ele já estava aos prantos. O mesmo aconteceu com um terço da plateia, é verdade, mas no seu caso imagino que estivessem chorando de tanto rir. Nós fomos embora no primeiro intervalo e passamos o resto da noite bebendo no Moloneys. Eu sou capaz de suportar uma quantidade bem razoável de sofrimento, contanto que não seja o meu, mas não suporto execuções públicas. Celia, educadíssima, ficou com Maurice até o final. Eles tinham uma festa no Ivy depois da peça. Quando penso nessa noite, ah, Arabella, como isso vinga a tua morte!"

"A crítica de Latham foi escrita no seu estilo mais cruel, não foi? Você teve a impressão de que ele tinha um interesse pessoal em destruir a peça?"

"Ah, acho que não." Os grandes olhos fixos em Dalgliesh eram inocentes como os de uma criança, mas Adam tinha um respeito considerável pela inteligência que havia atrás deles.

"Oliver não consegue suportar a má escrita ou a má interpretação e, quando as duas coisas se conjugam, tende a perder as estribeiras. Se Oliver tivesse sido encontrado morto com as mãos decepadas, daria para entender. Metade daquelas estilosas analfabetas de segunda categoria que passeiam por Londres se passando por atrizes teriam feito isso de bom grado caso tivessem coragem."

"Mas Latham conhecia Dorothy Seton, não?"

"Ah, Adam! Como você é insistente! E não é muito sutil, meu caro. Sim, ele a conhecia. Nós todos a conhecíamos. Ela vivia aparecendo sem avisar. Às vezes bêbada, outras vezes sóbria, e em ambos os casos igualmente maçante."

"Ela e Latham eram amantes?", perguntou Dalgliesh, direto. Como ele imaginava, Bryce não ficou nem desconcertado nem surpreso com a pergunta. Como todos os fofoqueiros inveterados, seu principal interesse eram as pessoas. Essa era uma das primeiras perguntas que ele faria a si mesmo em relação a qualquer homem ou mulher do seu círculo de conhecidos que parecessem considerar agradável a companhia um do outro.

"Celia sempre disse que sim, mas era típico dela dizer isso. Quer dizer, a coitadinha não consegue imaginar nenhum outro tipo de relacionamento entre um homem heterossexual e uma mulher bonita. E, no caso de Latham, é provável que tenha razão. Não se pode culpar Dorothy, presa dentro daquela casa de vidro junto com Seton, tão sem graça. Era direito seu buscar consolo em qualquer lugar, contanto que não fosse comigo."

"Mas você não acha que Latham gostasse especialmente dela?"

"Não sei. Acho que não. O pobre Oliver sofre de autorrepulsa. Ele corteja uma mulher, mas depois, quando ela se apaixona, passa a desprezá-la por sua falta de critério. Pobrezinhas, elas não têm como sair ganhando. Deve ser exaustivo desgostar tanto assim de si mesmo. Eu, por minha vez, tenho sorte. Considero-me fascinante."

Dalgliesh estava começando a se cansar desse fascínio. Olhou de relance para o relógio, disse em tom enfático que já eram quinze para a uma e seu almoço devia estar pronto, e começou a se preparar para ir embora.

"Ah, mas você precisa ver a tal fotografia de Dorothy. Estou com ela aqui em algum lugar. Assim você vai ter uma ideia de como ela era bonita."

Ele abriu a tampa deslizante de sua escrivaninha e começou a remexer nas pilhas de papéis. Aquilo parecia uma tarefa impossível, pensou Dalgliesh. Mas devia haver alguma ordem naquele caos pois, em menos de um minuto, Bryce encontrou o que queria. Levou a fotografia até Dalgliesh.

"Foi Sylvia Kedge quem tirou quando estávamos fazendo um piquenique na praia durante um mês de julho. Ela gosta de tirar fotos amadoras."

Certamente não havia nada de profissional na fotografia. Mostrava o grupo reunido em volta do Sheldrake fazendo um piquenique. Estavam todos ali: Maurice e Digby Seton; Celia Calthrop, acompanhada de uma criança com ar emburrado na qual era possível reconhecer Liz Marley; Oliver Latham; e o próprio Bryce. Dorothy Seton, de maiô, estava encostada no casco do barco e ria para a câmera. A imagem estava bem nítida, mas não fornecia nenhuma informação a Dalgliesh a não ser que Dorothy tinha um belo corpo e sabia mostrá-lo. Seu rosto era o de uma mulher bonita, mas nada além disso. Bryce olhou a foto por cima de seu ombro. Parecendo espantado com aquele novo indício da perfídia do tempo e da memória, disse com tristeza:

"Gozado... A foto na verdade não faz jus a ela... Pensei que fosse melhor do que isso..."

Bryce o acompanhou até o portão do chalé. Quando Dalgliesh estava saindo, um furgão apareceu subindo a rua devagar e parou abruptamente diante do portão. Dele desceu uma mulher corpulenta de cabelos pretos, cujas pernas pareciam colunas acima das meias brancas na altura dos tornozelos e das sandálias de menina, que foi acolhida por Bryce com gritinhos de prazer.

"Senhora Bain-Porter! Não está com eles! Está? Quanta gentileza a sua."

A sra. Bain-Porter tinha aquele tipo de voz feminina grave, encorpada e aristocrática feita para intimidar os subalternos ou alcançar o outro lado de qualquer campo de hóquei no meio de uma forte tormenta. Suas palavras ribombaram com clareza nos ouvidos de Dalgliesh.

"Quando recebi sua carta ontem, pensei que valia a pena tentar. Eu trouxe os três melhores da ninhada. Acho tão melhor poder escolhê-los na sua própria casa... É melhor para eles, também."

A traseira do furgão agora já estava aberta, e a sra. Bain-Porter, auxiliada por Bryce, estava erguendo cuidadosamente três cestos de gatos, dos quais na mesma hora emergiram miados nervosos, uma tripla melodia que veio juntar-se ao baixo da sra. Bain-Porter e aos alegres chilreios de Bryce. O coro desapareceu pela porta do chalé. Dalgliesh voltou para casa devagar, rumo a seu almoço, entretido em pensamentos. Era uma daquelas coisinhas que podem significar tudo ou nada. Mas, se a sra. Bain-Porter tinha recebido uma carta de Julian Bryce na quinta-feira, esta havia sido postada no máximo na quarta. Ou seja: na quarta-feira, ou Bryce decidira correr o risco em relação à tendência felinicida de Seton, ou então já sabia que não havia mais nada a temer.

13

Na tarde de sexta-feira, os suspeitos foram a pé, de carro ou de carona até o pequeno albergue nos arredores de Dunwich, onde Reckless montara seu quartel-general, e ali prestaram seus depoimentos. Sempre haviam considerado o Green Man seu pub das redondezas — na verdade, partiam do princípio de que George Prike administrava o lugar sobretudo para o seu usufruto —, e a escolha do inspetor foi criticada por demonstrar total insensibilidade e um descaso generalizado pelo conforto alheio. Celia Calthrop mostrou-se particularmente amargurada, embora frequentasse o Green Man menos do que os outros, e foi severa em sua crítica à loucura de George em se deixar encurralar em uma posição tão injusta. Não tinha a menor certeza se continuaria a querer comprar seu xerez de George se isso significasse recordar o inspetor Reckless toda vez que tomasse um drinque, e caso cada visita sua ao Salon Bar fosse se tornar insuportavelmente traumática. Latham e Bryce compartilhavam sua opinião em relação ao inspetor. Sua primeira impressão a respeito dele não tinha sido favorável e, ao refletirem sobre o assunto ultimamente, eles haviam concluído que não gostavam dele. Talvez, como sugeriu Bryce, uma familiaridade excessiva com o inspetor Briggs dos livros de Seton houvesse estragado sua capacidade de valorizar o artigo genuíno. Briggs, de vez em quando chamado de Briggsy pelo Honorável Martin em um excesso de camaradagem espúria, tinha uma humildade que nenhum dos dois detectara no inspetor Reckless. Apesar do cargo importante na Scotland Yard, Briggsy sempre aceitava deixar Carruthers ocupar o primeiro plano e, longe de se ressentir da interferência do Honorável Martin em seus casos, tinha o hábito de lhe telefonar sempre que precisava de sua competência específica. Como Carruthers era especialista em vinhos, mulheres, heráldica, nobreza proprietária de terras, venenos esotéricos e detalhes da obra de poetas elizabetanos menores, sua opinião tinha muitas vezes um valor incalculável. Como ressaltou Bryce, o inspetor Briggs não expulsava as pessoas de seu pub favorito nem as encarava com olhos escuros e mal-humorados como se estivesse escutando apenas metade das coisas que elas diziam, e não acreditasse sequer nisso. Ele tampouco dava a impressão de considerar os escritores como homens de importância menor, a não ser em relação à sua capacidade de inventar álibis mais engenhosos. Quando precisavam prestar depoimentos — coisa que raramente acontecia —, os suspeitos do inspetor Briggs o faziam no conforto de suas próprias casas, auxiliados por policiais obsequiosos e com Carruthers presente para assegurar, da maneira mais agradável possível, que o inspetor Briggs ficaria no seu lugar.

Todos tomaram cuidado para não chegarem juntos ao albergue; as confidências descuidadas de quinta-feira à noite tinham sido seguidas por certa cautela. Agora era sexta à tarde, já houvera tempo para pensar, e a morte de Seton parecia menos uma intromissão bizarra da ficção na vida real do que um acontecimento altamente embaraçoso. Determinadas verdades pouco digestas foram reconhecidas. Sabidamente, Seton tinha sido visto vivo pela última vez em Londres, mas o seu corpo mutilado fora lançado ao mar da praia de Monksmere. Não era preciso nenhum cálculo complicado com cartas náuticas, força dos ventos ou direção e velocidade das marés para convencer qualquer pessoa disso. Ele poderia muito bem ter arrumado algum problema em Londres durante uma busca ingênua por ideias para seus livros, mas o manuscrito falsificado, as mãos decepadas, o telefonema para Seton House, tudo isso tinha um ar mais interiorano. Celia Calthrop era a mais ardente defensora da teoria da gangue-de-malfeitores-londrinos, mas nem mesmo ela era capaz de proporcionar uma explicação convincente para como os criminosos sabiam onde o Sheldrake estava atracado, ou por que haviam decidido trazer o cadáver de volta para Suffolk. "Para lançar suspeitas sobre nós, é claro", ideia que parecia levantar mais perguntas do que respondê-las.

Uma vez tomados os depoimentos, houve certo número de telefonemas. Com cuidado, como se pensasse que as linhas pudessem estar grampeadas, a pequena comunidade compartilhou os pedaços de informações, boatos ou suposições que, reunidos, provavelmente contavam tudo o que havia para saber. Todos agora relutavam em se encontrar, com medo do que poderiam vir a descobrir ou, pior ainda, com medo do que poderiam revelar sem querer. Mas estavam todos ávidos por informações.

Os telefonemas para Pentlands eram invariavelmente atendidos por Jane Dalgliesh, cortês, pouco prestativa e nada comunicativa. Ninguém gostava de trair a si mesmo pedindo para falar com Adam, a não ser Celia Calthrop, e esta teve tão pouco sucesso em seu pedido que achou mais conveniente acreditar que ele não tinha nada para contar. Os moradores então começaram a conversar entre si, abandonando gradualmente a cautela devido à necessidade de se confidenciar com alguém e à sua ânsia por novidades. Os pedacinhos de informação, a maioria dos quais se modificava sutilmente a cada relato e alguns dos quais estavam baseados em esperança, não em fatos, formavam um quadro incompleto ou absurdo. Ninguém mudara sua história, e os diversos álibis para terça à noite que foram fornecidos com tão ansiosa segurança haviam resistido às verificações possíveis naquele curto espaço de tempo. Parecia que a companheira noturna de Latham não vira problema nenhum em corroborar sua história, mas, como Reckless era totalmente fechado e Latham demonstrava uma discrição digna de um cavalheiro, parecia provável que a curiosidade generalizada em relação ao nome da dama perduraria. A notícia de que Elizabeth Marley admitira ter passado a noite de terça em Londres gerou certa quantidade de especulação agradável, estimulada pelas explicações frequentes e pouco convincentes de Celia quanto à necessidade de sua sobrinha visitar a London Library. Como Bryce comentou com Latham, isso seria compreensível caso a pobre moça estudasse em uma universidade nova, mas na época dele Cambridge tinha livros de sobra. Tanto o carro de Bryce quanto o de Latham haviam sido inspecionados pela polícia, mas a revista provocara tão poucos protestos em seus donos, que todos concordaram que estes não tinham nada a temer. Soube-se que o sr. Forbes-Denby se mostrara devidamente ofensivo ao telefone com o inspetor Reckless enquanto Bryce estava no Green Man, e insistira em considerar o telefonema de Bryce uma questão de confidencialidade sagrada entre ele e seu paciente. Depois de algum tempo, no entanto, diante da insistência quase histérica de Bryce, ele admitira ter recebido o telefonema. A história de Celia, segundo a qual fora ela quem dera a Seton a ideia do cadáver flutuando dentro de um barco, foi corroborada por um velho pescador de Walberswick que compareceu ao Green Man para dizer que se lembrava de o sr. Seton ter perguntado alguns meses antes onde um cadáver a bordo de um barco encalharia caso fosse lançado da praia de Monksmere. Como ninguém havia duvidado da informação de Celia, a declaração do pescador foi recebida com um interesse moderado. Considerando o desejo coletivo de confirmar a teoria da gangue-de-malfeitores-londrinos, era deprimente que ninguém exceto Bryce tivesse visto nenhum desconhecido em Monksmere na noite de quarta-feira. Ele saíra de casa para buscar lenha no barracão pouco depois das sete, quando viu um motociclista passar rugindo pela rua, vindo da estrada, e dar a ré bem em frente ao seu chalé. Justin abominava motocicletas, e o barulho havia sido insuportável. Tinha protestado aos gritos, e o rapaz retaliara rugindo com a moto durante vários minutos para lá e para cá em frente ao chalé e fazendo o que Bryce descreveu como gestos obscenos. Depois de algum tempo, com uma última buzinada, fora embora fazendo o motor rugir. Não se sabia o que Reckless achava dessa história, embora ele tenha pedido a Bryce uma descrição detalhada do motociclista, que provavelmente anotou, caso Bryce tenha conseguido fornecê-la. Mas o motoqueiro usava um macacão de couro preto, capacete e óculos, e Bryce foi incapaz de dar qualquer informação a seu respeito a não ser que ele era obviamente jovem e tinha péssimos modos. Mas Celia tinha certeza de que ele era um membro da gangue. Caso contrário, o que estaria fazendo em Monksmere?

Ao meio-dia de sábado, os boatos haviam crescido e se multiplicado. Digby herdara cem mil, duzentas mil, meio milhão de libras; a autópsia estava atrasada porque o dr. Sydenham não conseguia detectar a causa da morte; a causa da morte havia sido afogamento, estrangulamento, envenenamento, sufocamento, hemorragia; Forbes-Denby dissera a Reckless que Seton ainda viveria mais vinte anos; o coração de Seton poderia parar de bater a qualquer momento; Adam Dalgliesh e o inspetor mal se falavam; Reckless teria prendido Jane Dalgliesh, não fosse pelo fato de não haver descoberto um motivo; Sylvia Kedge vinha se mostrando muito difícil e não queria aceitar as trezentas libras que Digby propusera pagar-lhe; Reckless fora visitar Priory House na sexta-feira à noite já bem tarde, e ele e seus homens tinham sido vistos com lanternas na trilha do penhasco; o inquérito oficial estava marcado para as duas e meia da tarde de quarta-feira. A única informação unânime era a última. O inquérito oficial estava de fato marcado para a quarta-feira seguinte. Digby Seton e Sylvia Kedge tinham sido convocados ao tribunal. Aqueles que não foram convocados não sabiam se a sua presença iria despertar curiosidade, ajudar a dissipar as suspeitas, ou exibir prudência ao demonstrar um respeito adequado pelos mortos.

Na manhã de sábado, foi divulgado que o inspetor Reckless tinha deixado Monksmere e ido para Londres de carro na sexta à noite, e sua volta só era esperada no domingo de manhã. Ele provavelmente fora verificar os álibis londrinos e investigar o Cadaver Club. O fato de que voltaria logo não causou surpresa. Estava claro que ele sabia muito bem onde devia concentrar seus esforços. Mas até mesmo sua ausência temporária foi um alívio. Era como se uma nuvem houvesse saído de cima de Monksmere Head. Aquela presença taciturna, silenciosa e acusadora tinha levado suas preocupações para outro lugar, e sua partida deixara o ar mais livre. Reckless deixou para trás uma inquietação que encontrou alívio na atividade. Todos pareciam ansiosos para se afastar de Monksmere. Até mesmo Jane Dalgliesh e o sobrinho, os menos afetados pela presença de Reckless, foram vistos saindo bem cedo pela praia, em direção a Sizewell, levando uma parafernália de material de pintura, binóculos e mochilas. Estava claro que só voltariam depois do escurecer. Latham saiu de carro pouco depois; o Jaguar estava a mais de cem por hora quando passou por Rosemary Cottage, e Celia comentou maldosamente que Oliver ia fazer uma nova tentativa de quebrar o próprio pescoço. Ela e Eliza deviam levar Sylvia Kedge para um piquenique em Aldeburgh, mas Eliza mudou de ideia logo antes de saírem e foi dar um passeio sozinha até Walberswick. Ninguém sabia quais eram os planos de Digby Seton, mas um telefonema para Seton House dado pela srta. Calthrop, que esperava convencê-lo a participar do piquenique, ficou sem ser atendido. Bryce disse a todo mundo que iria de carro até uma venda de garagem nos arredores de Saxmundham, onde esperava comprar peças de porcelana do século XVI. Às nove e meia da manhã, ele também já estava longe, e Monksmere ficou ocupada apenas pela meia dúzia de turistas de outono que chegaram à cidade sozinhos ou em pares ao longo do dia para estacionarem seus carros em Tanner's Lane, e pelo eventual casal de andarilhos vindo de Dunwich ou de Walberswick, a percorrer as dunas em direção à reserva de pássaros.

Reckless devia ter voltado para Monksmere tarde na

noite de sábado. Quando o domingo amanheceu, seu carro já estava parado em frente ao Green Man, e pouco depois das nove o investigador Courtney já havia ligado para a maioria dos suspeitos solicitando sua presença no albergue. O convite foi muito educado, mas ninguém se iludiu de que teria alguma opção. Todos demoraram a chegar e, mais uma vez, houve um acordo tácito de que não chegariam juntos. Como sempre, o investigador Courtney foi buscar Sylvia Kedge em um carro da polícia. A sensação generalizada era de que, no conjunto, Sylvia até que estava se divertindo.

A máquina de escrever portátil de Maurice Seton estava preparada e à sua espera no albergue, atarracada e reluzente, posicionada no canto de uma pequena mesa de carvalho no bar do albergue. Os cuidados dos agentes em busca de impressões digitais e dos especialistas em máquinas de escrever pareciam ter incrementado seu brilho. A máquina parecia ao mesmo tempo usual e ameaçadora, inocente e perigosa. Talvez fosse o objeto mais íntimo que Seton possuiu. Ao olhar para seu teclado lustroso, era impossível não pensar com repugnância naqueles dois cotos sanguinolentos e imaginar o que teria acontecido com as mãos decepadas. Todos entenderam na hora por que a máquina estava ali. Foram solicitados a digitar dois trechos de prosa: a descrição da visita de Carruthers à boate, e a do cadáver sem mãos à deriva no mar.

O investigador Courtney, encarregado daquela tarefa, estava começando a se considerar um estudioso da natureza humana, e as diferentes reações de seus suspeitos lhe proporcionaram uma matéria-prima gratificante. Sylvia Kedge demorou algum tempo para se acomodar, mas, uma vez que começou a datilografar, seus dedos fortes, ossudos como os de um homem, dançaram por cima das teclas para produzir, em um intervalo incrivelmente curto, duas cópias exatas paginadas com elegância e datilografadas à perfeição. É sempre agradável ver um trabalho executado de forma perfeita, e o investigador Courtney assistiu à exibição da srta. Kedge mergulhado em um silêncio respeitoso. A srta. Dalgliesh, que chegou ao albergue vinte minutos depois, mostrou-se inesperadamente competente. Estava acostumada a datilografar os sermões do pai e a revista da igreja, e aprendera sozinha com o auxílio de um manual. Embora datilografasse com uma velocidade moderada, usava os cinco dedos de forma correta e, ao contrário da srta. Kedge, mantinha os olhos fixos nas teclas. A srta. Calthrop, que encarou a máquina como se nunca tivesse visto uma na vida, protestou rapidamente que não sabia datilografar — ela ditava e gravava todos os seus textos em áudio —, e não entendia por que deveria perder tempo com aquilo. Depois de algum tempo, foi convencida a tentar e, meia hora depois, produziu duas páginas muito mal datilografadas que agitou na cara do investigador com o ar de um mártir vingado. Ao observar o tamanho das unhas da srta. Calthrop, Courtney ficou espantado com o fato de ela ter conseguido pressionar as teclas. Depois de se forçar a tocar a máquina de escrever, Bryce se mostrou surpreendentemente rápido e eficaz, embora tenha sentido a necessidade de fazer comentários depreciativos quanto ao estilo da prosa. Latham se mostrou quase tão hábil quanto a srta. Kedge e datilografou seu texto em um silêncio carrancudo. A srta. Marley afirmou que não sabia datilografar, mas que não via problemas em tentar. Depois de recusar a ajuda de Courtney, passou uns cinco minutos examinando o teclado e o rolo antes de iniciar a laboriosa tarefa de copiar o trecho palavra por palavra. O resultado foi bastante razoável, e o investigador Courtney classificou mentalmente a srta. Marley na categoria de trabalhadora inteligente, ao contrário da afirmação da tia de que "ela poderia fazer melhor se tentasse". Digby Seton se revelou um desastre, mas nem mesmo Courtney foi capaz de acreditar que estivesse fingindo. No final das contas, para alívio de todos, ele foi autorizado a desistir. De forma previsível, nenhum dos textos, incluindo a tentativa abortada de Digby, possuía qualquer semelhança com os originais.

Isso teria deixado surpreso o investigador Courtney, na opinião de quem o segundo texto e, provavelmente, também o primeiro tinham sido datilografados por Maurice Seton. Mas não caberia a ele dar o veredicto. As cópias seriam enviadas para um especialista e examinadas em busca de semelhanças mais sutis. Ele não disse isso aos suspeitos; mas a verdade é que não precisava dizer. Os suspeitos não tinham lido os livros de Maurice Seton à toa.

Antes de todos saírem do albergue, a polícia tirou suas impressões digitais. Quando chegou a sua vez, a srta. Calthrop ficou indignada. Pela primeira vez, começou a se arrepender do desejo de economia que a fizera decidir anteriormente não pedir ajuda a seu advogado. Mas ela não parava de mencionar o nome dele, assim como o de seu representante no Parlamento e o do chefe da polícia de Suffolk. Mas o investigador Courtney foi tão tranquilizador, tão compreensivo em relação aos seus sentimentos, mostrou-se tão ansioso para ajudá-la, tão diferente sob todos os aspectos daquele inspetor grosseirão, que ela por fim aceitou cooperar. "Sua vaca velha imbecil", pensou o investigador enquanto posicionava os dedos gorduchos. "Se os outros fizerem metade desse escarcéu, terei sorte se conseguir terminar antes de o chefe chegar."

Mas os outros não fizeram nenhum escarcéu. Digby Seton se mostrou tediosamente casual em relação ao procedimento, tentando disfarçar o nervosismo com um interesse exagerado pela técnica utilizada. Eliza Marley foi obediente e emburrada, e Jane Dalgliesh parecia estar com a cabeça em outro lugar. Bryce foi o que menos gostou da situação. Havia algo de ameaçador e irrevogável em ceder um símbolo tão singularmente pessoal. Entendeu por que as tribos primitivas tomavam tanto cuidado para que nenhum fio de seus cabelos caísse nas mãos do inimigo. Enquanto pressionava os dedos na almofada com uma careta contrariada, ele sentiu que a virtude o estava abandonando.

Oliver Latham enfiou os dedos na almofada como se

estas fossem o olho de Reckless. Quando ergueu o rosto, viu que o inspetor entrara discretamente no recinto e o observava. O investigador Courtney se levantou.

"Boa noite, senhor Latham", disse Reckless. "É só uma formalidade."

"Ah, obrigado, eu sei. O investigador já nos deu todas as explicações de praxe. Estava me perguntando para onde o senhor iria depois de sua ida à cidade. Espero que tenha gostado de interrogar 'minha amiga', como sem dúvida a chamaria. E o porteiro do apartamento? Espero que Duncombe tenha cooperado."

"Foram todos muito prestativos, senhor Latham, obrigado."

"Ah, tenho certeza de que foram mesmo! Não tenho dúvidas de que eles passaram ótimos momentos. As coisas andam meio paradas na cidade ultimamente. Eu devo estar proporcionando a melhor fofoca em muitas semanas. E, como nós estamos todos cooperando tanto, que tal uma cooperaçãozinha da sua parte? Imagino que não haja nenhum problema em me dizer como Seton morreu."

"Problema nenhum, senhor Latham... no seu devido tempo. Mas ainda não recebemos o laudo da autópsia."

"Esse seu legista está um pouco lento, não?"

"Pelo contrário, senhor Latham. O doutor Sydenham é muito rápido. Mas ainda faltam alguns testes. Este não é um caso simples."

"Eu classificaria esse comentário como o eufemismo do ano, inspetor."

Tirando o lenço do bolso, Latham enxugou cuidadosamente os dedos já limpos. Sem tirar os olhos dele, o inspetor falou em voz baixa:

"Se está tão impaciente assim, senhor Latham, por que não pergunta a alguns dos seus amigos? O senhor sabe tão bem quanto eu que alguém em Monksmere poderia lhe dizer exatamente como Maurice Seton morreu."

14

Desde a morte do meio-irmão, Digby Seton havia adquirido o hábito de fazer as refeições em Rosemary Cottage, e seus vizinhos não deixaram de comentar com uma ironia bem-humorada sobre a frequência com que seu Vauxhall era visto estacionado junto ao gramado em frente ao chalé de Celia Calthrop. Eles reconheciam que era pouco provável Celia desencorajar as visitas de um rapaz rico, mas as motivações de Digby eram menos evidentes. Ninguém imaginava que os charmes de Eliza o atraíssem, ou que ele visse em sua falta de graciosidade emburrada uma forma de pôr as mãos no dinheiro de Maurice. De modo geral, as pessoas achavam que ele provavelmente preferia a comida de Celia, por mais desinteressante que fosse, ao tédio de dirigir duas vezes por dia até Southwold ou ao esforço de cozinhar para si mesmo, e que ficava feliz em sair de perto de Sylvia Kedge. Desde o crime, a moça vinha assombrando Seton House com a persistência de uma carpideira à espera do cachê. O cuidado obsessivo que ela havia dedicado ao trabalho de Maurice parecia transferir-se à sua casa, e ela arrumava, encerava, limpava, contava a roupa de casa e se arrastava com as muletas empunhando um espanador, como se estivesse esperando o antigo dono da casa reaparecer a qualquer momento para passar o dedo no peitoril das janelas. Como Digby disse a Eliza Marley, aquilo o deixava nervoso. Ele nunca havia gostado de Seton House, que achava curiosamente sinistra e deprimente apesar de sua modernidade luminosa. Agora, quando aqueles olhos negros penetrantes podiam virar-se na sua direção de qualquer canto ou armário, tinha a impressão de estar vivendo em sombrio drama grego, com as Erínias à espreita do lado de fora, prontas para entrar.

O comentário havia interessado Eliza, pois sugeria que Digby talvez fosse mais perceptivo e sensível do que se pensava. Sem sentir a menor atração física por ele, ela estava começando a achá-lo interessante, e até um pouco intrigante. Era surpreendente o que o fato de ganhar duzentas mil libras podia fazer por um homem. Ela já podia detectar o sutil verniz do sucesso, a segurança e a complacência que o poder ou o dinheiro invariavelmente proporcionam. A mononucleose a havia deixado deprimida e cansada. Nesse estado, sem energia para estudar e incomodada pelo tédio, quase qualquer companhia era melhor do que nada. Apesar de desprezar a capitulação fácil ao interesse próprio, que tinha modificado a opinião da tia em relação a Digby da noite para o dia, fazendo-o passar de irmão problemático de Maurice a um rapaz encantador, ela mesmo assim começava a admitir que ele talvez tivesse mais qualidades do que se podia detectar à primeira vista. Mas não muito mais.

Digby não aceitara o convite da srta. Calthrop para jantar no domingo à noite, mas nesse dia apareceu em Rosemary Cottage pouco depois das nove e, depois de chegar, não parecia com pressa nenhuma para ir embora. Já eram quase onze da noite, mas ele continuava ali, girando de um lado para o outro na banqueta do piano e tocando espasmodicamente trechos de melodias suas e dos outros. Eliza, encolhida em uma poltrona junto à lareira, observava e escutava, e não parecia estar com pressa nenhuma para que ele fosse embora. Digby não tocava mal. É claro que não tinha nenhum talento de verdade, mas, quando se esforçava, o que acontecia raramente, exibia uma competência agradável. Ela lembrou que Maurice em certa ocasião dissera querer transformar Digby em pianista. Pobre Maurice! Isso fora quando ele ainda tentava desesperadamente convencer a si próprio de que o seu único parente vivo tinha algumas qualidades para justificar o relacionamento. Mesmo quando Digby ainda estava na escola, seus modestos sucessos, como na ocasião em que vencera o campeonato de boxe, haviam sido inflados por Maurice e transformados em grandes conquistas. Era impensável que o meio-irmão de Maurice Seton não tivesse talento algum. E ele na verdade tinha. Projetara e construíra o Sheldrake sozinho e velejava de forma competente, ainda que seu entusiasmo só tivesse durado algumas temporadas. Mas era pouco provável que essa empolgação pelo esporte, de certa forma pouco típica de Digby, impressionasse um intelectual esnobe como Maurice. No final das contas, é claro, ele havia parado de fingir, assim como Celia perdera as esperanças de que a sobrinha fosse bonita, de que teria um sucesso ortodoxo como mulher. Eliza olhou para o outro lado da sala em direção à fotografia colorida de si mesma que testemunhava as ambições humilhantes e absurdas de Celia. A foto fora tirada quando ela estava com onze anos, três depois da morte dos pais. Os grossos cabelos escuros estavam ridiculamente cacheados e enfeitados com fitas, e o vestido de organdi branco com sua faixa cor-de-rosa parecia vulgar e inadequado para uma menina tão desgraciosa e de traços tão grosseiros. Não, sua tia não havia demorado muito para se livrar daquela ilusão específica. Naturalmente, porém, esta fora sucedida por outra; se não podia ser bonita, a querida Eliza tinha de ser inteligente. Agora o tema era: "Minha sobrinha tem uma mente brilhante. Ela estuda em Cambridge, sabe?". Pobre tia Celia! Era mesquinho lhe negar esse prazer intelectual imaginário. Afinal de contas, ela pagava por ele em dinheiro vivo. Eliza sentia certa empatia por Dibgy Seton. Até certo ponto, ambos haviam sofrido a pressão da personalidade alheia; ambos haviam sido aceitos por qualidades que não tinham esperança de jamais virem a possuir; ambos foram classificados como maus investimentos.

De repente, por impulso, ela lhe perguntou:

"Qual de nós você acha que matou o seu irmão?"

Ele tocava de forma sincopada a melodia de um dos espetáculos londrinos recentes, sem precisão e um pouco alto demais. Praticamente teve que gritar acima do barulho que ele próprio produzia.

"Diga você. Não é você a inteligente?"

"Não tão inteligente quanto titia diz. Mas inteligente o bastante para me perguntar por que foi para mim que você ligou em Saxmundham. Nós nunca fomos particularmente próximos."

"Talvez eu tenha pensado que estava na hora de sermos. De toda forma, supondo que eu quisesse uma carona de graça para Monksmere, para quem mais poderia ligar?"

"É, tem isso. E supondo também que você quisesse um álibi para a hora da viagem de trem."

"Eu já tinha um álibi. O condutor do trem me reconheceu; e tive uma conversa interessante no vagão com um senhor de idade sobre a falta de vergonha da geração moderna. Acho que ele vai se lembrar de mim. Eu posso provar que estava a bordo daquele trem sem a sua ajuda, querida."

"Mas será que pode provar quando subiu a bordo?"

"Em Liverpool Street. A estação estava bem cheia, então não acho que ninguém reparou em mim; mas vamos deixar Reckless tentar provar que eu não estava no trem. Por que essa desconfiança toda de repente?"

"Não estou desconfiada. Não vejo como você poderia ter matado seu irmão."

"Obrigado pela parte que me toca. A polícia da delegacia de West Central também pensa assim."

A moça teve um calafrio e disse com súbita força:

"As mãos... que coisa mais horrível de se fazer. Horrível! Você não acha? Sobretudo com um escritor. Horrível e cheia de significado. Não acho que você o detestasse tanto assim."

Ele deixou as mãos caírem das teclas e se virou para olhar para ela.

"Eu não o detestava de forma alguma. Que droga, Eliza! Por acaso tenho cara de assassino?"

"Como é que eu vou saber? É você quem tem o motivo. Um motivo de duzentas mil libras."

"Só se eu arrumar uma mulher. O que você acha de se candidatar ao cargo?"

"Não, obrigada. Eu gosto de homens que tenham um QI pelo menos próximo do meu. Nós não iríamos combinar. O que você quer para a boate com certeza é uma loura cheia de glamour, com um enorme par de seios, um coração de ouro de poucos quilates e uma mente igual a uma calculadora."

"Ah, não!", retrucou ele, sério. "Eu sei o que quero para a boate. E, agora que tenho dinheiro, vou poder comprar. Eu quero classe."

A porta do escritório se abriu; a srta. Calthrop passou a cabeça por ali e lhes lançou um olhar levemente intrigado. Falou para Eliza:

"Acho que perdi uma das minhas fitas cassete novas. Você por acaso não viu?"

Sua sobrinha respondeu com um dar de ombros desinteressado, mas Digby se levantou com um pulo e pôs-se a percorrer a sala com um ar esperançoso, como se a fita fosse materializar-se em cima do piano ou então surgir de debaixo das almofadas. Ao ver essa cena pouco convincente, Eliza pensou: "Mas que cavalheiro! Ele nunca se preocupou com titia antes. Que joguinho estará fazendo?".

A busca, é claro, não teve sucesso, e Digby se virou para a sra. Calthrop com um encantador sorriso de reprovação:

"Sinto muito. Não parece estar aqui."

Celia, que aguardava com uma impaciência que mal conseguia disfarçar, agradeceu e voltou ao trabalho. Assim que a porta se fechou atrás dela, Digby falou:

"Ela está reagindo bastante bem, não está?"

"Reagindo a quê?"

"Ao testamento de Maurice. Afinal de contas, se não fosse por minha causa, ela seria uma mulher muito rica."

Será que aquele bobo imaginava mesmo que elas não soubessem disso, que essa aritmética lhes havia de alguma forma escapado? Ela relanceou os olhos em direção a ele e pôde ver sua expressão de satisfação secreta, complacente, brincalhona. Ocorreu-lhe de repente que ele devia saber alguma coisa sobre a morte de Maurice, que aquele sorriso secreto significava mais do que uma satisfação momentânea com a decepção delas e com a própria sorte. Ela estava com um alerta na ponta da língua. Se ele de fato houvesse descoberto alguma coisa, estava correndo perigo. Era o típico bobo que descobre por acaso parte da verdade e não tem a sensatez de manter a boca fechada. Mas ela se controlou, irritada com aquele vislumbre de satisfação secreta. Provavelmente estava apenas imaginando aquilo tudo. Provavelmente ele não descobrira nada. E se houvesse? Bem, Digby Seton teria que se cuidar sozinho, teria que correr riscos como todos eles.

15

Na sala de jantar de Priory House, a refeição já estava quase no fim. Dalgliesh havia gostado da comida. Não tinha muita certeza do que esperava. O jantar poderia ter sido um banquete de seis pratos servido em porcelana de Sèvres, ou então um hambúrguer vegetariano servido em pratos de madeira e seguido por uma lavagem coletiva da louça. Nenhuma das duas coisas o teria espantado. Na verdade, eles haviam comido um gostoso ensopado de frango preparado com ervas e seguido por salada e queijos. O tinto de Bordeaux era barato e um pouco brutal, mas foram servidas várias garrafas, e Dalgliesh, que não era nenhum esnobe em se tratando de vinhos, nunca havia concordado com a opinião de que a única alternativa aceitável para um vinho bom é vinho nenhum. Estava agora sentado satisfeito, quase feliz, imerso em um suave torpor de bem-estar, e deixou os olhos passearem pelo enorme cômodo onde os quatro estavam sentados, tão pequenos que pareciam marionetes, em volta da mesa simples de carvalho.

Era fácil ver que a casa outrora fizera parte de um monastério, como indica seu nome: *priory* quer dizer "priorado". Aquele cômodo devia ser o refeitório. Era uma versão imensa da sala de visitas de Pentlands, mas ali as vigas de carvalho eram bem mais antigas, arqueando-se junto ao teto, como grandes árvores e indo encontrar-se em uma escuridão vazia quase três metros acima da tênue esfera de luz lançada pelas seis velas altas que iluminavam a mesa de jantar. A lareira era de pedra, como a de Pentlands, mas fora ampliada até se transformar em uma pequena caverna dentro da qual as grandes toras de madeira ardiam como se fossem carvão. As seis janelas em arco viradas para o mar tinham as persianas fechadas, mas Dalgliesh ainda podia escutar o murmúrio do mar e, de quando em vez, um leve gemido que sugeria o vento se erguendo.

Alice Kerrison estava sentada em frente a Sinclair: era uma mulher gordota, discreta e tranquila, segura de sua posição e preocupada sobretudo, até onde Dalgliesh pôde constatar, em garantir que Sinclair comesse além da conta. Quando foram apresentados, ele teve a sensação imediata de que já a conhecia, de que a conhecia bem, até. Então, quase na mesma hora, percebeu por quê. Ali estava personificada a sra. Noé da arca de Noé da sua infância. Eram os mesmos cabelos escorridos, negros e lisos como tinta, repartidos ao meio e puxados para formar um coquezinho apertado na nuca. Era o mesmo corpo roliço e compacto, de cintura fina e rosto familiar, redondo, com as faces coradas, e do qual fitavam dois olhos brilhantes. Até as roupas eram conhecidas. Ela estava usando um vestido preto, simples, de mangas compridas, arrematado na gola e nos punhos por estreitas tiras de renda. O conjunto lembrava tanto a modorra dos domingos de sua infância na casa paroquial do pai, quanto o dobrar de sinos de igreja, ou o cheiro matinal de roupas de baixo de lã limpas.

Ele a olhou de relance enquanto ela servia o café, e perguntou-se qual seria sua relação com Sinclair. Era difícil adivinhar. Ela não o tratava como um gênio; ele não a tratava como uma criada. Era evidente que ela apreciava cuidar dele, mas havia algo de casual e quase irreverente na maneira calma como o aceitava. De vez em quando, enquanto traziam a comida para a mesa juntos, como evidentemente era o seu costume, ou enquanto debatiam com certa ansiedade sobre o vinho, eles pareciam próximos e confidenciais como dois conspiradores. Dalgliesh se perguntou o que a teria levado a fazer as malas naquela manhã, seis anos antes, e a trocar Maurice por Sinclair.

Ocorreu-lhe que Alice Kerrison provavelmente sabia mais do que ninguém sobre Seton e seu relacionamento com a mulher. Perguntou-se o que mais ela saberia.

Deixou o olhar se mover para onde Sinclair estava sentado de costas para a lareira. O escritor parecia mais baixo do que sugeriam as fotografias, mas os ombros largos, os braços compridos e quase simiescos mesmo assim davam uma impressão de grande força. O rosto estava ficando mais carnudo com a idade, com os traços embaçados e amorfos como os de um retrato tirado com pouca luz. Pesadas dobras de pele pendiam ao redor do rosto. Os olhos cansados, enterrados bem fundo sob as sobrancelhas fartas, eram quase invisíveis, mas não havia como não prestar atenção no porte altivo da cabeça ou na imensa cúpula de cabelos brancos que agora reluzia qual um arbusto ardente à luz da lareira, reforçando a impressão de se estar diante de um Jeová ancestral. Quantos anos ele teria?, perguntou-se Dalgliesh. O último de seus três grandes romances tinha sido publicado mais de trinta anos antes, e na época ele já era um homem de meia-idade. Três livros era uma base frágil para reputação tão sólida. Celia Calthrop, irritada por não ter conseguido convencer Sinclair a participar do Festival Literário de Monksmere, a aceitar a dedicatória de um de seus romances, ou mesmo a convidá-la para o chá, gostava de dizer que o talento dele era superestimado, e que a grandeza literária era feita também de quantidade, não só de qualidade. Às vezes Dalgliesh achava que Celia tinha certa razão. Mas os romances de Sinclair sempre despertavam no leitor uma sensação de assombro. Eles se erguiam como grandes rochedos na encosta em que tantas reputações literárias haviam ruído qual castelos de areia ao sabor da maré aleatória dos modismos. Priory House um dia desapareceria no mar, mas a reputação de Sinclair seguiria intocada.

Dalgliesh não era ingênuo a ponto de supor que um grande escritor fosse necessariamente bom de conversa, nem presunçoso a ponto de esperar que Sinclair lhe fizesse sala.

Mas o anfitrião não guardara silêncio durante a refeição. Tinha discorrido de forma interessada e elogiosa sobre os dois livros de poesia de Dalgliesh, mas, segundo a sensação do convidado, não foi por querer agradar. Sinclair se expressava à maneira direta e autocentrada de uma criança. Assim que algum tema deixava de interessá-lo, mudava de assunto. A maior parte da conversa foi sobre livros, embora ele aparentemente não tivesse mais nenhum interesse pelos seus, e as suas leituras leves preferidas parecessem ser romances policiais. Ele não ligava a mínima para assuntos internacionais. "Os homens vão ter que aprender a se amar, meu caro Dalgliesh, no sentido inteiramente prático e não sentimental da palavra, ou então vão se destruir. Seja como for, eu não tenho qualquer influência sobre isso." Ainda assim, Dalgliesh tinha a sensação de que Sinclair não era um homem desiludido nem cínico. Ele se afastara do mundo, mas não por repulsa nem por desespero; simplesmente porque, já com uma idade muito avançada, não ligava mais para o assunto.

Sinclair agora conversava com Jane Dalgliesh, aparentemente sobre a probabilidade de os alfaiates fazerem ninhos nesse ano. Ambos dedicavam ao assunto a séria atenção que outros temas não haviam conseguido suscitar. Dalgliesh olhou para a tia do outro lado da mesa. Ela vestia uma blusa cor de cereja feita de uma lã fina, de gola alta, cujos botões dos punhos chegavam quase até os cotovelos. Era uma roupa adequada para ir jantar fora no frio litoral do leste do país, e ela a vinha usando com poucas variações até onde a sua lembrança alcançava. Agora, porém, sem qualquer explicação, a roupa estava na moda, e a elegância individual e despretensiosa da tia era acrescida de um quê de estilo contemporâneo que Dalgliesh julgava não combinar com ela.

Sua tia estava com a mão esquerda apoiada na bochecha. Os dedos morenos e compridos pendiam com o peso dos anéis de família que ela só usava à noite. À luz de velas, os rubis e diamantes pareciam incendiar-se. Os dois agora conversavam sobre um crânio que Sinclair havia encontrado recentemente em seu trecho da praia. Volta e meia, os cemitérios inundados pelo mar liberavam suas ossadas e, depois de um temporal, quem fosse passear na praia podia muito bem encontrar um fêmur ou uma escápula descorados pela água do mar e ressecados pelo tempo. Mas encontrar um crânio inteiro era menos usual. Sinclair estava discorrendo com alguma autoridade sobre a sua idade provável. Até então, porém, nada fora dito sobre o outro cadáver mais recente. Talvez ele estivesse errado em relação ao motivo daquele jantar, pensou Dalgliesh. Talvez Sinclair no final das contas não estivesse interessado no assassinato de Seton. Mas era difícil acreditar que ele simplesmente tivera um súbito desejo de conhecer o sobrinho de Jane Dalgliesh. De repente, o anfitrião se virou para ele e indagou, com a voz lenta e portentosa:

"Imagino que muita gente lhe pergunte por que o senhor decidiu trabalhar na polícia?"

Dalgliesh respondeu em tom ponderado:

"Não muita gente a quem eu tenha me dado o trabalho de responder... Eu gosto do trabalho; é um trabalho que sei fazer razoavelmente bem; ele me permite saciar certa curiosidade em relação às pessoas e, pelo menos na maior parte do tempo, não me deixa entediado."

"Ah, sim! O tédio. Essa condição intolerável para qualquer escritor. Mas será que não há outro motivo? Trabalhar na polícia não protege a sua privacidade? O senhor tem uma desculpa profissional para não se envolver. Policiais são diferentes dos outros homens. Como os clérigos, nós os tratamos com um companheirismo superficial, mas com uma desconfiança inerente. Não nos sentimos à vontade na sua companhia. Acho que o senhor é um homem que valoriza a própria privacidade."

"Nesse caso, nós dois somos parecidos", disse Dalgliesh. "Eu tenho meu trabalho, e o senhor tem Priory House."

"Priory House não me protegeu hoje à tarde", retrucou Sinclair. "Nós recebemos uma visita do seu colega, inspetor

Stanley Gerald Reckless. Alice, conte ao senhor Dalgliesh como foi."

Dalgliesh já estava ficando cansado de se eximir de qualquer responsabilidade em relação a Reckless, mas ficou curioso para saber como Sinclair fizera para descobrir o nome todo do inspetor de polícia. Provavelmente da maneira mais simples: perguntando.

"Reckless", disse Alice Kerrison. "Esse sobrenome não é de Suffolk. Ele me pareceu doente. Mais provavelmente úlcera. Quem sabe o estresse e o excesso de trabalho..."

Talvez ela estivesse certa em relação à úlcera, pensou Dalgliesh lembrando-se da palidez do inspetor, dos olhos cheios de dor, dos fundos vincos entre o nariz e a boca. Ouviu a voz calma da sra. Kerrison prosseguir.

"Ele veio perguntar se nós tínhamos matado o senhor Seton."

"Mas com mais tato do que isso, decerto", sugeriu Dalgliesh.

"Teve tanto tato quanto ele sabe ter", disse Sinclair. "Mas, de toda forma, foi isso que veio fazer. Eu expliquei a ele que nem sequer conhecia Seton, embora tenha tentado ler um dos seus livros. Mas ele nunca veio à minha casa. Só porque eu próprio não consigo mais escrever, nem por isso sou obrigado a gastar meu tempo com gente que nunca soube. Felizmente, Alice e eu podemos confirmar o álibi um do outro para as noites de terça e quarta-feira, que parecem ser os horários importantes. Eu disse ao inspetor que nenhum de nós dois tinha saído de casa. Não tenho certeza de que ele acreditou em mim. Aliás, Jane, ele perguntou se nós tínhamos pego o seu cutelo emprestado. Deduzi dessa pergunta que você havia fornecido sem querer a arma do crime. Nós mostramos ao inspetor nossos dois cutelos, ambos em excelente estado, folgo em dizer, e ele pôde ver por si mesmo que ninguém os havia usado para decepar as mãos do pobre Maurice."

De repente, Alice Kerrison falou:

"Ele era um homem mau e é bom que tenha morrido. Mas assassinato é algo imperdoável."

"Mau por quê?", quis saber Dalgliesh.

A pergunta era uma simples formalidade. Quisesse ou não, ele teria a resposta. Pôde sentir o olhar brincalhão e interessado de Sinclair a examinar seu rosto. Então aquele era um dos motivos para o jantar. Sinclair não esperava apenas conseguir informações. Também tinha informações para dar. Alice Kerrison estava sentada muito ereta, com o rosto afogueado de emoção e as mãos unidas sob a mesa. Fitou Dalgliesh com a expressão truculenta e um tanto suplicante de uma criança envergonhada e murmurou:

"Aquela carta que ele escreveu para ela. Foi uma carta malvada, senhor Dalgliesh. Ele a empurrou para a morte, foi como se a houvesse forçado a entrar no mar e segurado sua cabeça debaixo d'água."

"Então a senhora leu a carta?"

"Não inteira. Ela a entregou a mim quase sem pensar e me tomou de volta depois de conseguir se controlar. Não era uma carta que uma mulher fosse querer que outra mulher lesse. Havia coisas ali sobre as quais eu nunca poderia comentar com ninguém. Coisas que eu preferiria esquecer. Ele queria que ela morresse. Foi assassinato."

"Tem certeza de que foi ele quem escreveu a carta?", perguntou Dalgliesh.

"A caligrafia era dele, senhor Dalgliesh. Em todas as cinco páginas. A única coisa datilografada era o nome dela no alto, só isso. Eu jamais confundiria a caligrafia do senhor Seton." É claro que não, pensou Dalgliesh. E a mulher de Seton jamais confundiria a caligrafia do marido. Então Seton havia deliberadamente levado a mulher a se matar. Caso fosse verdade, esse era um ato de crueldade proposital mais grave, mas de natureza semelhante à morte da gata de Bryce. De alguma forma, porém, aquele retrato de um sádico calculista estava sutilmente fora de foco. Dalgliesh só encontrara Seton duas vezes, mas ele nunca lhe parecera um monstro. Seria mesmo possível aquele homenzinho pedante, nervoso e cheio de si, com seu talento ridiculamente superestimado, ter acalentado dentro de si tamanho ódio? Ou será que esse ceticismo não passava da arrogância de um policial que começava a se considerar capaz de diagnosticar o mal? Afinal de contas, mesmo que se concedesse ao doutor Crippen a vantagem da dúvida, a história do mundo ainda contava com muitos homens nervosos e incapazes que se revelaram nada incapazes na hora de se livrar das esposas. Como é que, depois de dois encontros rápidos, ele podia conhecer o verdadeiro Seton tão bem quanto Alice Kerrison devia tê-lo conhecido? E havia o indício concreto da carta, uma carta que Seton, cuja correspondência cuidadosamente arquivada em Seton House era toda datilografada, se dera ao trabalho de escrever à mão.

Estava prestes a perguntar o que Dorothy Seton fizera com a carta, quando o telefone tocou. O barulho ecoou com uma incongruência estridente no silêncio daquele imenso cômodo iluminado pela luz das velas. Espantado, Dalgliesh percebeu que havia partido de um princípio pouco racional de que Priory House não tinha luz elétrica. Olhou em volta à procura do aparelho. Os toques pareciam vir de uma estante nas profundezas escuras do fundo da sala. Nem Sinclair nem Alice Kerrison esboçaram qualquer reação para atender.

"Deve ser engano", disse Sinclair. "Ninguém nunca nos telefona. Nós só temos telefone para o caso de uma emergência, mas o número não consta do catálogo." Ele olhou para o aparelho do outro lado da sala como se estivesse satisfeito em saber que estava funcionando. Dalgliesh se levantou.

"Com licença", falou, "mas talvez seja para mim." Ele estendeu a mão em direção ao aparelho e sentiu seu contato frio e liso em meio aos vários objetos que abarrotavam o alto da estante. O barulho irritante cessou. No silêncio, quase acreditou que todos os presentes pudessem ouvir o inspetor Reckless falando.

"Senhor Dalgliesh? Estou ligando de Pentlands. Aconteceu uma coisa que eu acho que o senhor deveria saber.

Pode vir até aqui agora?" Quando Dalgliesh hesitou, ele arrematou: "Recebi o laudo da autópsia. Acho que pode interessar-lhe".

O inspetor estava fazendo aquilo soar como um suborno, pensou Dalgliesh. Mas é claro que ele teria de ir. O tom formal e sem empatia do pedido não enganou nenhum dos dois. Se estivessem conduzindo juntos uma investigação, o superintendente Dalgliesh era quem teria convocado o inspetor Reckless, não o contrário. Mas eles não estavam conduzindo juntos uma investigação. E, se Reckless quisesse interrogar algum suspeito — ou mesmo o sobrinho de uma suspeita —, era ele quem escolheria o lugar e a hora para isso. Ainda assim, seria interessante saber o que ele estava fazendo em Pentlands. A srta. Dalgliesh não havia trancado o chalé quando eles saíram para Priory House. Poucas pessoas em Monksmere se davam ao trabalho de trancar suas casas, e o possível assassinato de um vizinho não fizera sua tia mudar de hábitos. No entanto, era pouco característico de Reckless comportar-se com tão pouca cerimônia.

Dalgliesh pediu desculpas a seu anfitrião, que as aceitou sem muitos sinais de desagrado. Desconfiou que Sinclair, pouco acostumado a outras companhias que não a de sua tia, estava satisfeito com o fato de o grupo ser reduzido aos habituais três componentes. Por algum motivo pessoal, ele quisera que Dalgliesh ouvisse a história de Alice Kerrison. Agora que esta havia sido contada, podia dispensar seu convidado com satisfação e algum alívio. Apenas lembrou a Dalgliesh para levar a lanterna quando saísse, instruindo-o a não voltar para buscar a tia: ele e Alice a acompanhariam até a casa. Esse arranjo pareceu agradar a Jane Dalgliesh. Dalgliesh desconfiou que sua tia estivesse apenas demonstrando tato. Reckless só havia solicitado a presença dele, não a dela, e sua tia não queria ser uma companhia indesejada nem mesmo na própria casa.

Ninguém o acompanhou até a porta, e ele adentrou uma escuridão tão impenetrável que, no início, seus olhos não puderam distinguir nada, a não ser o borrão branco da trilha sob seus pés. Então as nuvens saíram da frente da lua e a noite se tornou visível, toda feita de formas e sombras prenhes de mistério e perfumadas de mar. Dalgliesh pensou como, em Londres, era raro poder vivenciar a experiência da noite, visto como esta era violentada pelo fulgor das luzes e pela agitação dos homens. Ali, a noite era uma presença quase palpável, e um medo atávico do escuro e do desconhecido pulsou por suas veias. Até mesmo o camponês de Suffolk, acostumado à escuridão, mal conseguia percorrer aquelas trilhas nas colinas sem uma sensação de mistério. Era fácil entender de onde surgiram as lendas locais de que às vezes, nas noites de outono, era possível ouvir as batidas abafadas dos cascos dos cavalos enquanto contrabandistas traziam seus barris e fardos de Sizewell Gap para esconder nos charcos, ou então transportá-los interior adentro pelos desolados urzais de Westleton. Em uma noite assim, também era fácil ouvir, vindos do mar, os débeis sinos de igrejas há muito afogadas, dedicadas a são Leonardo, são João, são Pedro e Todos os Santos, entoando seus cantos fúnebres pela alma dos mortos. E hoje em dia talvez houvesse novas lendas para manter os moradores em casa nas noites de outono. As lendas de outubro. A de uma mulher nua, pálida sob o luar, a caminhar por entre as ondas rumo à morte; a de um homem morto e sem mãos à deriva nas marés.

Perversamente, Dalgliesh decidiu voltar para casa pela beira do penhasco. Isso aumentaria o tempo do trajeto em quinze minutos, mas esperar esse tempo a mais não prejudicaria Reckless, confortavelmente instalado em Pentlands. Encontrou a trilha com o auxílio da lanterna e pôs-se a seguir a pequena poça de luz que se agitava à sua frente como um espectro. Olhou para trás na direção da casa. Esta agora já não tinha forma definida e não passava de uma massa negra diante do céu noturno, sem qualquer sinal de ocupação exceto os finos fachos de luz que saíam por entre as persianas da sala e de uma janela alta e redonda que luzia qual o olho de um ciclope. Enquanto ele olhava, a luz se apagou. Alguém subira ao andar de cima, provavelmente Alice Kerrison.

Estava chegando à beira do penhasco. As ondas soaram mais distintas em seus ouvidos, e em algum lugar um pássaro marinho gritou, um grito agudo e estridente. Ele pensou que o vento pudesse estar aumentando, embora este ainda mal passasse de uma brisa forte. Ali, porém, no terreno exposto, era como se mar, terra e céu compartilhassem uma suave e perpétua turbulência. A vegetação da trilha estava ficando mais densa. Nos vinte metros seguintes, o caminho mal passava de uma picada tortuosa através dos arbustos e dos tojos cujos galhos espinhosos arranhavam suas pernas. Começou a pensar que teria sido mais sensato seguir pela trilha de dentro. O prazer de fazer Reckless esperar lhe pareceu então irracional e pueril, e com certeza não valia a pena estragar uma calça de boa qualidade só por causa disso. Se o corpo de Seton tivesse sido levado de Priory House por aquela mata espinhosa, com certeza haveria indícios do caminho usado. Reckless sem dúvida devia ter examinado o terreno com cuidado; Dalgliesh se perguntou o que teria encontrado, se é que encontrara alguma coisa. E não era apenas a trilha. Teria sido necessário também descer cerca de quarenta degraus mambembes até a praia. Apesar da idade, Sinclair era um homem vigoroso, e Alice Kerrison uma camponesa cheia de saúde; mas Seton, por mais baixo que fosse, teria sido literalmente um peso morto. A viagem teria sido exaustiva, quase impossível.

De repente, Dalgliesh viu uma forma branca à esquerda da trilha. Era uma das poucas lápides que restavam naquele trecho do penhasco. A maioria já havia ruído de tão velha muito tempo antes, ou então sido varrida até o mar, para eventualmente acrescentar seu fardo de ossos aos destroços humanos trazidos pela maré. Mas aquela ali estava de pé e, por impulso, Dalgliesh se aproximou para observá-la. A lápide era mais alta do que ele poderia ter imaginado, e seus dizeres estavam legíveis e bem gravados. Ele se agachou até junto ao chão e iluminou com a lanterna a inscrição:

Em memória de
Henry Willm. Scrivener
Derrubado de seu cavalo com um tiro
por um bando de contrabandistas
ao passar por estas terras, 24 de setembro de 1786.

Balas cruéis me perfuraram o coração bem fundo
E rezar não poderei antes de ir embora deste mundo.
Parai um pouco, viajante, pois não podeis supor
Em que dia vosso caminho irá cruzar o do Criador

Pobre Henry Scrivener! Que falta de sorte, pensou Dalgliesh, teria feito aquele homem percorrer sozinho a estrada deserta em direção a Dunwich? Ele devia ter sido um homem de alguma importância. A lápide era de boa qualidade. Dalgliesh ponderou quantos anos ainda transcorreriam antes de Scrivener, sua lápide e sua exortação religiosa serem por sua vez varridos e esquecidos. Estava se levantando quando a lanterna se agitou em sua mão e iluminou em cheio o túmulo. Com surpresa, ele viu que alguém o abrira. A grama tinha sido recolocada, e os arbustos novamente entrelaçados para formar uma cobertura densa e espinhosa, mas não havia dúvida de que o túmulo fora violado. Ele tornou a se ajoelhar e remexeu de leve o solo com as mãos enluvadas. A terra estava leve e solta. Outras mãos haviam estado ali antes das suas. Em poucos segundos, ele desenterrou um fêmur, depois uma escápula quebrada, e por fim um crânio. Henry Scrivener ganhara companheiros na morte. Dalgliesh entendeu na mesma hora o que tinha acontecido. Aquela era a maneira que Sinclair ou Alice Kerrison haviam encontrado para se livrar dos ossos encontrados na praia. Todos eles eram muito velhos, todos estavam descorados pela água salgada. Alguém, e ele pensou que provavelmente devia ter sido Alice, quisera proporcionar-lhes um novo enterro em solo consagrado.

Refletia sobre essa nova compreensão dos costumes daquele estranho casal de Priory House e revirava o crânio nas mãos, quando escutou as batidas suaves de passos se aproximando. Galhos farfalharam ao serem afastados, e de repente uma forma escura assomou acima dele, ocultando o céu noturno. Ele ouviu a voz leve e irônica de Oliver Latham:

"Ainda bancando o detetive, superintendente? Se me permite o comentário, o senhor parece um ladrão de túmulos de meia-tigela. Quanta obsessão pelo trabalho! Mas vai deixar o pobre Henry Scrivener descansar em paz, não vai? Eu diria que já está um pouco tarde para começar a investigar o assassinato dele. Além do mais, isso não é invasão de privacidade?"

"Muito menos do que a sua", respondeu Dalgliesh com uma voz neutra.

Latham riu.

"Quer dizer que o senhor jantou com R. B. Sinclair. Espero que tenha dado o devido valor a essa honra. E o que o seu grande apóstolo do amor universal tinha a dizer sobre o fim particularmente desagradável de Seton?"

"Não muito."

Dalgliesh cavou um buraco na terra fofa e começou a cobrir o crânio. Alisou a terra por cima da testa branca e encheu com ela as órbitas dos olhos e os espaços entre os dentes. Sem erguer os olhos, falou:

"Eu não sabia que o senhor gostava de passeios noturnos."

"É um hábito recente. Vale muito a pena. Dá para ver coisas muito interessantes."

Ele ficou observando Dalgliesh enquanto este tornava a enterrar os ossos e recolocava a grama no lugar. Então, sem dizer nada, virou-se para ir embora. Em voz baixa, Dalgliesh falou na sua direção:

"Dorothy Seton lhe mandou uma carta pouco antes de morrer?"

A silhueta escura estacou antes de se virar devagar. Com a voz muito baixa, Latham devolveu a pergunta:

"E isso lá é da sua conta?" Ao ver Dalgliesh hesitar, arrematou: "Então por que quer saber?".

Sem dizer mais nada, ele tornou a virar as costas e desapareceu na escuridão.

16

A luz estava acesa na varanda do chalé, mas a sala quase totalmente às escuras. Sentado sozinho em frente à lareira que se extinguia, o inspetor Reckless parecia um hóspede que, sem ter certeza se é bem-vindo, economiza energia esperando assim cair nas boas graças de seu anfitrião. Quando Dalgliesh entrou, ele se levantou e acendeu uma pequena luminária de mesa. Os dois homens se encararam sob essa luz suave, mas inadequada.

"Está sozinho, senhor Dalgliesh? Por acaso teve algum problema para sair de lá?"

A voz do inspetor não traía o menor sentimento. Era impossível detectar na pergunta sem entonação qualquer crítica ou curiosidade.

"Consegui sair sem problemas. Decidi voltar a pé pelo penhasco. Como o senhor soube onde me encontrar?"

"Quando vi o chalé vazio, imaginei que o senhor e a senhorita Dalgliesh tivessem ido jantar em algum lugar por perto. Tentei primeiro a casa mais provável. Queria conversar com o senhor sobre alguns desdobramentos do caso ainda hoje, e não queria falar ao telefone."

"Bem, pode falar. Quer beber alguma coisa?"

Dalgliesh achou quase impossível não imprimir à própria voz certo quê de alegre incentivo. Sentia-se tão pouco à vontade quanto um diretor de escola encorajando um promissor mas nervoso candidato a alguma prova. Reckless, porém, estava inteiramente à vontade. Os olhos escuros o fitavam sem qualquer indício de constrangimento ou servilidade. "Pelo amor de Deus, o que há de errado comigo?", pensou Dalgliesh. "Por que não consigo me sentir à vontade com esse homem?"

"Por enquanto nada, obrigado. Pensei que o senhor fosse ficar interessado no parecer do legista que recebi hoje no início da noite. O doutor Sydenham deve ter passado a noite de ontem em claro com o cadáver. Gostaria de tentar adivinhar a causa da morte?"

"Não", pensou Dalgliesh, "não gostaria, não. Essa investigação é sua, e eu gostaria muito que o senhor a solucionasse logo. Não estou com paciência para adivinhações."

"Asfixia?", disse ele.

"Causas naturais, senhor Dalgliesh. Ele morreu de enfarte."

"O quê?"

"Não há dúvida. Tinha uma angina do peito agravada por um defeito no átrio esquerdo. Ou seja: tinha um coração bem ruim, e ele o deixou na mão. Não houve asfixia, nem envenenamento, nem qualquer sinal de violência a não ser pelas mãos decepadas. Ele não morreu de hemorragia, e não morreu afogado. Morreu três horas depois da última refeição. E morreu de enfarte."

"E o que ele comeu? Como se eu precisasse perguntar!"

"Camarão frito com molho tártaro. Salada de alface com vinagrete. Pão preto com manteiga, queijo azul dinamarquês e biscoitos, tudo regado a Chianti."

"Ficaria surpreso se ele tivesse comido isso em Monksmere", disse Dalgliesh. "Essa é uma refeição típica de um restaurante londrino. Falando nisso, e as mãos?"

"Foram decepadas algumas horas depois da morte. O doutor Sydenham acha que podem ter sido retiradas na quarta à noite, e isso seria bastante lógico, senhor Dalgliesh. O banco do barco foi usado como tábua de cortar. O sangramento não deve ter sido forte mas, se quem fez isso ficou sujo de sangue, havia muito mar em volta para limpar tudo. É uma história bem feia, uma história cruel, e vou encontrar o responsável, mas isso não quer dizer que tenha sido assassinato. Ele morreu de causas naturais."

"Imagino que um choque muito forte poderia tê-lo matado?"

"Mas o quão forte? O senhor sabe como são esses casos de deficiência cardíaca. Um dos meus rapazes conversou com o doutor Forbes-Denby e, segundo ele, Seton poderia ter durado muitos anos com os cuidados certos. Bem, ele tomava cuidado. Nada de estresses desnecessários, nada de viagens de avião, uma dieta moderada, muito conforto. Há quem fique bem velhinho com um coração pior do que o dele. Eu tive uma tia com o mesmo problema. Ela sobreviveu a dois bombardeios à sua casa. Não há como confiar que um homem vá morrer de susto. Algumas pessoas com deficiências cardíacas sobrevivem a choques tremendos."

"E outras sucumbem a uma reles crise de indigestão. Eu sei disso. Essa última refeição não foi exatamente ideal para alguém com problemas cardíacos, mas não podemos supor seriamente que alguém o tenha levado para jantar fora com a intenção de provocar uma crise fatal de indigestão."

"Ninguém o levou para jantar fora, senhor Dalgliesh. Ele jantou onde o senhor achou que tivesse jantado. Na boate Cortez Club, no Soho, a boate de Luker. Foi direto do Cadaver Club para lá e chegou sozinho."

"Saiu sozinho também?"

"Não. Tem uma recepcionista que trabalha na boate, uma loura chamada Lily Coombs. Ela é uma espécie de braço direito de Luker. Fica de olho nas outras meninas, na birita, e deixa os clientes nervosos mais descontraídos. Se ela estava com Luker em 1959 quando ele matou Martin, o senhor deve conhecê-la. Segundo ela, Seton a chamou até sua mesa e disse que um amigo havia lhe dado o seu nome. Ele estava em busca de informações sobre o mundo das drogas, e tinham lhe dito que ela poderia ajudar."

"Lil não é exatamente uma santa, mas, até onde eu sei,

nunca se meteu com drogas. Nem ela nem Luker... pelo menos ainda. Imagino que Seton não tenha dito a ela o nome do tal amigo."

"Ela diz que perguntou, mas que ele não quis dizer. De toda forma, ela viu ali uma oportunidade de ganhar algum dinheiro, e os dois saíram da boate às nove e meia. Seton lhe disse que não podiam voltar para conversar no clube dele porque este não aceitava mulheres. É verdade; não aceita mesmo. Então os dois passaram uns quarenta minutos dando voltas de táxi pelo Hyde Park e pelo West End, ele lhe pagou cinco libras pelas informações... não sei que tipo de história ela contou... e ele então desceu na estação de metrô de Paddington e a deixou voltar sozinha no táxi para o Cortez. Chegou de volta às dez e meia e lá ficou, na frente de uns trinta clientes, até uma da manhã."

"Mas por que eles saíram da boate? Ela não poderia ter dado as informações a ele ali mesmo na mesa?"

"Segundo ela, ele parecia nervoso para sair da boate. O garçom confirmou que ele parecia tenso e agitado. E Luker não gosta que ela passe tempo demais com um cliente só."

"Se eu bem conheço Luker, ele gostaria menos ainda que ela saísse da boate por quarenta minutos para passear de carro pelo Hyde Park. Mas isso tudo está soando bem respeitável. Lil deve ter mudado nesse tempo todo. O senhor achou a história convincente?"

"Eu sou um policial do interior, senhor Dalgliesh", respondeu Reckless. "Não parto do princípio de que toda puta do Soho é obrigatoriamente mentirosa. Achei que ela estivesse dizendo a verdade, embora não necessariamente toda a verdade. Além do mais, nós encontramos o taxista. Ele confirmou que pegou os dois em frente à boate às nove e meia, e que deixou Seton na entrada para a District Line da estação de Paddington uns quarenta minutos depois. Segundo ele, os dois pareciam estar tendo uma conversa muito séria durante todo o trajeto, e o cavalheiro de vez em quando fazia anotações em um caderninho. Se fez mesmo, eu gostaria de saber o que aconteceu com essas anotações. Não encontramos caderninho nenhum no corpo."

"Vocês trabalharam depressa. Então a última vez em que ele foi visto com vida passa a ser por volta das dez e dez. E ele morreu menos de duas horas depois."

"De causas naturais, senhor Dalgliesh."

"Acho que estava previsto que ele morresse."

"Pode ser. Mas não vou discutir com os fatos. Seton morreu à meia-noite da terça-feira passada, e morreu porque tinha o coração fraco e este parou de bater. Foi isso que o doutor Sydenham me disse, e eu não vou gastar o dinheiro do contribuinte para tentar provar que ele está errado. Agora o senhor está me dizendo que alguém induziu o enfarte. Não vou dizer que é impossível. O que digo é que ainda não há indícios que sustentem essa hipótese. Vou manter a mente aberta em relação a este caso. Há muita coisa que ainda não sabemos."

Dalgliesh considerou esse comentário um eufemismo considerável. A maioria dos fatos que Reckless ainda desconhecia com certeza eram tão cruciais quanto a hora da morte. Ele poderia ter catalogado as perguntas ainda sem resposta. Por que Seton pedira para descer em Paddington? Quem estava indo encontrar, se é que estava indo encontrar alguém? Onde ele havia morrido? Onde seu corpo ficou de meia-noite de terça em diante? Quem o levou até Monksmere, e por quê? Se a morte de fato foi premeditada, como o assassino conseguiu fazê-la parecer uma morte natural? E isso conduzia a uma pergunta que Dalgliesh considerava a mais intrigante de todas. Depois de ter feito tudo isso, por que o assassino não deixou o corpo em Londres, talvez jogado junto ao meio-fio, para ser depois identificado como o de um autor de livros policiais de meia-idade e pouca importância, que estava andando por Londres rumo a um compromisso misterioso e fora acometido por um ataque do coração? Por que levar o corpo de volta até Monksmere e encenar uma complexa charada que sem dúvida levantaria suspeitas de crime, e inevitavelmente faria o departamento de investigação criminal de Suffolk inteiro vir zumbir em volta de seus ouvidos?

Como se pudesse ler os pensamentos de Dalgliesh, Reckless falou:

"Não temos nenhum indício de que a morte de Seton e as mutilações de seu cadáver estejam diretamente relacionadas. Ele morreu de causas naturais. Mais cedo ou mais tarde, vamos descobrir onde. Depois conseguiremos uma pista sobre o responsável por toda a bobajada que veio depois: a mutilação, o trote para Digby Seton, se é que isso de fato aconteceu, os dois manuscritos enviados para a senhorita Kedge, se é que de fato foram enviados. Há um engraçadinho nesse grupo, e eu não gosto do seu senso de humor, mas não acho que ele seja um assassino."

"Então o senhor acha que tudo não passa de uma farsa complexa? Com que intuito?"

"Maldade, senhor Dalgliesh. Maldade contra os mortos, ou contra os vivos. Esperança de poder lançar desconfiança sobre os outros. Necessidade de criar problemas. Para a senhorita Calthrop, quem sabe. Ela não nega que a ideia de um cadáver sem mãos a bordo de um barquinho foi dela. Para Digby Seton. Ele é o que mais tem condições de lucrar com a morte do meio-irmão. Para a senhorita Dalgliesh, até. Afinal de contas, o cutelo era dela."

"Isso não passa de conjectura", disse Dalgliesh. "Tudo que sabemos é que o cutelo sumiu. Não há nenhum indício de que ele tenha sido a arma do crime."

"Agora há. O cutelo foi devolvido, entende? Acenda a luz, senhor Dalgliesh, e verá."

O cutelo fora, de fato, devolvido. No outro lado da sala havia uma mesinha de canto do século XVIII, um móvel delicado e muito bonito que Dalgliesh lembrava fazer parte da mobília da sala de estar da avó quando ele era menino. O cutelo havia sido cravado no centro da mesa, e a lâmina quase partira em dois a madeira encerada; o cabo se curvava para cima. Sob a forte luz de centro que agora iluminava a sala, Dalgliesh pôde ver com clareza as manchas marrons de sangue na lâmina do cutelo. Este, é claro, seria enviado para análise. Nada podia ser deixado ao acaso. Mas ele não tinha dúvidas de que aquele era o sangue de Maurice Seton.

"Vim até aqui informá-lo sobre a autópsia", disse Reckless. "Pensei que isso pudesse lhe interessar. Quando cheguei, a porta estava meio aberta, de modo que entrei chamando o seu nome. Vi o cutelo quase na mesma hora. Dadas as circunstâncias, decidi tomar a liberdade de ficar aqui até o senhor chegar."

Se ele estava satisfeito com o sucesso de sua pequena encenação, não deu qualquer mostra disso. Dalgliesh não achava que ele tivesse nenhum senso dramático. Mas a cena toda havia sido astuciosamente planejada: a conversa em voz baixa à luz da lareira, a luz acesa de repente, o choque de ver um objeto lindo e insubstituível destruído de forma aleatória e cruel. Ele teve vontade de perguntar se Reckless teria dado a notícia de forma tão espetacular caso a srta. Dalgliesh também estivesse presente. Bem, por que não? Reckless sabia muito bem que Jane Dalgliesh podia ter cravado aquele cutelo na mesa antes de ela e Dalgliesh saírem para jantar em Priory House. Uma mulher capaz de decepar as mãos de um morto para se distrair não hesitaria em sacrificar uma mesa de canto em nome da mesma causa. A incursão dramática do inspetor não fora feita ao acaso. Ele estava planejando observar os olhos da suspeita para detectar a ausência daquela primeira e inconfundível centelha de surpresa e choque. Bem, a reação de Dalgliesh não lhe havia fornecido muitos indícios. De repente, gelado de raiva, ele se decidiu. Assim que conseguiu controlar a voz, falou:

"Eu vou para Londres amanhã. Ficaria grato se o senhor pudesse ficar de olho aqui na casa. Não pretendo passar mais de uma noite lá."

"Vou ficar de olho em todos aqui em Monksmere, senhor Dalgliesh", respondeu Reckless. "Quero fazer algumas perguntas a eles. A que horas o senhor e sua tia saíram do chalé?"

"Umas quinze para as sete."

"E saíram os dois juntos?"

"Sim. Se o senhor estiver me perguntando se minha tia voltou sozinha para pegar um lenço limpo, a resposta é não. E, só para deixar tudo bem claro, quando nós saímos o cutelo não estava onde está agora."

Reckless não se deixou provocar e falou, calmo:

"E eu cheguei aqui pouco antes das nove. Ele teve quase duas horas. O senhor comentou com alguém sobre o jantar, senhor Dalgliesh?"

"Não. Não comentei com ninguém, e tenho certeza de que minha tia não deve ter dito nada a respeito. Mas isso na verdade não tem importância. Em Monksmere sempre dá para saber quando alguém não está em casa, por causa das luzes apagadas."

"E vocês sempre deixam as portas destrancadas, o que é muito prático. Fica tudo bem fácil. E, se as coisas acontecerem agora como vêm acontecendo nesta investigação, todos eles terão álibis, ou então nenhum deles terá." Ele andou até a mesa de canto, sacou do bolso um imenso lenço branco e com ele envolveu o cabo do cutelo, arrancando a lâmina da mesa. Levou o cutelo até a porta, e então se virou para Dalgliesh:

"Ele morreu à meia-noite, senhor Dalgliesh. À meia-noite. Quando Digby Seton estava detido na polícia havia mais de uma hora; quando Oliver Latham estava se divertindo na festa de teatro bem na frente de dois Cavaleiros da Rainha, três Damas do Império Britânico e metade dos parasitas culturais de Londres; quando a senhorita Marley estava bem segura em sua cama de hotel até onde eu ou qualquer outra pessoa pode saber; e quando Justin Bryce estava lutando contra sua primeira crise de asma. Pelo menos dois deles têm álibis indestrutíveis, e os outros dois não parecem particularmente preocupados... Aliás, esqueci de dizer. Enquanto eu esperava, o telefone tocou para o senhor. Era um tal de Max Gurney. Pediu para o senhor ligar de volta assim que pudesse. Disse que o senhor tinha o número."

Aquilo deixou Dalgliesh surpreso. Max Gurney era o último dos seus amigos de quem ele esperaria um telefonema durante as férias. Mais exatamente, Gurney era sócio sênior da editora que publicava os livros de Maurice Seton. Ele se perguntou se Reckless sabia disso. Aparentemente não, uma vez que não comentara nada. O inspetor vinha trabalhando a um ritmo muito intenso, e eram poucas as pessoas ligadas a Seton que ainda não tinham sido entrevistadas. No entanto, ou ele ainda não havia conhecido o editor de Seton, ou então decidira que este não tinha nenhuma contribuição a lhe dar.

Reckless finalmente se virou para ir embora:

"Boa noite, senhor Dalgliesh... Por favor, diga à sua tia que eu sinto muito pela mesa... Se o senhor estiver certo e estivermos mesmo diante de um assassinato, pelo menos uma coisa nós sabemos sobre o assassino, não é? Ele lê romances policiais demais."

O inspetor se foi. Assim que o rugido de seu carro morreu ao longe, Dalgliesh ligou para Max Gurney. Este devia estar esperando o telefonema, pois atendeu na mesma hora.

"Adam? Obrigado por ligar tão depressa. A Scotland Yard não quis me dizer onde você estava, mas imaginei que estivesse em Suffolk. Quando você volta? Podemos nos encontrar assim que chegar?"

Dalgliesh disse que estaria em Londres no dia seguinte. Pôde ouvir a voz de Max relaxar de alívio.

"Nesse caso, podemos almoçar juntos? Ah, que ótimo. À uma da tarde? Tem alguma preferência em relação ao lugar?"

"Max, você antigamente não era sócio do Cadaver Club?"

“Ainda sou; quer almoçar lá? Os Plant fazem uma comida ótima. À uma hora no Cadaver está bom? Tem certeza?”

Dalgliesh respondeu que nada poderia lhe convir melhor.

17

Na sala de estar do térreo da casa de bonecas em Tanner's Lane, Sylvia Kedge ouviu os primeiros suspiros do vento que se erguia lá fora e sentiu medo. Sempre havia detestado as noites de tempestade, detestava o contraste entre a violência à sua volta e a calma profunda do chalé encravado na umidade do abrigo do penhasco. Mesmo com o vento forte, o ar ao redor da casa continuava pesado e parado, como se o lugar produzisse um miasma próprio que nenhuma força externa fosse capaz de perturbar. Poucas tempestades sacudiam as janelas ou faziam ranger as portas e vigas de Tanner's Cottage. Mesmo com o vento forte, os galhos dos arbustos de sabugueiro que se aglomeravam junto às janelas dos fundos só se moviam devagar, como se lhes faltasse força para bater nas vidraças. Sua mãe, afundada confortavelmente na poltrona junto à lareira, costumava dizer:

"Não me importo com o que os outros dizem. Esta casa é muito aconchegante. Eu não gostaria de estar em Pentlands ou Seton House em uma noite como esta." Essa era a frase preferida de sua mãe. "Não me importo com o que os outros dizem." Sempre pronunciada com a truculência de uma viúva amargurada, sempre de mal com o mundo. Sua mãe tinha uma necessidade obsessiva de conforto, pequenez, segurança. Para ela, a natureza inteira era uma ofensa sutil, e na paz de Tanner's Cottage ela conseguia isolar de seus pensamentos mais do que a violência do vento. Mas Sylvia teria acolhido de bom grado os ataques das frias e salgadas rajadas de vento contra as portas e janelas da casa. Isso pelo menos teria confirmado que o mundo lá fora existia, e que ela fazia parte dele. Teria sido muito menos aterrorizante do que aquela calma sinistra, aquela sensação de isolamento tão completa que até mesmo a natureza parecia passar por ela sem reparar, como se ela não fosse digna de atenção.

Nessa noite, porém, seu medo estava mais intenso, mais cru do que a inquietação da solidão e do isolamento. Ela estava com medo de ser assassinada. Tudo começara com um flerte com o medo, o deleite bem avaliado daquele calafrio quase prazeroso causado por uma sensação de perigo. No entanto, de forma súbita e aterrorizante, sua imaginação havia fugido ao controle. O medo imaginado se transformara em medo real. Ela estava sozinha e indefesa ali no chalé. E estava com muito medo. Imaginou o beco lá fora, o chão de areia macio e úmido, com as sebes a se erguerem, negras e altas, de ambos os lados. Se o assassino viesse atrás dela nessa noite, ela não teria a menor chance de ouvi-lo aproximar-se. O inspetor Reckless já lhe perguntara várias vezes, e a sua resposta havia sido sempre a mesma. Um homem que tomasse cuidado ao pisar podia passar por Tanner's Cottage à noite sem ser visto nem ouvido. Mas e um homem carregando um cadáver? Isso era mais difícil de avaliar, mas ela achava que também fosse possível. Quando estava dormindo, seu sono era pesado, e ela dormia com as janelas e cortinas fechadas. Nessa noite, porém, o homem não estaria carregando nenhum cadáver. Viria apenas atrás dela, e viria sozinho. Talvez com uma machadinha, ou então com uma faca, ou torcendo nas mãos um pedaço de corda. Ela tentou imaginar seu rosto. Seria um rosto conhecido; não foram necessárias as perguntas insistentes do inspetor para convencê-la de que algum morador de Monksmere matara Maurice Seton. Nessa noite, porém, os traços conhecidos estariam transformados em uma máscara branca e rígida, decidida: o semblante do predador que caminha a passos silenciosos em direção à sua presa. Talvez ele inclusive já estivesse no portão, parado, com a mão na madeira, ponderando se deveria correr o risco de produzir o leve rangido na hora de abri-lo. Porque ele saberia que o portão da casa rangia. Todos em Monksmere deviam saber disso. Mas por que ele se preocuparia com isso? Se ela gritasse, não haveria ninguém por perto para escutar. E ele saberia que ela não podia fugir.

Desesperada, Sylvia correu os olhos pela sala à sua volta e viu os móveis escuros e pesados que a mãe trouxera consigo ao se casar. Se ela conseguisse transportá-los, a massuda e rebuscada estante de livros ou o armário de canto poderiam servir de barreira diante da porta. Mas ela era impotente. Erguendo-se com dificuldade da cama estreita, pegou as muletas e foi até a cozinha. Viu o rosto refletido no vidro do armário da cozinha: uma lua redonda e pálida, com olhos que pareciam duas piscinas escuras e cabelos pesados e úmidos como os de uma afogada. O rosto de uma bruxa. "Trezentos anos atrás, eu teria sido queimada viva", pensou ela. "Hoje em dia as pessoas nem sequer têm medo de mim." E ela se perguntou o que era pior: ser temida ou ser alvo de pena. Abrindo uma das gavetas do armário com um safanão, ela pegou um punhado de colheres e garfos. Equilibrou os talheres enfileirados na beirada do estreito peitoril da janela. Em meio ao silêncio, pôde ouvir a própria respiração batendo na vidraça. Pensou um pouco, depois acrescentou alguns copos. Se alguém tentasse entrar pela janela da cozinha, pelo menos ela ouviria os talheres caindo e o vidro se quebrando. Então olhou em volta para a cozinha à procura de uma arma. A faca de desossar? Não, era grandalhona demais, e na verdade não estava muito bem afiada. Talvez a tesoura de cozinha? Ela a abriu e tentou separar as duas lâminas, mas a fixação estava dura demais até mesmo para suas mãos fortes. Então se lembrou da faca lascada que usava para descascar legumes. A lâmina afunilada tinha apenas dez centímetros de comprimento, mas era aguçada e sólida, e o cabo era curto e fácil de segurar. Ela passou a lâmina na beirada de pedra da pia da cozinha e testou o fio com o dedo. Era melhor do que nada. Sentiu-se mais bem armada com a faca. Tornou a verificar que os trincos da porta da frente estavam fechados, e dispôs sobre o peitoril da janela da sala uma fileira de enfeites de vidro tirados do armário do canto. Então, sem tirar os ferros da perna, sentou-se ereta na cama, com um peso de papel em cima do travesseiro ao seu lado e a faca na mão. E ali ficou, sentada, esperando o medo passar, com o corpo a estremecer com cada batida do coração e os ouvidos se esforçando para detectar os suspiros distantes do vento, o portão do jardim rangendo, o tilintar de vidro caindo no chão.

LIVRO DOIS

1

Na manhã seguinte, Dalgliesh partiu após um desjejum matinal e solitário, e só parou para ligar para Reckless e pedir o endereço londrino de Digby e o nome do hotel em que Elizabeth Marley se hospedara. Não explicou o motivo que o fazia querer essas informações, e Reckless não perguntou, mas as forneceu sem qualquer comentário a não ser para desejar a Dalgliesh uma viagem agradável e proveitosa. Este respondeu dizendo duvidar de que qualquer um dos dois adjetivos se aplicasse àquela viagem, mas agradecendo a cooperação do inspetor. Nenhum dos dois fez questão de disfarçar a ironia na própria voz. Sua antipatia mútua parecia gerar estática no fio do telefone.

Era um pouco mal-educado aparecer na casa de Justin Bryce assim tão cedo, mas Dalgliesh queria pedir emprestada a fotografia do piquenique na praia. A foto tinha muitos anos, mas mesmo assim exibia uma imagem suficientemente boa do casal Seton, de Oliver Latham e do próprio Bryce, para ajudar em alguma identificação.

Quando ele bateu na porta, Bryce desceu devagar até o térreo. Além de deixá-lo sem voz, a hora matinal também prejudicava seu raciocínio, e ele demorou algum tempo para entender o que Dalgliesh queria e lhe entregar a foto. Só então, aparentemente, teve dúvidas quanto a se deveria tê-lo feito. Quando Dalgliesh estava indo embora, ele o seguiu pela trilha a passos apressados enquanto suplicava, ansioso: "Você não vai dizer a Oliver que eu lhe dei a foto, não é, Adam? Ele vai ficar uma fera se souber que estou colaborando com a polícia. Oliver desconfia um pouquinho de você, sabe? Por favor, não diga nada".

Dalgliesh emitiu ruídos reconfortantes e o incentivou a voltar para a cama, mas conhecia demais as variações de humor de Justin para levar o que ele dizia ao pé da letra. Depois de tomar café e ganhar forças para enfrentar o dia, Bryce quase com certeza telefonaria para Celia Calthrop para uma agradável especulação mútua em relação a quais seriam agora as intenções de Dalgliesh. Ao meio-dia, Monksmere inteira, inclusive Oliver Latham, já saberia que ele tinha ido de carro a Londres levando a fotografia.

A viagem foi comparativamente fácil. Ele pegou o caminho mais rápido e, às onze e meia, já estava entrando na cidade. Não esperava estar de volta a Londres tão cedo. Aquilo parecia o fim prematuro de umas férias já estragadas. Com uma esperança algo conciliatória de que talvez não fosse bem assim, resistiu à tentação de passar em seu apartamento à beira do Tâmisa, perto de Queenhithe, e foi direto para o West End. Logo antes do meio-dia, já havia estacionado o Cooper Bristol em Lexington Street e estava caminhando em direção a Bloomsbury e ao Cadaver Club.

O Cadaver Club é um estabelecimento tipicamente inglês, no sentido de que sua função, embora difícil de definir-se de forma precisa, é compreendida com perfeição por todos os interessados. O clube foi fundado por um advogado em 1892 para servir de local de encontro para cavalheiros interessados em assassinato; ao morrer, esse cavalheiro legou ao clube sua agradável casa de Tavistock Square. O clube é exclusivamente masculino; mulheres não podem ser sócias ou frequentar suas dependências. Entre os sócios, há um sólido núcleo de autores de romances policiais, escolhidos segundo o prestígio de seus editores mais do que o tamanho de suas vendas, um ou dois policiais aposentados, uma dúzia de advogados em atividade, três juízes aposentados, a maioria dos criminologistas e repórteres criminais amadores e uns poucos sócios cujas qualificações consistem na capacidade de pagar as mensalidades em dia e travar conversas inteligentes sobre a culpa provável de William Wallace ou os detalhes da defesa de Madeline Smith. A exclusão de sócias do sexo feminino significa a ausência de algumas das melhores autoras de romances policiais, mas isso não chega a preocupar ninguém; segundo o conselho decisório, a sua presença não compensaria a despesa de instalar um segundo complexo de sanitários. Com efeito, a instalação hidráulica do clube é praticamente a mesma desde que este se transferiu para Tavistock Square em 1900, mas a história de que as banheiras foram originalmente compradas por George Joseph Smith não passa de boato. Entretanto, não apenas a hidráulica do clube é antiquada; até mesmo seu caráter exclusivo se justifica pela suposição de que o assassinato não constitui tema adequado para ser debatido na presença de mulheres. Além disso, no Cadaver Club, o assassinato em si parece ser um arcaísmo civilizado, isolado da realidade pelo tempo ou pelos meandros da lei, sem nada em comum com os crimes sórdidos e patéticos que ocuparam a maior parte da vida ativa de Dalgliesh. Ali, o assassinato evoca a imagem de uma empregada doméstica da era vitoriana, toda paramentada com boina e fitas, espiando pela porta de um quarto para ver Adelaide Bartlett preparar o remédio do marido; ou então a mão esguia de alguém, esticada por entre as grades de um porão em Edimburgo oferecendo uma xícara de chocolate quente e, quem sabe, arsênico; ou o dr. Lamson distribuindo bolos de fruta redondos durante o último chá promovido por seu rico cunhado; ou ainda, no calor do verão de Massachusetts, Lizzie Borden percorrendo às escondidas a silenciosa casa de Fall River com um machado na mão.

Cada clube tem a sua marca registrada. A do Cadaver Club é a família Plant. Os sócios poderiam perguntar "O que vamos fazer se perdermos os Plant?", da mesma forma que poderiam perguntar "O que faríamos se lançassem uma bomba atômica?". Ambas as perguntas são relevantes, mas só os mórbidos perdem tempo pensando nelas. O sr. Plant produziu — e quase se pode pensar que fez isso exclusivamente em prol do clube — cinco filhas bem fornidas e competentes. As três mais velhas, Rose, Marigold e Violet, são casadas e vão ao clube ajudar no serviço. As duas mais novas, Heather e Primrose, trabalham como garçonetes no salão. O próprio Plant exerce o cargo de administrador e faz-tudo, enquanto sua esposa é considerada por unanimidade uma das melhores cozinheiras de Londres. É aos Plant que o clube deve sua atmosfera de residência particular, na qual o conforto da família está a cargo de criados leais, competentes e discretos. Os sócios que um dia puderam gozar desse privilégio têm a confortável ilusão de voltar à juventude, enquanto o restante começa a perceber o que perdeu. Até mesmo as excentricidades dos Plant são esquisitas o suficiente para torná-los interessantes sem prejudicar sua eficiência, e raros são os empregados de clubes sobre quem se pode afirmar tal coisa.

Embora não fosse sócio do clube, Dalgliesh já tinha jantado lá algumas vezes, e Plant o conhecia. Por sorte, também, graças à curiosa alquimia que opera nesses casos, ele era bem-visto por lá. Plant não criou a menor dificuldade para lhe mostrar o clube ou responder às suas perguntas; e Dalgliesh tampouco precisou insistir citando seu status atual de detetive amador. Muito pouca coisa foi dita, mas os dois se entenderam à perfeição. Plant seguiu na frente até o pequeno quarto do primeiro andar, na frente da casa que Seton sempre usava, e ficou esperando do lado de fora da porta enquanto Dalgliesh examinava o recinto. Acostumado a trabalhar sob o olhar alheio, este felizmente não se desconcertou com a atenção tranquila do administrador. Plant era um homem vistoso. Tinha um metro e noventa de altura, ombros largos, um rosto pálido e expressivo como argila, com a face esquerda marcada na diagonal por uma fina cicatriz. Essa marca, resultado de um nada digno tombo de bicicleta em cima de uma grade de ferro quando ele era rapaz, se parecia tanto com a cicatriz de um duelo, que Plant não fora capaz de resistir à tentação de realçar seu efeito usando um pincenê e cortando os cabelos à escovinha como o sinistro comandante de algum filme antinazista. Seu uniforme de trabalho condizia com o personagem: feito de sarja azul-escura, com uma caveira em miniatura em cada lapela; esse detalhe vulgar, introduzido em 1896 pelo fundador do clube, já fora agora santificado pelo tempo e pelo hábito, assim como o próprio Plant. De fato, os sócios ficavam sempre um pouco intrigados quando seus convidados comentavam sobre a aparência pouco usual do administrador do clube.

Pouco havia para se ver no quarto. Uma fina cortina de poliéster aberta deixava entrar a luz cinza da tarde de outubro. As gavetas e o armário estavam vazios. Não havia nada sobre a pequena escrivaninha de carvalho claro em frente à janela, a não ser um mata-borrão limpo e algumas folhas de papel de carta do clube. A cama de solteiro, recém-arrumada, aguardava seu próximo ocupante.

"Os policiais do departamento de investigação criminal de Suffolk levaram a máquina de escrever e as roupas dele", disse Plant. "Eles procuraram também documentos, mas ele não tinha nenhum. Havia um pacote de envelopes pardos e umas cinquenta folhas de papel ofício, além de uma ou duas folhas de papel-carbono virgem, mas só isso. Ele era um cavalheiro muito ordeiro."

"Ele ficava hospedado aqui regularmente todo mês de outubro, não é?"

"Sim, senhor, durante a segunda quinzena. Todo ano. E ficava sempre neste quarto aqui. Nós só temos um quarto neste andar, e ele não podia subir escadas por causa do problema no coração. É claro que poderia ter usado o elevador, mas dizia que não confiava em elevadores. Então precisava ficar aqui mesmo."

"Ele trabalhava aqui?"

"Sim, senhor. Trabalhava quase todo dia de manhã, das dez até meio-dia e meia. Depois ia almoçar. E depois trabalhava de novo das duas e meia às quatro e meia. Isso se fosse datilografar. Se estivesse fazendo leituras ou anotações, ia trabalhar na biblioteca. Não é permitido datilografar na biblioteca para não incomodar os outros sócios."

"O senhor o escutou datilografar aqui no quarto na terça?"

"Minha mulher e eu ouvimos alguém datilografando, sim, senhor, e naturalmente pensamos que fosse o senhor Seton. Havia um aviso de 'não perturbe' na porta, mas de toda forma nós não teríamos entrado. Não entramos quando um sócio está trabalhando. O inspetor parecia pensar que talvez houvesse alguma outra pessoa aqui dentro."

"É mesmo? E o senhor, o que acha?"

"Bem, é possível. Minha mulher ouviu a máquina de escrever começar a bater por volta das onze da manhã, e eu tornei a ouvi-la às quatro. Mas nenhum de nós dois poderia saber se era mesmo o senhor Seton. A datilografia soava bem rápida e experiente, mas isso não chega a ser um indício forte, não é? O inspetor perguntou se outra pessoa poderia ter entrado no clube. Nós não vimos ninguém estranho por aqui, mas estávamos ambos ocupados na hora do almoço e passamos a maior parte da tarde no térreo. Como o senhor sabe, as pessoas entram e saem daqui com grande liberdade. Uma senhora teria chamado atenção, claro. Um dos sócios teria comentado se tivesse visto alguma senhora no clube. Mas, fora isso... bem, não pude fingir para o inspetor que o clube é o que ele poderia chamar de um lugar bem supervisionado. Ele não pareceu achar nosso esquema de segurança grande coisa. Mas, como eu disse a ele, isto aqui é um clube, não uma delegacia."

"O senhor esperou duas noites antes de comunicar o sumiço do senhor Seton?"

"Infelizmente, sim. E eu nem liguei para a polícia. Telefonei para a casa dele e deixei recado com a sua secretária, a senhorita Kedge. Ela me disse para não fazer nada por enquanto e que tentaria entrar em contato com o meio-irmão do senhor Seton. Eu pessoalmente não conheço o cavalheiro, mas acho que o senhor Seton o mencionou certa vez. Que eu me lembre, porém, ele nunca esteve aqui no clube. O inspetor me fez essa pergunta específica."

"Imagino que ele também tenha perguntado sobre os senhores Oliver Latham e Justin Bryce."

"Perguntou, sim, senhor. Os dois são sócios e eu disse isso a ele. Mas faz tempo que não vejo nenhum deles aqui, e não acho que eles viriam e iriam embora sem falar comigo ou com minha mulher. O senhor provavelmente vai querer ver este banheiro e lavabo do primeiro andar, senhor. Aqui estamos. O senhor Seton o usava. O inspetor examinou o reservatório da descarga."

"Foi mesmo? Espero que tenha encontrado o que estava procurando."

"Ele encontrou a boia da descarga, senhor, e rezo a Deus para não tê-la estragado. Este lavabo é muito temperamental. Imagino que o senhor vá querer ver a biblioteca. Era lá que o senhor Seton costumava ficar quando não estava datilografando. Fica no próximo andar, como imagino que já saiba."

Naturalmente, uma visita à biblioteca fazia parte do programa. O inspetor Reckless fizera o serviço completo, e Plant não era o tipo de homem a deixar seu protegido ficar em desvantagem. Enquanto os dois se espremiam dentro do minúsculo elevador, Dalgliesh fez suas últimas perguntas. Plant respondeu que nem ele nem qualquer funcionário seu pusera nada no correio para o sr. Seton. Ninguém tinha arrumado seu quarto ou destruído qualquer documento. Até onde Plant sabia, não havia nenhum documento para destruir. Com exceção da máquina de escrever e das roupas de Seton, o quarto continuava do mesmo jeito como ele o havia deixado na noite de seu sumiço.

A biblioteca, que dava para o sul, com vista para a praça, era provavelmente o cômodo mais bonito de toda a casa. Originalmente uma sala de estar, tinha praticamente o mesmo aspecto de quando o clube se transferira para a casa, tirando a instalação de prateleiras ao longo de toda a parede oeste. As cortinas eram cópias das originais, o papel de parede tinha uma estampa pré-rafaelita desbotada, e as escrivaninhas posicionadas entre as quatro janelas altas eram de estilo vitoriano. Os livros formavam uma coleção pequena, mas razoavelmente completa de romances policiais. Havia as conhecidas séries Julgamentos Britânicos e Julgamentos Célebres, manuais de jurisprudência médica, toxicologia e patologia forense, relatos de juízes, advogados, patologistas e policiais, vários livros assinados por criminologistas amadores que houvessem lidado com alguns dos assassinatos mais notórios ou controversos, manuais de legislação criminal e procedimentos policiais, e até mesmo alguns tratados sobre os aspectos sociológicos e psicológicos dos crimes violentos, os quais exibiam poucos sinais de terem sido abertos. Nas prateleiras de ficção, uma pequena seção tinha as poucas primeiras edições que o clube possuía: obras de Poe, Le Fanu e Conan Doyle; quanto ao resto, a maioria dos autores britânicos e norte-americanos estava representada, e era evidente que os sócios doavam exemplares de seus próprios livros. Dalgliesh achou interessante constatar que Maurice Seton havia mandado encadernar e dourar os de sua autoria com o seu monograma. Reparou também que, embora o clube não aceitasse sócias mulheres, essa proibição não se estendia aos livros assinados por elas, tornando a biblioteca bastante representativa da literatura policial dos últimos cento e cinquenta anos.

No outro canto do aposento, duas vitrines abrigavam um pequeno museu do assassinato. Como as peças haviam sido doadas ou legadas pelos sócios ao longo dos anos, e aceitas dentro de um mesmo espírito de benevolência desprovido de crítica, seu interesse variava muito, bem como, desconfiava Dalgliesh, a sua autenticidade. Não houvera qualquer tentativa de classificação cronológica, poucas eram as indicações precisas, e os objetos pareciam ter sido postos nas vitrines com mais cuidado com o efeito artístico geral do que com uma organização lógica. Entre eles havia uma pistola de pederneira usada em duelos, feita de prata e com cartuchos folheados a ouro, identificada como a arma usada pelo reverendo James Hackman, executado em Tyburn em 1779, no assassinato de Margaret Reay, amante do conde de Sandwich. Dalgliesh achou isso pouco provável. Calculou que a pistola houvesse sido fabricada uns quinze anos depois da data indicada. Não tinha dificuldades para acreditar, porém, que aquele objeto reluzente e belo tivesse uma história cruel. Não havia motivo para contestar a autenticidade do objeto seguinte: uma carta, amarelada e frágil de tão velha, escrita por Mary Blandy para o amante em agradecimento pelo presente que este lhe dera, "um pó para polir as ágatas": tratava-se do arsênico usado para matar o pai dela e que iria conduzi-la ao patíbulo. O mesmo valia para uma Bíblia com a assinatura "Constance Kent" na folha de rosto, um pedaço roto de camisa de pijama identificado como parte do tecido que envolveu o corpo da sra. Crippen, uma pequena luva de algodão identificada como tendo pertencido a Madeline Smith, e um frasco de pó branco apontado como "arsênico encontrado com o major Herbert Armstrong". Se o pó fosse mesmo arsênico, havia uma quantidade suficiente ali para causar pandemônio no salão, e as vitrines não ficavam trancadas. Quando Dalgliesh expôs sua preocupação, porém, Plant sorriu:

"Isso não é arsênico, senhor. Sir Charles Winkworth disse a mesma coisa que o senhor uns nove meses atrás. 'Plant', disse ele, 'se esse pó for mesmo arsênico, nós precisamos nos livrar dele ou trancá-lo.' Então nós colhemos uma amostra e a mandamos discretamente para o laboratório. Esse pó é bicarbonato de sódio, senhor. Não estou dizendo que não veio do major Armstrong, nem estou negando que não foi bicarbonato que matou a mulher dele. Mas esse pó é inofensivo. Nós o deixamos aí e não dissemos nada. Afinal de contas, faz trinta anos que isso é arsênico, e pode muito bem continuar sendo. Como disse Sir Charles, se começarmos a examinar as peças muito de perto, não vai sobrar museu nenhum. Agora, senhor, se me der licença, acho que eu deveria ir para o salão. Quer dizer, a menos que haja alguma outra coisa que eu possa lhe mostrar."

Dalgliesh agradeceu a Plant e o dispensou. Mas ainda passou mais alguns minutos na biblioteca. Estava com uma sensação insistente e irracional de ter visto em algum lugar, e muito recentemente, uma pista relacionada à morte de Seton, um indício fugaz que a sua mente subconsciente havia registrado, mas que se recusava obstinadamente a se expor para ser reconhecido. Não era uma experiência nova para ele. Como todo bom detetive, já passara por isso antes. Às vezes essa sensação o havia conduzido a um daqueles sucessos aparentemente intuitivos que sustentavam em parte a sua reputação. Na maioria das vezes, essa impressão transitória, quando recordada e analisada, se revelou irrelevante. Mas era impossível forçar o subconsciente. A pista, se é que era mesmo uma pista, por enquanto lhe fugia. E o relógio acima da lareira estava batendo uma da tarde. Seu anfitrião devia estar à sua espera.

Um fogo fraco ardia na lareira do salão; as chamas mal apareciam sob o facho de luz outonal que batia na diagonal sobre as mesas e o carpete. Era uma sala simples, confortável, reservada para o sério objetivo de se alimentar, com mesas sólidas bem espaçadas, sem flores, e toalhas de um branco reluzente. Na parede havia uma série de desenhos originais de "Phiz", feitos para ilustrar *Martin Chuzzlewit*, pendurados sem qualquer outro motivo que não o fato de terem sido recentemente doados por um sócio importante. Dalgliesh pensou que os desenhos constituíam um substituto agradável para a série de cenas antigas de Tyburn que antes enfeitavam a sala, mas que, segundo ele desconfiava, o conselho, preso ao passado, houvesse tido dificuldade para retirar.

O Cadaver Club serve apenas um prato principal no almoço ou no jantar, uma vez que a sra. Plant defende a opinião de que, com uma equipe de funcionários restrita, perfeição e variedade são incompatíveis. Há sempre uma salada e frios para quem não quiser o prato quente, e quem não quiser nenhuma das duas coisas fica livre para ir tentar a sorte em outro lugar. Nesse dia, como informava o cardápio preso ao quadro de avisos da biblioteca, haveria melão, empadão de carne com rim, e suflê de limão de sobremesa. Os primeiros empadões envoltos em guardanapos já estavam sendo trazidos.

Max Gurney esperava Dalgliesh em uma mesa do canto, confabulando com Plant sobre o vinho. Ergueu uma das mãos gorduchas para um cumprimento episcopal que deu a impressão de querer ao mesmo tempo saudar seu convidado e abençoar todos os presentes no salão de forma geral. Dalgliesh sentiu-se imediatamente grato ao vê-lo. Era essa a emoção que Max Gurney invariavelmente provocava. Tratava-se de um homem cuja companhia raramente era mal recebida. Cosmopolita, civilizado e generoso, seu amor pela vida e pelas pessoas era contagioso e revigorante. Max era um homem grandalhão, mas mesmo assim dava uma impressão de leveza ao caminhar com os pés pequenos e pronunciadamente arqueados, balançando as mãos no ar, com os olhos negros e brilhantes por trás dos imensos óculos de armação de chifre. Ao ver Dalgliesh, seu semblante se acendeu.

"Adam! Mas que prazer. Plant e eu chegamos à conclusão de que o Johannisberger Auslese 1959 seria muito agradável, a menos que você queira alguma coisa mais leve. Ótimo. Não gosto de ficar conversando sobre vinho mais do que o necessário. Quando faço isso, sinto que estou me comportando de forma parecida demais com o Honorável Martin Carruthers."

Aquilo era uma novidade em relação ao detetive de Seton. Dalgliesh disse não saber que Seton entendia de vinhos.

"E não entendia mesmo, pobre Maurice. Ele nem mesmo gostava muito de vinho. Tinha encasquetado que fazia mal ao seu coração. Não, ele copiava todos os detalhes dos livros. O que significava, é claro, que o gosto de Carruthers era lamentavelmente ortodoxo. Você está muito bem,

Adam. Eu receava encontrá-lo um pouco perturbado pela tensão de ter que assistir à investigação de outra pessoa."

Dalgliesh respondeu com gravidade que o seu orgulho havia sofrido mais do que a sua saúde, mas que a tensão era considerável. Como sempre, o almoço com Max seria um alento.

Durante vinte minutos, nada mais foi dito sobre a morte de Seton. Ambos se entretiveram comendo. Depois de servido o empadão e de os copos serem enchidos de vinho, porém, Max falou:

"Então, Adam, em relação a essa história de Maurice Seton. Devo dizer que fiquei chocado ao saber da morte dele, chocado e..." Ele escolheu um pedaço suculento de carne e o espetou no garfo junto com um cogumelo e metade de um rim. "... ultrajado. Nem preciso dizer que o resto da editora também. Nós não esperamos perder nossos autores de forma tão espetacular."

"Mas não é bom para as vendas?", sugeriu Dalgliesh, maroto.

"Ah, não! Não mesmo, meu caro rapaz. Esse é um equívoco frequente. Mesmo que a morte de Seton fosse um golpe de publicidade, coisa que, vamos admitir, sugeriria um zelo um tanto excessivo da parte do pobre Maurice, duvido que isso vendesse nem mesmo um exemplar a mais. Algumas dúzias de velhas senhoras porão seu último título em suas listas de leitura, mas não é exatamente a mesma coisa. Falando nisso, você leu o último livro dele? *Vaso mortal*, um assassinato por arsênico ambientado em uma fábrica de cerâmica. Em abril passado, antes de escrever, ele passou três semanas aprendendo a moldar vasos; sempre tão meticuloso. Mas não, imagino que você não leia romances policiais."

"Não é por arrogância", disse Dalgliesh. "Pode chamar de inveja. Não gosto do jeito como os detetives na ficção sempre conseguem prender o culpado e arrancar de graça uma confissão completa graças a provas que não me permitiriam sequer solicitar um mandado de busca. Quem dera os criminosos da vida real entrassem em pânico com essa facilidade. Tem também o probleminha de que nenhum detetive da ficção parece ter ouvido falar no regulamento de interrogatórios policiais."

"Ah, o honorável Martin é um perfeito cavalheiro. Tenho certeza de que você poderia aprender muito com ele. Sempre com a citação adequada na ponta da língua, e um craque com as mulheres. Tudo com muito respeito, claro, mas dá para ver que as suspeitas do sexo feminino estão sempre loucas para pular na cama com o personagem, contanto que Seton deixe. Pobre Maurice! Acho que havia nisso certa realização de seus próprios desejos."

"E o estilo?", perguntou Dalgliesh, começando a pensar que tinha restringido as próprias leituras de forma desnecessária.

"Exagerado, mas gramaticalmente correto. E hoje em dia, em uma época em que qualquer debutante analfabeta pensa que é escritora, quem sou eu para discutir com isso? Imagino que ele escrevesse com um dicionário em cada mão. Um estilo rançoso, sem graça, e cuja rentabilidade estava declinando depressa, o que é uma pena. Eu não queria contratá-lo quando ele saiu da Maxwell Dawson cinco anos atrás, mas fui voto vencido. Nessa época, ele já havia esgotado quase todo o seu talento. Mas nós sempre tivemos um ou dois autores de policiais na lista da editora, e acabamos ficando com ele. Acho que ambas as partes se arrependeram, mas ainda não havíamos chegado ao ponto da separação."

"Que tipo de pessoa ele era?", indagou Dalgliesh.

"Ah, difícil. Bem difícil, coitado! Mas achei que você o conhecesse, não? Ele era um homenzinho obsessivo, teimoso, nervoso, sempre preocupado com as vendas, a divulgação ou a capa de seus livros. Supervalorizava o próprio talento e subvalorizava o de todos os outros, o que não o tornava exatamente um sujeito popular."

"Um escritor típico, portanto?", sugeriu Dalgliesh com malícia.

"Que maldade, Adam. Vindo de um escritor, esse comentário é uma traição. Você sabe muito bem que os nossos clientes são tão esforçados, agradáveis e talentosos quanto qualquer grupo de pessoas que se podem encontrar fora de um hospício. Não, ele não era típico. Era mais infeliz e inseguro do que a maioria. Eu às vezes tinha pena dele, mas esse impulso caridoso raramente durava mais de dez minutos quando estávamos juntos."

Dalgliesh perguntou se Seton havia mencionado alguma coisa sobre mudar de gênero.

"Mencionou, sim. Quando eu o vi pela última vez, umas dez semanas atrás. Tive que escutar as reclamações de sempre sobre o declínio dos padrões e a exploração do sexo e do sadismo, mas depois ele me disse que ele próprio estava pensando em escrever um thriller. Em teoria, é claro, eu deveria ter ficado feliz com a mudança, mas na verdade não achava que ele conseguisse. Ele não tinha o jargão nem a experiência necessários. A indústria é altamente profissional, e Seton se perdia sempre que se afastava da própria experiência."

"Isso sem dúvida era um grave defeito para um autor de policiais, não?"

"Ah, até onde sei ele não chegava a ponto de cometer assassinato. Pelo menos não a serviço da sua prosa. Mas sempre se atinha a personagens e ambientes conhecidos. Você sabe como é. Um vilarejo inglês aconchegante, ou uma cidade pequena. Personagens da região que se movimentam exclusivamente segundo seu status e condição social. A reconfortante ilusão de que a violência é algo excepcional, de que todos os policiais são honestos, de que o sistema de classes inglês não mudou nada nos últimos vinte anos e de que os assassinos não são cavalheiros. Mas ele era absolutamente meticuloso em relação aos detalhes. Nunca descrevia um assassinato a tiros, por exemplo, porque não entendia nada sobre armas de fogo. Mas era muito bom em toxicologia, e seus conhecimentos sobre medicina forense eram consideráveis. Ele insistia muito na questão da rigidez cadavérica e coisas assim. Ficava ofendido quando os críticos não percebiam e quando os leitores não ligavam."

"Você o encontrou há dez semanas, então. Como foi o encontro?"

"Ele escreveu pedindo para me encontrar. Veio a Londres especialmente para isso, e nós nos vimos no meu escritório pouco depois das seis e quinze, quando a maioria dos funcionários já tinha ido embora. Depois viemos jantar aqui. Era sobre isso que eu queria falar com você, Adam. Ele estava prestes a alterar seu testamento. Esta carta explica por quê." Ele sacou da carteira uma folha dobrada de papel de carta que entregou a Dalgliesh. O timbre do papel dizia "Seton House, Monksmere Head, Suffolk". A carta, datada de 30 de julho, estava datilografada, e a datilografia, embora exata, era inexperiente: algo nos espaços e na separação de sílabas no final das linhas denunciava tratar-se do serviço de um amador. Dalgliesh percebeu, na hora, que tinha visto recentemente outro texto digitado pela mesma pessoa. Leu o que estava escrito:

Meu caro Gurney,

Estive pensando na nossa conversa de sexta passada — e aqui devo digressionar para lhe agradecer novamente por um delicioso jantar —, e cheguei à conclusão de que a minha primeira intuição estava correta. Fazer as coisas pela metade não tem sentido nenhum. Se o prêmio literário Maurice Seton realizar todos os grandes objetivos que eu imaginei para ele, o capital inicial precisa ser adequado, não apenas para garantir que o valor monetário do prêmio seja condizente com a sua importância, mas também para assegurar a sua perpetuidade. Não tenho nenhum dependente com qualquer direito legítimo à minha herança. Há pessoas que talvez pensem ter esse direito, mas isso é outro assunto. Meu único parente vivo receberá uma quantia que o trabalho árduo e a prudência lhe permitirão incrementar caso ele decida exercer essas virtudes. Não estou mais disposto a fazer qualquer coisa além disso. Uma vez feita essa e outras pequenas doações, deve sobrar ainda um capital de cerca de cento e vinte mil libras, suficiente para instituir o prêmio. Estou lhe dizendo isso para que você tenha uma ideia do que eu pretendo fazer. Como sabe, minha saúde não é boa, e embora nada me impeça de viver muitos anos ainda, estou ansioso para resolver esse assunto logo. Você conhece minhas opiniões. O prêmio deve ser concedido a cada dois anos a uma obra de ficção importante. Não estou particularmente interessado em incentivar os mais jovens. Nos últimos anos, nós já fomos suficientemente submetidos à pieguice autorreferente dos autores adolescentes. Tampouco tenho qualquer queda pelo realismo. Um romance deve nascer da construção imaginativa, não das sombrias banalidades tiradas dos anais do assistencialismo social. Tampouco desejo limitar o prêmio à literatura policial; o que eu considero literatura policial não está mais sendo produzido hoje.

Talvez você queira pensar um pouco sobre essas ideias e me dar suas sugestões. É claro que vamos precisar de membros para formar o truste, e vou consultar advogados em relação aos termos do meu novo testamento. Por enquanto, porém, não comentarei com ninguém sobre esse projeto, e confio em você para ser igualmente discreto. Quando os detalhes forem divulgados, a publicidade será inevitável, mas eu não gostaria que houvesse nenhum vazamento prematuro. Como sempre, estarei hospedado no Cadaver Club durante a segunda quinzena de outubro, e sugiro que entre em contato comigo lá.

Atenciosamente,

MAURICE SETON.

Enquanto lia, Dalgliesh teve consciência dos olhinhos pretos de Gurney fixos nele. Ao terminar a leitura, devolveu-lhe a carta dizendo:

"Ele esperava bastante de você, não é? O que a editora iria ganhar com o prêmio?"

"Ah, meu caro Adam, nada. Só muito trabalho e preocupação, e tudo, é claro, em nome da glória de Maurice Seton. Ele nem sequer restringiu o prêmio à nossa lista de autores. Não que isso fosse razoável, admito. Ele queria atrair todos os nomes realmente grandes da literatura. Uma das suas principais preocupações era se os grandes autores se dariam ao trabalho de se candidatar ao prêmio. Eu lhe disse para tornar o prêmio importante o suficiente, e que isso os faria candidatarem-se. Mas cento e vinte mil libras! Nunca pensei que ele tivesse tanto dinheiro assim."

"A mulher dele era rica... Max, você sabe se ele comentou com mais alguém sobre esse projeto?"

"Bom, segundo ele, não. Parecia um colegial quando falava no assunto. Foram várias juras de segredo, e tive que prometer que nem sequer mencionaria o assunto com ele ao telefone. Mas acho que você entende o meu problema. Devo ou não mostrar esta carta à polícia?"

"É claro que sim. Ao inspetor Reckless, do departamento de investigação criminal de Suffolk, para ser mais exato. Posso lhe dar o endereço dele. E é melhor você ligar para ele e avisar que a carta está a caminho."

"Achei mesmo que você diria isso. Acho que é evidente. Mas às vezes nós temos umas inibições meio irracionais. Eu não sei nada sobre o atual herdeiro dele. Mas imagino que esta carta dê um baita de um motivo a essa pessoa."

"O melhor de todos. Mas nós não temos nenhum indício de que o herdeiro soubesse do projeto. E, se é que isso pode reconfortar você, o homem com o mais forte motivo financeiro tem também o mais sólido álibi. Ele estava detido pela polícia quando Maurice Seton morreu."

"Que esperteza a dele... Imagino que eu não possa simplesmente entregar a carta a você, Adam?"

"Sinto muito, Max. Prefiro que não."

Gurney deu um suspiro, tornou a guardar a carta na carteira, e voltou sua atenção para o almoço. Os dois só tornaram a falar em Seton no final da refeição, quando Max estava se enrolando na imensa capa preta que sempre usava entre outubro e maio, e que lhe dava a aparência de um bruxo amador que já vira dias melhores.

"Preciso me apressar, senão vou chegar atrasado à reunião do conselho. Nós ficamos muito formais agora, Adam, muito eficientes. Nenhuma decisão é tomada se não for aprovada por todo o conselho. É o efeito de nossa nova sede. Antigamente, nós ficávamos sentados em nossas salinhas empoeiradas e tomávamos as decisões sozinhos. Isso gerava certa ambiguidade nas políticas da editora, mas não sei se era tão ruim assim... Quer uma carona para algum lugar? Quem é a próxima pessoa que você vai investigar?"

"Obrigado, Max, eu vou a pé. Vou até o Soho ter uma conversinha com um assassino." Max estacou, surpreso.

"O assassino de Seton? Pensei que você e o departamento de investigação criminal de Suffolk estivessem sem pistas. Quer dizer que eu venho lutando com minha consciência sem motivo?"

"Não, esse assassino não matou Seton, embora eu não ache que ele teria qualquer objeção moral em relação a isso. Com certeza alguém espera conseguir convencer a polícia de seu envolvimento. Estou falando de L. J. Luker. Lembra-se dele?"

"Ele não matou o sócio a tiros em plena Piccadilly e conseguiu escapar? Em 1959, não foi?"

"Esse mesmo. O Tribunal de Recursos Criminais anulou a condenação alegando condução indevida do processo. Por alguma aberração extraordinária, o advogado Justice Brothwick sugeriu para o júri que um homem que não respondia nada quando acusado de assassinato provavelmente tinha algo a esconder. Ele deve ter se dado conta das consequências assim que as palavras saíram de sua boca. Mas já estava dito. E Luker ficou livre como dissera que ficaria."

"E qual é a relação dele com Maurice Seton? Não consigo imaginar dois homens mais diferentes."

"É isso que eu espero descobrir", respondeu Dalgliesh.

2

Dalgliesh atravessou o Soho em direção ao Cortez Club. Com a mente ainda revigorada pelo ar limpo e vazio de Suffolk, achou as ruas fechadas mais deprimentes do que de hábito, mesmo com a calma vespertina. Era difícil acreditar que ele um dia havia gostado de passear por aqueles corredores desenxabidos. Agora, até mesmo uma ausência de apenas dois meses tornava a volta menos tolerável. Sem dúvida era sobretudo uma questão de estado de espírito, pois há de tudo no bairro do Soho, que atende sem falhas a todas as necessidades que o dinheiro pode comprar. Cada visitante vê o bairro do jeito que quer. Um lugar agradável para jantar; uma aldeia cosmopolita escondida atrás de Piccadilly com sua misteriosa vida própria; um dos melhores lugares para se comprar comida em Londres; o mais sujo e sórdido covil de criminosos da Europa. Nem mesmo os jornalistas especializados em turismo, obcecados com as ambiguidades do Soho, conseguem decidir o que pensar do bairro. Ao passar pelas boates de striptease, pelas escadas encardidas que desciam rumo aos subsolos, pelas silhuetas de garotas entediadas que se destacavam por trás das persianas das janelas do primeiro andar, Dalgliesh pensou que um passeio diário por aquelas ruas feias poderia levar qualquer homem a ingressar em um monastério, menos por repulsa sexual do que por um tédio intolerável causado pela mesmice e pela falta de alegria do desejo.

O Cortez Club não era nem melhor nem pior do que

seus vizinhos. A fachada externa exibia as fotografias de praxe, bem como o grupo inevitável de homens de meia-idade e ar deprimido que as examinavam com uma falta de interesse furtiva. A boate ainda não estava aberta, mas a porta cedeu quando ele a empurrou. Não havia ninguém no pequeno balcão da recepção. Ele desceu a escada estreita com seu carpete vermelho puído e afastou as cortinas de contas que separavam o restaurante da entrada.

A boate era praticamente a mesma de sua lembrança. Assim como seu proprietário, o Cortez Club tinha uma capacidade nata de sobrevivência. Parecia um pouco mais bem cuidado do que antes, embora a luz da tarde deixasse aparente a má qualidade da decoração em estilo pseudoespanhol e as paredes encardidas. O chão estava atravancado com várias mesas, muitas mal tinham espaço suficiente para uma pessoa, todas desconfortavelmente próximas umas das outras. Mas os clientes não iam ao Cortez Club para jantares em família, e seu interesse principal não era a comida.

Bem no fundo do restaurante ficava um pequeno tablado sobre o qual se podia ver uma solitária cadeira e um grande biombo de bambu. À esquerda havia um piano vertical com o tampo abarrotado de papéis anotados à mão. Curvado acima do instrumento, um rapaz magro de calça e suéter tocava uma melodia com a mão esquerda enquanto a anotava com a direita. Apesar da atitude relaxada e do ar de tédio casual, estava totalmente absorto. Ergueu os olhos por um breve instante quando Dalgliesh entrou, mas retomou na mesma hora as monótonas batidas nas teclas.

A única outra pessoa presente era um africano ocidental que empurrava uma vassoura pelo chão vagarosamente. Com uma voz mansa e baixa, ele falou:

"Ainda não estamos abertos, senhor. Só começamos a servir às seis e meia."

"Não vim para ser servido, obrigado. O senhor Luker está?"

"Tenho que perguntar, senhor."

"Então, por favor, pergunte. E eu também gostaria de falar com a senhora Coombs."

"Tenho que perguntar, senhor. Não tenho certeza se ela está na casa."

"Ah, acho que vai descobrir que ela está, sim. Por favor, diga que Adam Dalgliesh gostaria de falar com ela."

O homem desapareceu. O pianista prosseguiu sua improvisação sem tirar os olhos do piano, e Dalgliesh se acomodou à mesa logo junto da porta para aguardar o intervalo de dez minutos que imaginava que Luker julgaria adequado para deixá-lo esperando. Passou esse tempo pensando no homem do andar de cima.

Luker tinha dito que iria matar o sócio, e havia matado mesmo. Tinha dito que não seria enforcado por isso, e não foi mesmo. Como não poderia ter contado com a cooperação do sr. Justice Brothwick, essa previsão demonstrava um poder incomum de prever o futuro, ou então uma confiança notável na própria sorte. Algumas das histórias criadas em torno dele desde o julgamento sem dúvida eram apócrifas, mas ele não era homem de repudiá-las. Era conhecido e aceito pelas classes criminosas como um igual. Estas lhe demonstravam o respeito reverente e quase supersticioso de quem sabe exatamente quanto é razoável arriscar com um homem que, por meio de um passo impossível de reverter, ultrapassara todos os limites. Uma atmosfera de assombro rodeava qualquer um que houvesse chegado tão perto daquele terrível e derradeiro trajeto. Dalgliesh às vezes ficava irritado ao constatar que nem a polícia era imune a isso. Seus colegas achavam difícil acreditar que Luker, que matara de forma tão casual para satisfazer uma antipatia pessoal, pudesse contentar-se em administrar uma cadeia de boates de segunda categoria. Esperava-se dele algum tipo de maldade mais espetacular do que a manipulação das leis de alvará ou das declarações de renda, e a venda de um entretenimento levemente erótico para sombrios clientes que punham as despesas na conta das respectivas empresas. Contudo, se ele tinha outros empreendimentos, ninguém ainda sabia nada a respeito. Talvez não houvesse nada a saber. Talvez tudo que ele quisesse fosse aquela próspera semirrespeitabilidade, a reputação espúria, a liberdade daquela terra de ninguém entre dois mundos.

O homem negro demorou exatos dez minutos para voltar e dizer que Luker o receberia. Dalgliesh subiu sozinho os dois lances de escada até a ampla sala de onde este havia decidido administrar não apenas o Cortez, mas todas as suas outras boates. A sala estava quente e abafada, mobiliada com excesso, e não tinha ventilação adequada. O centro era ocupado por uma escrivaninha, dois arquivos encostados em uma das paredes, um imenso cofre à esquerda do aquecedor a gás e um sofá e três poltronas reunidos em volta de uma TV. No canto, uma pequena pia. O cômodo obviamente fora pensado para servir tanto de escritório quanto de sala de estar, e conseguia não ser nenhuma das duas coisas. Havia três pessoas presentes: Luker, Sid Martelli, seu braço direito no Cortez, e Lily Coombs. Sid, em mangas de camisa, esquentava uma panelinha de leite em uma boca de gás junto ao aquecedor. Tinha estampada no rosto sua expressão habitual de tristeza resignada. A srta. Coombs, já vestida com o preto da noite, estava sentada em um pufe em frente ao aquecedor pintando as unhas. Ergueu uma das mãos para cumprimentá-lo e presenteou Dalgliesh com um sorriso largo e despreocupado. Ele pensou que a descrição feita dela no manuscrito, quem quer que fosse o seu autor, condizia bastante bem com a realidade. Pessoalmente, não conseguiu detectar o sangue russo aristocrático, mas isso não chegou a ser nenhuma surpresa, pois sabia muito bem que as origens de Lil não se estendiam mais a leste do que Whitechapel Road. Ela era uma loura grandalhona, de aspecto saudável, com dentes fortes e aquela pele grossa e meio pálida que resiste bem à idade. Devia ter uns quarenta e poucos anos. Era difícil dizer. Lily estava igualzinha a quando Dalgliesh a tinha visto pela primeira vez, cinco anos antes. Provavelmente iria ficar igualzinha por mais uns cinco.

Já Luker tinha engordado desde o seu último encontro. O terno caro estava esticado nos ombros, e o pescoço apertado dentro do colarinho imaculado. Ele tinha um rosto forte, desagradável, com a pele tão branca e tão lustrosa que dava a impressão de encerada. Seus olhos eram extraordinários. As íris estavam posicionadas exatamente no centro das órbitas, como pequenos seixos cinzentos, e eram tão sem vida que davam ao rosto inteiro um aspecto deformado. Os cabelos, grossos e pretos, desciam bastante na testa até um bico de viúva que imprimia ao rosto um toque de feminilidade incongruente. Cortados curtos, os cabelos brilhavam como os pelos de um cachorro, lustrosos, duros. O aspecto do homem refletia sua personalidade. Quando ele falava, porém, a voz traía suas origens. Estava tudo ali: a pequena casa paroquial de cidade pequena, a superioridade social cuidadosamente mantida, a escola particular de segunda linha. Ele havia conseguido mudar muito. Mas não havia conseguido mudar a própria voz.

"Ah, superintendente Dalgliesh. Que visita agradável. Infelizmente estamos lotados hoje à noite, mas talvez Michael consiga encontrar uma mesa para o senhor. Certamente está interessado no espetáculo..."

"Nem no jantar nem no espetáculo, obrigado. A sua comida parece não ter feito muito bem ao último conhecido meu que jantou aqui. E eu gosto de mulheres que pareçam mulheres, não fêmeas lactantes de hipopótamo. As fotos lá fora já bastaram. Onde é que vocês desencavam essas mulheres?"

"Não somos nós quem as desencavamos. As pobrezinhas descobrem que possuem, vamos dizer assim, atributos naturais, e vêm nos procurar. E não seja preconceituoso, superintendente. Cada um tem a sua fantasia sexual secreta. Só porque as suas não são atendidas aqui não significa que o senhor não as tenha. 'Não julgueis e não serás julgado', não é assim que se diz? Lembre-se, eu também sou filho de pastor. Mas isso parece ter nos influenciado de maneira bem diferente." Ele fez uma pausa para avaliar suas respectivas reações antes de prosseguir, em tom casual:

"O superintendente e eu temos um infortúnio em comum, Sid. Nós dois tivemos um pai que era pastor. É um começo infeliz para qualquer menino. Quando eles são sinceros, os filhos os desprezam tachando-os de bobos; quando não são, os filhos os rejeitam por considerá-los hipócritas. Não há como eles vencerem."

Sid, cujo pai era um barman cipriota e a mãe uma criada com retardo mental, meneou a cabeça para concordar com veemência.

"Quero dar uma palavrinha com o senhor e com a senhorita Coombs sobre Maurice Seton", disse Dalgliesh. "A investigação não é minha, de modo que vocês não precisam falar se não quiserem. Mas é claro que já sabem disso."

"É. Eu não preciso dizer porcaria nenhuma. Mas talvez eu hoje esteja com um humor prestativo e dócil. Nunca se sabe. Pode tentar."

"O senhor conhece Digby Seton, não conhece?"

Dalgliesh poderia ter jurado que a pergunta fora inesperada. Os olhos mortos de Luker cintilaram antes de ele responder:

"Digby trabalhou aqui durante alguns meses no ano passado, quando perdi meu pianista. Isso foi depois que a boate dele faliu. Eu lhe emprestei um pouco de dinheiro para tentar ajudá-lo a se reerguer, mas não adiantou. Digby não tinha tino para o negócio. Mas não é mau pianista."

"Quando foi a última vez que ele esteve aqui?"

Luker abriu os braços e virou-se para os outros dois.

"Ele trabalhou para nós em maio durante algumas semanas, não foi? Quando Ricki Carlis teve a overdose? Foi a última vez em que o vimos."

"Ele esteve aqui uma ou duas vezes depois disso, L. J.", disse Lil. "Não que você estivesse presente..." Os funcionários de Luker sempre o chamavam pelas iniciais. Dalgliesh não sabia ao certo se a ideia era enfatizar o caráter íntimo de seu relacionamento com ele, ou fazer Luker se sentir um magnata americano. "Ele não veio com um grupo no verão, Sid?", prosseguiu Lil, prestativa.

Sid adotou uma expressão lúgubre de reflexão.

"Não foi no verão, Lil. Deve ter sido no final da primavera. Ele não veio com Mavis Manning e os amigos depois de o espetáculo dela naufragar em maio?"

"Esse era Ricki, Sid. Você está confundindo com Ricki. Digby Seton nunca veio aqui com Mavis."

Eles estavam bem treinados, pensou Dalgliesh. Parecia um número de dança e música. Luker deu um sorriso brando:

"Por que implicar com Digby? Não estamos falando de assassinato e, mesmo que fosse isso, Digby tem um álibi indestrutível. Veja os fatos. Digby tinha um irmão rico. Que bom para eles dois. O irmão tinha um coração ruim que podia deixá-lo na mão a qualquer momento. Que pena para ele, mas, novamente, que bom para Digby. E um dia esse coração para. Trata-se de morte por causas naturais, superintendente, se é que a expressão significa alguma coisa. Parece que alguém levou o corpo até Suffolk e o lançou ao mar. E ouvi dizer que antes disso fizeram alguma coisa cruel e desagradável com o cadáver. Está me parecendo que o senhor Seton era bastante impopular com alguns de seus vizinhos literários. Fico surpreso, superintendente, que a sua tia queira morar perto dessas pessoas, ainda mais deixar o cutelo ao seu alcance para cortar pedaços dos mortos."

"O senhor parece bem informado", comentou Dalgliesh. E ele se informara com uma rapidez surpreendente. Dalgliesh se perguntou quem o estaria mantendo tão a par da situação.

Luker deu de ombros.

"Não há nada de ilegal nisso. Meus amigos me contam coisas. Eles sabem que essas coisas me interessam."

"Sobretudo quando esses amigos herdam duzentas mil libras, não é?"

"Escute aqui, superintendente. Se eu quiser dinheiro, posso ganhar, e ganhar de forma legal. Qualquer imbecil pode fazer fortuna fora da lei. Mas hoje em dia é preciso ser inteligente para ganhar dinheiro dentro da legalidade. Se quiser, Digby Seton pode me pagar as mil e quinhentas libras que eu lhe emprestei quando ele estava tentando salvar a Golden Pheasant. Eu não o estou pressionando."

Sid voltou para o patrão seus olhos de lêmure. A devoção impressa em seu olhar era quase indecente.

"Maurice Seton jantou aqui na noite em que morreu", disse Dalgliesh. "Digby Seton tem ligações com esta boate. E Digby pode herdar duzentas mil libras. O senhor não pode condenar as pessoas por virem fazer perguntas, sobretudo considerando que a senhorita Coombs foi a última pessoa a ver Maurice com vida."

Luker se virou para Lil:

"Lil, é melhor você ficar de boca fechada. Ou, melhor ainda, arrumar um advogado. Vou ligar para Bernie."

"E por que é que eu vou querer falar com Bernie? Já disse tudo a ele uma vez quando aquele sujeito do departamento de investigação criminal esteve aqui. Estou dizendo a verdade. Michael e os meninos o viram me chamar até a sua mesa, e ficamos sentados ali até as nove e meia, quando saímos juntos. Às dez e meia eu já estava de volta. Você me viu, Sid, e a porcaria da boate inteira também viu."

"Isso mesmo, superintendente. Lil voltou às dez e meia."

"Lil nunca deveria ter saído da boate", disse Luker com uma voz mansa. "Mas isso é assunto meu, não seu."

A srta. Coombs parecia não estar dando a menor importância à contrariedade de Luker. Como todos os seus funcionários, ela sabia exatamente até onde podia ir. As regras eram poucas, simples, e todas eram bem compreendidas. Sair da boate por uma hora em uma noite de pouco movimento era um pecado venial. Assassinato, contanto que em determinadas circunstâncias bem definidas, provavelmente também devia ser um pecado venial. Mas se alguém em Monksmere esperava poder imputar aquela morte a Luker, podia se preparar para uma decepção. Luker não era o tipo de homem que cometeria assassinato em benefício alheio, e tampouco se dava ao trabalho de apagar o próprio rastro. Quando matava, Luker não tinha problema nenhum em deixar suas impressões digitais no crime.

Dalgliesh perguntou a Lil o que havia acontecido. Ninguém mais falou em advogados nem criou qualquer dificuldade para impedi-la de contar sua história. Dalgliesh não deixou escapar a olhadela rápida de Lil para o patrão antes de começar. Por algum motivo que só ele conhecia, Luker estava disposto a deixá-la falar.

"Bem, ele apareceu por volta das oito e escolheu a mesa mais perto da porta. Eu o vi na hora. Era um homenzinho engraçado, baixote, muito arrumado, com um ar nervoso. Pensei que era provavelmente um funcionário público dando uma fugida do escritório. Nós aqui vemos gente de todo tipo. Os clientes regulares em geral vêm em grupo, mas às vezes aparece algum solitário. Em geral eles estão atrás de mulher. Bem, nós não trabalhamos nesse ramo, e cabe a mim informar isso a eles." A senhorita Coombs adotou uma expressão severa e comportada que não enganava ninguém e tampouco pretendia fazê-lo. Dalgliesh perguntou o que havia acontecido depois.

"Michael anotou o pedido dele. Ele pediu camarões fritos, salada verde, pão, manteiga e uma garrafa de Ruffino. Parecia saber exatamente o que queria. Sem rodeios. Quando Michael o serviu, ele perguntou se podia falar comigo. Bem, eu fui até lá e ele me perguntou o que eu gostaria de beber. Pedi um gim com suco de limão, que fiquei bebendo enquanto ele começava a mordiscar uns camarões. Ou não estava com fome, ou então queria só alguma coisa para empurrar de um lado para o outro do prato enquanto conversávamos. Acabou ingerindo boa parte da refeição, embora não parecesse estar gostando muito. Mas tomou o vinho. Tomou direitinho, aliás. Quase a garrafa inteira."

Dalgliesh quis saber sobre o que os dois tinham conversado.

"Sobre drogas", foi a resposta franca da srta. Coombs. "Era nisso que ele estava interessado. Drogas. Mas não para ele próprio, veja bem. Bom, estava óbvio que ele não era um drogado, e, mesmo que fosse, não teria vindo me procurar. Esses caras sabem muito bem onde conseguir o que querem. Nós não os vemos aqui no Cortez. O sujeito me disse que era escritor, um escritor conhecido, bem famoso, e que estava escrevendo um livro sobre tráfico de drogas. Não me disse como se chamava, nem eu perguntei. Enfim, alguém tinha dito a ele que eu talvez pudesse lhe dar alguma informação útil se ele soubesse como me recompensar. Aparentemente, esse tal amigo disse que, se você quiser saber qualquer coisa sobre o Soho, é só ir ao Cortez Club e pedir para falar com Lil. Devo dizer que foi muita gentileza dele dizer isso. Nunca me considerei nenhuma autoridade em tráfico de drogas. Mesmo assim, parecia que alguém estava querendo me fazer um favor. Havia dinheiro a ganhar com a história, e o sujeito não era do tipo que saberia se estava recebendo informações genuínas. Tudo que ele queria era um pouco de veracidade para o seu livro, e eu avaliei que poderia proporcionar isso a ele. Se você tiver dinheiro e souber aonde ir, consegue comprar o que quiser em Londres. Você sabe disso, docinho, tão bem quanto eu. Eu até poderia ter dado a ele o nome de um ou dois pubs onde se vendem drogas. Mas de que isso lhe adiantaria? Ele queria um pouco de glamour e animação, e não há glamour nenhum no tráfico de drogas nem nos drogados, pobres coitados. Então eu disse que talvez pudesse dar a ele algumas informações, e perguntei quanto ele me pagaria. Ele disse dez pratas, e eu respondi que tudo bem. E não venha me falar em falsas promessas. Eu faria valer cada centavo do seu dinheiro."

Dalgliesh disse ter certeza de que a srta. Coombs sempre fazia valer cada centavo, e ela, depois de uma breve hesitação, decidiu com prudência deixar o comentário sem resposta. Dalgliesh então perguntou:

"A senhorita acreditou na tal história de ele ser escritor?"

"Não, querido. Pelo menos não no começo. Já ouvi essa história várias vezes. O senhor ficaria surpreso com a quantidade de homens que querem conhecer uma garota 'só para fazer pesquisas para o meu novo romance'. Quando não é isso, estão fazendo pesquisas sociológicas. Pesquisa uma ova! Ele parecia ser desse tipo. Sabe como é: insignificante, ao mesmo tempo nervoso e ávido. Mas quando ele sugeriu que pegássemos um táxi para eu lhe ditar o que sabia enquanto ele datilografava, comecei a ter dúvidas. Eu disse que não podia sair do clube por mais de uma hora, e que preferia que fôssemos à minha casa. Eu sempre digo: quando você não sabe com quem está jogando, permaneça em terreno conhecido. Então sugeri que pegássemos um táxi até meu apartamento. Ele concordou, e saímos daqui pouco antes das nove e meia. Não foi, Sid?"

"Foi sim, Lil. Às nove e meia." Sid ergueu os olhos tristes de seu copo de leite. Sem qualquer entusiasmo, ele estivera encarando a nata franzida que se formara lentamente na superfície da bebida. O cheiro de leite quente, enjoativo e fecundo, parecia dominar a sala claustrofóbica.

"Pelo amor de Deus", disse Luker, "beba essa porcaria ou então jogue fora. Você está me deixando nervoso."

"Beba, meu amor", incentivou a srta. Coombs. "Pense na sua úlcera. Você não quer ter o mesmo fim do pobre Solly Goldstein."

"Solly morreu de enfarte, e leite nunca foi remédio para isso. Muito pelo contrário. De toda forma, essa porcaria é praticamente radioativa. Está lotada de estrôncio 90. Leite é um perigo, Sid."

Sid foi trotando até a pia e jogou fora o leite. Resistindo ao impulso de abrir a janela, Dalgliesh perguntou:

"Que impressão a senhorita teve do senhor Seton quando estavam sentados juntos?"

"Nervoso, querido. Animado, mas ao mesmo tempo

ansioso. Michael quis mudá-lo para outra mesa porque perto da porta passa uma corrente de ar, mas ele não quis sair de lá. Não parou de olhar para a porta enquanto estávamos conversando."

"Como se estivesse esperando alguém?"

"Não, querido. Mais como se quisesse se certificar de que a porta continuava ali. Eu quase achei que fosse sair correndo. Um cara estranho, estranho, estranho mesmo."

Dalgliesh perguntou o que havia acontecido depois de eles saírem da boate.

"A mesma coisa que eu disse ao tal cara do departamento de investigação criminal de Suffolk. Nós pegamos um táxi na esquina da Greek Street, e eu estava prestes a dar meu endereço ao motorista quando o senhor Seton de repente falou que preferiria ficar andando de carro durante algum tempo, e perguntou se eu me incomodava. Se quiser saber o que eu acho, ele de repente tinha desistido da história toda. Com medo do que poderia lhe acontecer, pobre coitado. Enfim, não vi problemas em fazer o que ele queria, e ficamos passeando um pouco pelo West End, depois fomos até o Hyde Park. Eu falei umas bobagens sobre o tráfico de drogas, e ele tomou notas em um caderninho. Se quiser saber a minha opinião, ele estava um pouco embriagado. De repente, me agarrou e tentou me beijar. Bom, eu já estava um pouco cheia dele e não queria ser apalpada por aquele bobalhão. Tive a impressão de que ele só me deu uma cantada porque achou que deveria. Então falei que precisava voltar para a boate. Ele pediu para descer em frente à estação de Paddington e disse que iria pegar o metrô. Me deu duas notas de cinco e uma de uma libra para pagar o táxi."

"Ele disse para onde estava indo?"

"Não. Nós chegamos por Sussex Gardens, pois hoje em dia, como o senhor sabe, esse é o único jeito de descer Praed Street, e o deixamos em frente à estação da District Line. Mas acho que ele pode ter atravessado a rua para pegar a outra linha, a Bakerloo. Não fiquei lá para ver. Me despedi dele por volta das dez e quinze em frente à estação de Paddington, e foi a última vez que o vi. É essa a verdade."

Mesmo que não fosse, pensou Dalgliesh, era difícil ver como a história dela poderia ser desmentida. Eram muitos os indícios que a corroboravam, e Lil era a última mulher em Londres propensa a entrar em pânico e mudar uma boa história. Ir ao Cortez tinha sido uma perda de tempo. A cooperação de Luker fora anormal, quase suspeita, mas Dalgliesh não havia descoberto nada que Reckless não lhe pudesse ter contado em metade do tempo.

De repente, ele sentiu novamente algumas das incertezas e inadequações que haviam atormentado o jovem agente de investigação Dalgliesh quase vinte anos antes. Quando ele sacou a fotografia de Bryce do piquenique na praia para mostrá-la aos presentes, foi sem qualquer expectativa de sucesso. Sentiu-se como um vendedor itinerante tentando empurrar seu lixo indesejado. Eles olharam a fotografia com relativa educação. Talvez, como donas de casa bondosas, sentissem certa pena dele. Teimoso, perseverante, ele perguntou se alguma das pessoas da foto tinha sido vista no Cortez Club. Lil apertou os olhos para ver melhor enquanto segurava a fotografia com o braço esticado, embaçando assim de forma eficaz a própria visão. Lil era igual à maioria das mulheres, lembrou Dalgliesh. Mentia melhor quando podia convencer a si mesma de que, na essência, estava dizendo a verdade.

"Não, querido. Não posso dizer que reconheço essas pessoas. Com exceção de Maurice Seton e Digby, claro. Isso não quer dizer que elas não tenham estado aqui. Melhor perguntar para eles."

Luker e Sid, menos inibidos, olharam apenas de relance para a fotografia e afirmaram nunca terem visto aquelas pessoas na vida.

Dalgliesh olhou para os três. Sid exibia a expressão dorida, um tanto ansiosa de um menininho subnutrido, indefeso e à deriva no malvado mundo dos adultos. Dalgliesh pensou que Luker poderia estar rindo em silêncio, se é que o homem rira algum dia. Lil o fitava com a expressão encorajadora, maternal, quase piedosa, pensou ele com amargura, que geralmente reservava a seus clientes. Não havia mais nada a tirar daqueles três. Ele lhes agradeceu pela ajuda — desconfiou que Luker percebeu o leve tom de ironia em sua voz — e foi embora; ninguém o acompanhou até a porta.

3

Quando Dalgliesh saiu, Luker fez um movimento brusco com a cabeça na direção de Sid. O homenzinho se retirou sem dizer nada e sem olhar para trás. Luker esperou até ouvir seus passos descerem a escada. Lil, sozinha com o patrão, não demonstrou qualquer ansiedade especial, mas acomodou-se de maneira ainda mais confortável na velha poltrona à esquerda do aquecedor a gás e o fitou com o mesmo olhar neutro e sem curiosidade de um gato. Luker foi até um cofre na parede. Ela ficou olhando suas costas largas enquanto ele se postava ali, imóvel, e girava o mostrador do segredo. Quando ele se virou, viu que tinha nas mãos um pequeno embrulho, do tamanho de uma caixa de sapatos, envolto em papel pardo e amarrado frouxamente com um fino barbante branco. Ele pousou o embrulho sobre a escrivaninha.

"Você já viu isto aqui antes?", perguntou.

Lil não demonstrou qualquer curiosidade.

"Chegou para você pelo correio hoje de manhã, não foi? Quem recebeu foi Sid. Qual é o problema com o embrulho?"

"Problema nenhum. Pelo contrário, é um embrulho admirável. Eu já o abri uma vez, como você pode ver, mas quando chegou estava muito bem amarrado. Está vendo o endereço? Ilustríssimo Senhor L. J. Luker, Cortez Club, W 1. Em letras maiúsculas bem-feitas, geométricas, escritas com esferográfica. Uma caligrafia nada fácil de identificar. Gostei do 'ilustríssimo'. Minha família não tem título de nobreza, de modo que o remetente está sendo um pouco pretensioso, mas ele tem esse defeito em comum com meu fiscal do imposto de renda e metade dos comerciantes do Soho, então isso não chega a ser uma pista. Fora isso, temos o papel. Um papel pardo totalmente normal; é possível comprá-lo em resmas em qualquer papelaria. E o barbante. Está notando alguma coisa especial em relação ao barbante, Lil?"

Observadora, Lil reconheceu que não havia nada de especial em relação ao barbante. Luker prosseguiu:

"O mais estranho, porém, é a franquia de correio paga por ele... ou por ela. Pelo menos um xelim a menos do que o normal, pelas minhas estimativas. Então podemos concluir que o embrulho foi carimbado fora da agência dos correios, e depois empurrado por cima do balcão em um horário de grande movimento. Não foi preciso esperar a pesagem. Dessa forma, haveria menos chance de o cliente chamar atenção."

"Onde o embrulho foi postado?"

"Em Ipswich, no sábado. Isso significa alguma coisa para você?"

"Só que ele foi postado bem longe daqui. Ipswich não fica perto daquele lugar onde encontraram Maurice Seton?"

"É a cidade grande mais próxima de Monksmere. O lugar mais próximo em que alguém poderia ter certeza de não ser reconhecido. Não seria possível postar este embrulho em Walberswick ou Southwold e esperar que ninguém se lembrasse."

"Pelo amor de Deus, L. J.! O que tem dentro do embrulho?"

"Abra e veja você mesma."

Lil avançou com cautela, mas fingindo casualidade. Havia mais camadas de papel pardo do que ela imaginava. A caixa em si se revelou uma caixa de sapatos comum, branca, mas sem as etiquetas. Parecia muito velha, o tipo de caixa que poderia ser encontrada escondida dentro de uma gaveta ou de um armário em quase qualquer casa. Lil deixou as mãos suspensas acima da tampa.

"Se tiver alguma porcaria de um bicho aí dentro e ele pular em cima de mim eu mato você, L. J. Juro que mato. Detesto essas brincadeiras bobas. Mas que fedor é esse?"

"Formol. Abra, vamos."

Ele a observava com atenção, e seus frios olhos cinzentos pareciam interessados, praticamente achando graça. Agora havia conseguido deixá-la preocupada. Por um segundo, o olhar dela cruzou o seu. Ela então recuou um passo para longe da mesa e, estendendo a mão, abriu a tampa com um movimento brusco do pulso.

O cheiro adocicado e acre se ergueu no ar como um anestésico. As mãos cortadas repousavam em um leito de algodão úmido, curvadas como na paródia de uma prece, com as palmas a se tocarem de leve e as pontas dos dedos unidas. A pele intumescida, ou o que restava dela, era branca como giz, e estava tão amarfanhada que as falanges pareciam vestidas frouxamente com um par de luvas que sairiam com um simples toque. A carne já se retraía nos pulsos cortados, e a unha do indicador direito havia saído do lugar.

A mulher ficou encarando as mãos, ao mesmo tempo fascinada e repelida. Então segurou a tampa da caixa e tornou a colocá-la no lugar com violência. O papelão se dobrou com a força do gesto.

"Não foi assassinato, L. J., eu juro! Digby não teve nada a ver com isso. Ele não tem essa coragem."

"É isso que eu teria dito. Você me disse a verdade, Lil?"

"É claro que disse. Todinha, L. J. Olhe aqui, ele não poderia ter feito isso. Ele passou a noite inteira de terça-feira no xadrez."

"Eu sei. Mas, se ele não mandou esse embrulho, quem foi? Lembre-se de que ele tinha duzentas mil libras a ganhar."

De repente, Lil falou:

"Ele disse que o irmão iria morrer. Disse isso para mim uma vez."

Fascinada e horrorizada, ela tornou a olhar para a caixa.

"É claro que ele iria morrer", disse Luker. "Algum dia.

Tinha o coração fraco, não tinha? Isso não quer dizer que Digby o matou. A morte foi por causas naturais."

Lil talvez tenha detectado algum leve toque de incerteza na voz dele. Olhou-o de relance e disse:

"Ele sempre quis ser seu sócio, L. J. Você sabe disso. E ele agora tem duzentas mil libras."

"Ainda não. E talvez nunca chegue a pôr as mãos no dinheiro. Mas, com ou sem capital, eu não quero um bobo como sócio."

"Se ele matou Maurice e fez a morte parecer natural, ele não é tão bobo assim, L. J."

"Pode ser. Vamos esperar e ver se ele consegue se safar."

"E... e isso aí?", perguntou Lil, meneando a cabeça em direção à caixa de aspecto inócuo.

"Vai voltar para o cofre. Amanhã peço a Sid para refazer o embrulho e despachá-las para Digby. Isso deve nos dar alguma informação. Seria um toque de classe incluir um dos meus cartões de visita. Já está na hora de Digby Seton e eu termos uma conversinha."

4

Dalgliesh fechou a porta do Cortez Club ao sair e sorveu o ar do Soho como se este fosse tão puro quanto o vento do mar em Monksmere. Luker sempre tivera esse efeito de parecer contaminar a atmosfera. Ele estava feliz por sair daquela salinha abafada e se livrar daquele olhar morto. Devia ter chovido um pouco enquanto ele estava na boate, pois os carros sibilavam sobre um asfalto molhado e a calçada sob seus pés estava grudenta. O Soho agora acordava, e figuras espalhafatosas se agitavam pela rua estreita de um meio-fio a outro. Um vento forte soprava e ia secando a rua diante dos seus olhos. Ele se perguntou se estaria ventando em Monksmere Head. Talvez, naquele exato momento, sua tia estivesse fechando as persianas para a noite.

Enquanto caminhava lentamente em direção a Shaftesbury Avenue, pensou em qual deveria ser seu próximo passo. Até agora, aquela ida a Londres, provocada por um impulso de raiva, lhe revelara pouca coisa que ele não descobriria de maneira mais confortável caso tivesse ficado em Suffolk. Até o próprio Max Gurney poderia ter lhe dado suas informações por telefone, embora naturalmente Max fosse conhecido por sua cautela. Dalgliesh não estava totalmente arrependido da viagem; mas o dia tinha sido longo, e ele não estava disposto a torná-lo mais longo ainda. Portanto, era ainda mais irritante se sentir atormentado pela convicção de que ainda havia algo a ser feito.

Era difícil decidir o quê. Nenhuma das possibilidades parecia atraente. Ele poderia visitar o prédio de apartamentos estiloso e caro onde Latham morava para tentar arrancar alguma informação do porteiro, mas, como a sua posição naquele caso não era oficial, era pouco provável que tivesse sucesso. Além do mais, Reckless ou seus homens já deviam ter ido lá antes dele e, caso o álibi de Latham pudesse ser desmontado, eles o teriam desmontado. Ele poderia tentar a sorte no hotel muito respeitável de Bloomsbury onde Eliza Marley afirmava ter passado a noite da última terça. Lá tampouco a recepção seria das mais cordiais, e por lá também Reckless já teria passado. Ele estava começando a ficar um pouco cansado de seguir os passos do inspetor como um cãozinho de estimação.

Poderia dar uma olhada no apartamento de Justin Bryce na City; mas não parecia haver por que fazer isso. Como Bryce ainda estava em Suffolk, não haveria como visitar o apartamento por dentro, e ele não imaginava que a observação do prédio em si pudesse revelar muita coisa. Já o conhecia bem, uma vez que este era um dos mais agradáveis marcos arquitetônicos da City. Bryce morava acima da sede da *Monthly Critical Review*, em um pequeno pátio do século XVIII perto de Fleet Street, conservado com tanto esmero que parecia totalmente artificial. A única saída para a rua era por Pie Crust Passage, um bequinho tão estreito que mal comportava um homem sozinho. Dalgliesh não sabia onde Bryce estacionava o carro, mas com certeza não viera em Pie Crust Court. Teve uma súbita e fantástica visão do homenzinho cambaleando pelo beco de Pie Crust Passage com o corpo de Seton pendurado no ombro, e guardando-o no banco de trás do carro sob o olhar interessado dos guardas de trânsito do bairro e de metade da força policial da City. Desejou poder acreditar nisso.

É claro que havia outra forma de passar a noite. Ele poderia ligar para Deborah Riscoe no trabalho dela — já estava quase no fim do expediente — e lhe pedir que o encontrasse em seu apartamento. Naturalmente, ela aceitaria. Já se fora o tempo, de doce lembrança apesar dos ocasionais tormentos, em que ele nunca podia ter certeza se ela apareceria. Independentemente de qualquer outro plano para aquela noite, ela iria encontrá-lo. E então todo o tédio, toda a irritação e todas as incertezas teriam pelo menos um alívio físico. E no dia seguinte o problema continuaria ali, a lançar sua sombra entre ele e a primeira luz da aurora.

De repente, ele se decidiu. Virou-se rapidamente em direção a Greek Street, chamou o primeiro táxi que viu e pediu para ser deixado em frente à estação de metrô de Paddington.

Resolveu ir de metrô de Paddington até o endereço de Digby Seton. Se Maurice Seton tivesse percorrido aquele caminho, poderia ter pego um ônibus ou mesmo outro táxi (Dalgliesh se perguntou se Reckless havia verificado isso), mas era mais provável que tivesse ido a pé. Dalgliesh cronometrou seu trajeto. Levou exatos dezesseis minutos a passos céleres para chegar ao arco de tijolos e estuque desmoronado que conduzia a Carrington Mews. Maurice Seton talvez tivesse levado mais tempo.

A entrada calçada de pedras não era muito acolhedora: mal iluminada, exalava um forte cheiro de urina. Sem que ninguém o visse, uma vez que o lugar estava obviamente deserto, Dalgliesh passou sob o arco e adentrou um pátio amplo, iluminado apenas por uma lâmpada solitária e nua acima de uma fileira dupla de garagens. Aparentemente, aquele lugar já tinha sido a sede de uma autoescola, e ainda se podiam ver alguns anúncios rasgados colados nas portas das garagens. Mas estas eram agora dedicadas a um objetivo mais nobre: a correção do déficit crônico de moradia em Londres. Mais exatamente, as garagens em breve seriam transformadas em chalés escuros, pequenos e excessivamente caros, que sem dúvida seriam anunciados como "charmosas residências urbanas" para inquilinos ou proprietários dispostos a tolerar qualquer despesa ou inconveniência em troca do status de possuir um endereço londrino e do gosto por afetações contemporâneas. As garagens duplas que ainda existiam estavam sendo divididas para formar um cômodo no térreo e ainda deixar espaço para um carro pequeno, e os primeiros andares estavam sendo ampliados para comportar diminutos quarto de dormir e banheiro.

O apartamento de Digby Seton era o único já pronto, e a decoração era deprimente de tão conservadora. Havia uma porta cor de laranja com uma aldraba de bronze em forma de sereia, jardineiras nas duas minúsculas janelas quadradas, e uma lâmpada dentro de uma luminária de ferro forjado acima da porta. A lâmpada não estava acesa, o que não chegava a ser estranho pois, até onde Dalgliesh pôde constatar, a fiação não estava conectada. A luminária lhe pareceu afetada sem ser bonita, e vulgar sem ser funcional; nesse sentido, era um símbolo representativo de toda a casa. As jardineiras cor de laranja pendiam com o peso da terra endurecida. Haviam sido plantadas com crisântemos e, quando novas, sua alegria sem dúvida havia justificado um ou dois guinéus a mais no aluguel. Mas as flores, outrora amarelo-douradas, estavam agora descoradas e quebradiças, enquanto as folhas mortas recendiam a decomposição.

Ele percorreu o pátio calçado de pedra mirando a lanterna de bolso nos olhos escuros das janelas. As duas garagens contíguas estavam agora sendo modernizadas junto com os cômodos do andar de cima. O interior havia sido totalmente demolido, e a porta dupla da garagem retirada, de modo que ele pôde entrar na casca vazia e observar com interesse que haveria uma porta ligando a sala do térreo à garagem. Por toda parte reinava o cheiro de madeira nova, tinta e pó de tijolo. É claro que o bairro ainda tinha um longo caminho a percorrer antes de se tornar socialmente aceitável, quem dirá na moda, mas estava em ascensão. Digby só tinha sido o primeiro a pressentir essa evolução favorável.

E isso, é claro, conduzia à interessante questão de por que motivo ele tinha ido morar ali. Não era uma residência improvável para ele escolher. Sob muitos aspectos, aquele reles simbolozinho de status era inteiramente adequado a Digby. Mas não seria coincidência demais ele ter escolhido uma casa tão propícia ao assassinato? O apartamento ficava a vinte minutos a pé do lugar em que Maurice Seton havia morrido; ficava em um pátio discreto e escuro que, depois da partida dos operários da obra, ficaria deserto a não ser por Digby; tinha uma garagem com uma porta que dava diretamente para dentro da casa. E existia outro fator, talvez o mais significativo de todos. Digby Seton se mudara fazia pouco tempo, e ninguém em Monksmere conhecia seu novo endereço. Quando quisera entrar em contato com ele depois da morte de Maurice, Sylvia Kedge não soubera onde encontrá-lo. E isso significava que Maurice, se de fato houvesse sido mandado até Carrington Mews por Lily Coombs, não teria como saber que era Digby quem estaria esperando por ele. Com certeza Maurice tinha saído do Cortez Club direto para a morte. E Digby era o único suspeito de ter ligações com a boate.

Mas tudo isso era mera desconfiança. Não havia prova nenhuma onde quer que fosse. Nada provava que Lil tinha mandado Maurice até ali; mesmo que o tivesse feito, Lil era capaz de uma adesão obstinada a uma boa história que teria sido louvável em prol de uma causa maior. Para convencê-la a falar, seriam necessárias medidas mais drásticas do que qualquer força policial inglesa toleraria. Não havia prova nenhuma de que Maurice estivera ali. Dalgliesh não podia entrar no apartamento trancado, mas Reckless ou seus homens já deviam tê-lo vasculhado; se houvesse alguma coisa para encontrar, eles teriam encontrado. Não existia sequer alguma prova de que Maurice tivesse sido assassinado. Reckless não acreditava nisso, o chefe da polícia de Suffolk não acreditava nisso, e provavelmente ninguém acreditava nisso a não ser Adam Dalgliesh com sua teimosia idiota, seguindo um palpite às cegas, mesmo na contramão de todos os indícios. E, caso Maurice tivesse sido assassinado, ainda restava o maior problema de todos. Ele morrera à meia-noite, horário para o qual Digby Seton, e na realidade a maioria dos outros suspeitos, possuía um álibi indestrutível. Até que se descobrisse o "como", era inútil se concentrar no "quem".

Dalgliesh deu um último giro com a lanterna pelo pátio deserto, iluminando a madeira empilhada sob um oleado, as pilhas de tijolos novos, as portas das garagens com seus avisos descolados. Então, passou sob o arco de forma tão silenciosa quanto ao entrar e tomou o caminho de Lexington Street, onde seu carro estava estacionado.

Foi logo antes de chegar a Ipswich que o cansaço o dominou, e ele percebeu que não seria seguro prosseguir por muito mais tempo. Precisava comer. Já fazia muito tempo desde o seu lauto almoço com Max, e ele não havia comido nada desde então. Não tinha problema nenhum em passar a noite em um acostamento, mas não queria acordar de manhã cedo morrendo de fome e sem nenhuma chance de encontrar um lugar aberto para tomar café da manhã. O problema, porém, era que estava tarde demais para ir a um pub, e ele não tinha a menor intenção de parar em uma boate de zona rural ou em algum hotelzinho para lutar contra a determinação do dono de só servir comida em horários regulamentados e a um preço e qualidade capazes de desanimar qualquer um exceto os mais esfomeados. Uns cinco quilômetros depois, no entanto, encontrou uma lanchonete para caminhoneiros aberta vinte e quatro horas, cuja propaganda era assegurada pela falange negra de pesos pesados estacionada em volta e pela luz que emanava das janelas baixas. O lugar estava lotado, e o ar espesso de tanta fumaça e tomado por conversas e pela cacofonia do jukebox, mas ele conseguiu sentar-se sem problemas em uma mesa de canto, de tampo nu mas limpo, e pedir um prato de ovos, salsichas e batatas chips fritas na hora, além de uma caneca de meio litro de um chá quente e doce.

Depois de comer, saiu em busca do telefone, mal localizado em um corredor estreito entre a cozinha e o estacionamento, e ligou para Pentlands. Não havia motivo para ligar. Sua tia não o esperava chegar em nenhum horário específico. Mas ele ficou subitamente preocupado com ela, e decidido a seguir viagem caso ela não atendesse. Disse a si mesmo que essa ansiedade era irracional. Ela poderia muito bem estar jantando em Priory House, ou mesmo dando um passeio solitário pela praia. Ele não tinha descoberto nada para sugerir que a tia corria qualquer perigo; ainda assim, tinha a sensação de que nem tudo estava bem. Era provavelmente apenas o resultado do cansaço e da frustração, mas ele precisava ter certeza.

Um longo tempo pareceu transcorrer antes de ela atender ao telefone e de ele ouvir sua voz baixa e conhecida. Se ela ficou surpresa com a ligação, não comentou nada. A rápida conversa que tiveram foi embalada pelo barulho de louça sendo lavada e pelos rugidos de motor dos caminhões que partiam. Quando ele recolocou o fone no gancho, já estava mais alegre, mas ainda preocupado. Ela lhe prometera passar o trinco na porta do chalé nessa noite — graças a Deus, não era o tipo de mulher que discutia, questionava ou ria de um pedido simples —, e não havia mais nada que ele pudesse fazer. Estava meio irritado com a própria preocupação, que sabia infundada; se fosse fundada, por mais cansado que estivesse, ele teria seguido viagem.

Antes de sair da cabine, ocorreu-lhe uma coisa, e ele vasculhou o bolso à procura de mais moedas. Dessa vez foi preciso mais tempo para completar a ligação, e havia interferência na linha. Depois de algum tempo, no entanto, ele ouviu a voz de Plant e fez sua pergunta. Sim, o sr. Dalgliesh tinha razão. Plant ligara para Seton House na quarta-feira à noite. Pedia desculpas por não ter mencionado isso antes. Na verdade, telefonara naquela noite várias vezes a intervalos de três horas tentando encontrar o sr. Seton. A que horas exatamente? Bem, até onde ele se lembrava, mais ou menos às seis, às nove e à meia-noite. De nada. Plant ficava feliz em poder ajudar.

Dalgliesh se perguntou se aquela informação de fato

era útil. Ela não provava nada a não ser que o telefonema não atendido de Plant poderia ter sido o telefone tocando que Elizabeth Marley escutara ao deixar Digby em Seton House. O horário estava quase certo, e Reckless não conseguira identificar a outra ligação. Mas isso não significava que ninguém houvesse telefonado. Ele precisaria de provas mais sólidas do que aquela para provar que Digby Seton estava mentindo.

Dez minutos depois, Dalgliesh estacionou sob o abrigo de uma sebe no acostamento seguinte e se acomodou no carro da maneira mais confortável possível para um homem da sua altura. Apesar do meio litro de chá e do jantar pouco digesto, o sono veio quase no mesmo instante, e ele passou algumas horas imerso em um sono profundo e sem sonhos. Foi acordado por cascalho batendo nos vidros do carro e pelo forte uivo do vento. Seu relógio marcava três e quinze. Soprava um vento de temporal e, apesar da sebe a protegê-lo, o carro se balançava de leve. Nuvens corriam diante da lua como fúrias negras, e os galhos altos da sebe, que se destacavam escuros contra o céu, gemiam e se agitavam qual um coro de bruxas ensandecidas. Ele desceu do carro e caminhou um pouco pela estrada deserta. Apoiado em um portão, olhou para os campos escuros e planos; o vento batia com toda a força em seu rosto e lhe dificultava a respiração. Teve a mesma sensação que já vivenciara, menino, durante uma de suas solitárias viagens de bicicleta, quando saía da pequena barraca à noite e ia caminhar. Aquele era um de seus prazeres prediletos: a sensação de total solidão, não apenas de estar sozinho, mas de saber que ninguém no mundo sabia exatamente onde ele estava. Além de uma solidão do corpo, era uma solidão do espírito. Ele fechou os olhos, sorveu o aroma luxuriante da grama e da terra úmidas, e imaginou-se de volta à infância: os mesmos cheiros, a noite conhecida, o prazer igualmente intenso.

Meia hora mais tarde, tornou a se acomodar para dormir. Antes de mergulhar no primeiro nível de inconsciência, porém, algo aconteceu. Sonolento, estava pensando distraidamente no assassinato de Seton. Era apenas uma lenta recapitulação mental do dia. Então, de repente, sem que ele fosse capaz de explicar como, compreendeu como tudo poderia ter acontecido.

LIVRO TRÊS

1

Dalgliesh chegou a Pentlands pouco depois das nove da manhã. O chalé estava vazio e, por um instante, ele teve o mesmo mau pressentimento que o havia acometido durante a noite. Então viu o bilhete sobre a mesa da cozinha. Sua tia havia tomado café cedo e saído para caminhar pela praia em direção a Sizewell. Deixara um bule de café pronto para ser requentado, e a mesa posta para uma pessoa. Dalgliesh sorriu. Aquilo era típico de sua tia. Era costume seu dar uma caminhada matinal pela praia, e jamais lhe ocorreria variar a rotina pelo simples motivo de o sobrinho estar indo e vindo entre Londres e Monksmere no encalço de um assassino, e de que ele talvez a quisesse imediatamente disponível para ouvir suas novidades. Tampouco imaginaria que um homem em pleno gozo da saúde fosse incapaz de preparar o próprio café da manhã. No entanto, como sempre acontecia em Pentlands, os confortos essenciais estavam todos ali: a cozinha quentinha e aconchegante, o café forte, uma tigela azul de ovos frescos e uma fornada de brioches caseiros ainda quentes do forno. Estava claro que sua tia acordara cedo. Dalgliesh tomou café depressa, então decidiu esticar as pernas doloridas da viagem de carro indo caminhar pela praia ao seu encontro.

Desceu saltitando o caminho irregular de areia e pedra que conduzia de Pentlands até a praia. O mar agitado estava cheio de carneirinhos de espuma até o horizonte, uma imensidão de água revolta entre o marrom e o cinza, sem nenhuma vela, na qual apenas a silhueta maciça de uma embarcação de cabotagem se destacava contra o céu. A maré estava subindo depressa. Depois de atravessar as pedras da parte mais alta da praia, ele chegou à faixa de seixo fino que ficava a meio caminho entre o mar e o trecho plano de grama que margeava os charcos. Ali era mais fácil caminhar, embora de vez em quando ele fosse obrigado a dar as costas para o vento e lutar para recuperar o fôlego. Fustigado pelas rajadas e salpicado pela espuma do mar, foi seguindo pelos seixos; seus passos produziam ruídos molhados, e ele de vez em quando encontrava um trecho bem-vindo de areia firme e parava para observar o ventre liso e verde das ondas que se erguiam em uma derradeira curva antes de vir bater a seus pés, produzindo um jorro de seixos e espuma que o espetava. Era um lugar deserto, vazio e desolado como os mais distantes confins do mundo. Aquela praia não evocava qualquer lembrança aconchegante e nostálgica do encantamento de férias infantis à beira-mar. Ali não havia piscininhas para explorar entre as pedras, nem conchas exóticas, nem quebra-mares enfeitados com algas marinhas, nem longos trechos de areia amarela cortada por inúmeras pás. Não havia nada exceto o mar, o céu e o charco: uma praia vazia, com poucos marcos a distinguir os muitos quilômetros de seixos, a não ser um emaranhado ou outro de madeira suja de piche e as pontas enferrujadas de antigas fortificações. Dalgliesh adorava aquele vazio, aquela fusão entre céu e mar. Nesse dia, porém, o lugar não lhe provocou nenhuma sensação de paz. Ele de repente o viu com olhos novos: um litoral alienígena, sinistro, totalmente desolado. A ansiedade da noite anterior tornou a dominá-lo, e ele ficou aliviado ao ver, erguendo-se das dunas de areia, a conhecida silhueta da tia, rígida como um mastro de bandeira para resistir ao vento, com as pontas do cachecol vermelho esvoaçando ao vento.

Ela o viu quase na mesma hora, e veio andando em sua direção. Quando os dois se encontraram e ficaram em pé lado a lado, lutando para conseguir respirar em meio a uma súbita rajada de vento, ouviu-se um "crááá" rascante, e duas garças passaram voando baixo, golpeando o ar com as asas pesadas e vagarosas. Dalgliesh as observou afastarem-se. As aves tinham os longos pescoços contraídos e as pernas marrons delicadas bem esticadas atrás do corpo, feito o rastro de fumaça de um avião.

"Garça", disse ele com um tom de triunfo zombeteiro.

Jane Dalgliesh riu e lhe passou o binóculo.

"E aqueles ali, o que você acha que são?"

Um pequeno bando de pássaros aquáticos cujas penas tinham um tom entre o cinza e o marrom piavam na beira dos seixos. Antes de Dalgliesh distinguir mais do que as caudas brancas e os bicos escuros e curvados para baixo, os pássaros levantaram voo depressa, todos ao mesmo tempo, e foram sumindo no vento como uma coluna de fina fumaça branca.

"Pilritos-comuns?", arriscou ele.

"Achei mesmo que você fosse dizer pilrito-comum. Os dois são muito parecidos. Mas não, esses eram pilritos-de-bico-comprido."

"Mas, da última vez que você me mostrou um pilrito-de-bico-comprido, ele tinha a plumagem cor-de-rosa", protestou Dalgliesh.

"Isso foi no verão passado. No outono, eles adquirem a plumagem amarronzada dos pássaros mais jovens. É por isso que ficam tão parecidos com o pilrito-comum... Sua ida a Londres foi proveitosa?"

"Passei a maior parte do dia refazendo sem muito sucesso o caminho de Reckless", respondeu Dalgliesh. "Mas descobri algo novo durante um almoço excessivamente lauto com Max Gurney no Cadaver Club. Seton estava propondo usar praticamente toda a sua fortuna para instituir um prêmio literário. Como já tinha desistido da fama pessoal, queria comprar uma imortalidade imaginária. E estava disposto a pagar um bom preço por isso. Também faço uma ideia de como Seton foi morto, mas, como será praticamente impossível provar, não acho que Reckless vá me agradecer por isso. Acho melhor eu telefonar para ele assim que voltarmos para casa."

Seu tom era desprovido de entusiasmo. Jane Dalgliesh lançou-lhe um olhar breve, mas não fez nenhuma pergunta, e logo virou o rosto para o outro lado, por medo de que ele visse e ficasse irritado com a sua evidente preocupação.

"Digby sabia que provavelmente seria privado da herança?", perguntou ela.

"Parece que ninguém sabia a não ser Max. O mais estranho é que Seton escreveu para ele a respeito, e pelo que parece datilografou a carta sozinho. Mas Reckless não achou o carbono dessa carta em Seton House. Com certeza comentaria se tivesse achado. E com certeza teria interrogado Sylvia Kedge e Digby para descobrir o que eles sabiam."

"Se Maurice queria manter segredo em relação ao seu projeto, não teria datilografado a carta sem usar papel-carbono para fazer uma cópia?", sugeriu a srta. Dalgliesh.

"Ele com certeza fez uma cópia em papel-carbono. O canto inferior do carbono ficou virado para dentro quando ele pôs o papel na máquina, e as últimas palavras aparecem no verso da carta. O canto superior também exibe uma leve marca de carbono. É possível que ele tenha decidido destruir a cópia depois, mas isso não parece provável para um homem tão meticuloso. Inclusive esse não é o único mistério relacionado a carbonos. Estamos supondo que Seton datilografou aquele trecho sobre a visita de seu herói ao Cortez Club enquanto estava em Londres. Mas o empregado do Cadaver Club diz que não foi encontrada nenhuma cópia de carbono em seu quarto. O que aconteceu com essas cópias, então?"

Sua tia passou alguns instantes pensando. Aquela era a primeira vez que ele conversava com ela sobre uma investigação, o que a deixou intrigada e um pouco lisonjeada, até ela se lembrar de que, naturalmente, a investigação não era dele. Reckless era o único responsável. Era Reckless quem teria de estabelecer a relevância dos carbonos sumidos no Cadaver Club, se é que havia alguma. Mas ela ficou surpresa com o próprio interesse no assunto:

"Imagino que haja várias possibilidades", falou. "Talvez Seton não fizesse cópias em papel-carbono. Considerando seus hábitos meticulosos, acho isso pouco provável. Talvez ele as tenha destruído, ou então alguém com acesso ao seu quarto fez isso. Ou ainda o manuscrito que Sylvia mostrou pode na verdade não ter sido o mesmo enviado por Seton. Imagino que Reckless haja verificado junto ao carteiro que um envelope pardo comprido foi entregue a Sylvia, mas só temos a palavra dela para confirmar que ele continha o manuscrito. E, caso de fato o contivesse, há a possibilidade de alguém que sabia que Seton estava hospedado no clube ter substituído um documento por outro em algum momento entre o fechamento do envelope e a postagem. Mas será que isso é possível? Nós sabemos se Seton pôs o envelope a ser postado em algum lugar onde outras pessoas pudessem ver? Ou ele mesmo o levou imediatamente até o correio?"

"Essa foi uma das coisas que eu perguntei a Plant. Ninguém no Cadaver Club pôs nada no correio para Seton. Mas o envelope poderia ter ficado no quarto dele por tempo suficiente para ser interceptado por alguém. Ou então ele poderia tê-lo enviado para outra pessoa pôr no correio. Mas ninguém teria confiado nisso, teria? E nós sabemos que esse assassinato foi premeditado. Pelo menos eu sei. Ainda preciso convencer Reckless de que foi um assassinato."

"Será que não existe outra possibilidade?", indagou sua tia. "Sabemos que Seton não poderia ter posto o segundo manuscrito no correio, o que descreve o corpo à deriva indo dar na praia. Ele já estava morto. E não temos motivo nenhum para supor que ele o tenha escrito. A única coisa que indica que seja um trabalho seu é a palavra de Sylvia Kedge."

"Eu acho que foi ele quem escreveu", disse Dalgliesh. "Quando Max Gurney me mostrou a carta de Seton, reconheci a datilografia. Foi a mesma pessoa que datilografou aquele segundo manuscrito."

Enquanto ele falava, os dois avançavam instintivamente para longe do impacto do vento, em direção ao abrigo do beco rebaixado que passava entre as dunas e o santuário de pássaros. Uns vinte metros adiante ficava o terceiro de uma série de pequenos postos de observação que davam para o santuário. Aquele posto específico constituía um limite natural para seus passeios pela praia, e Dalgliesh não precisou perguntar à tia se eles deveriam dar meia-volta. Passar dez minutos vasculhando os juncos através de seu binóculo e se protegendo dos frios ventos da costa leste tinha virado um daqueles rituais que faziam parte de sua visita anual a Monksmere. A construção era um posto de observação típico: uma cabana rústica feita de madeira com telhado de palha, contendo junto à parede dos fundos um banco alto o suficiente para sustentar coxas cansadas e uma fenda na altura dos olhos que proporcionava uma ampla vista dos charcos. No verão, a cabana tinha um forte cheiro de madeira aquecida pelo sol, terra úmida e capim farto. Até mesmo nos meses frios ainda restava algum calor, como se todo o sol e todos os cheiros do verão ficassem presos entre aquelas paredes de madeira.

Eles haviam chegado à cabana, e a srta. Dalgliesh estava prestes a passar primeiro pela entrada estreita quando Dalgliesh falou de repente:

"Não! Espere!" Um minuto antes, ele caminhava como se estivesse absorto em um sonho. Mas agora, de repente, seu cérebro despertou para o significado de sinais que os seus sentidos experientes haviam detectado de forma subconsciente: uma única sequência de pegadas masculinas que iam do beco cheio de areia até a entrada do posto de observação, um leve mau cheiro no vento que nada tinha a ver com terra ou capim. Quando sua tia parou, ele passou na frente dela e ficou parado na entrada da cabana.

Seu corpo alto impedia a maior parte da luz de entrar pela porta estreita, de modo que, antes de ver a morte, ele sentiu seu cheiro. O fedor de vômito rançoso, sangue e diarreia agrediu suas narinas como se o ar da pequena cabana estivesse saturado de podridão e maldade. Ele já conhecia esse cheiro, mas, como sempre, teve de lutar contra uma momentânea e intolerável ânsia de passar mal. Então se abaixou para deixar a luz entrar por trás de si e viu o corpo com clareza pela primeira vez.

Digby Seton rastejara feito um cachorro até o canto da cabana para morrer, e não tivera uma morte fácil. O corpo patético, rígido e gelado, estava encolhido junto à parede dos fundos, com os joelhos erguidos quase até o queixo e a cabeça virada para cima como se os olhos vítreos houvessem feito uma última tentativa de ver a luz. Em sua agonia, ele mordera o lábio inferior até quase parti-lo ao meio, e um riacho de sangue, agora negro, se misturara ao vômito que sujava seu queixo e as lapelas do outrora elegante sobretudo de lã. Usara as mãos feridas e ensanguentadas para cavar o chão da cabana e espalhar terra pelo rosto e pelos cabelos, chegando a enfiar punhados na boca como em uma última ânsia delirante por frescor e água. A quinze centímetros do corpo estava seu cantil, com a tampa desatarraxada.

Dalgliesh ouviu a voz calma da tia.

“Quem é, Adam?”

“Digby Seton. Não, não entre. Não há nada que possamos fazer por ele. Ele já está morto faz umas doze horas pelo menos; pelo visto envenenado por alguma substância irritante, coitado.”

Ele a ouviu suspirar, e ela murmurou alguma coisa que ele não entendeu. Então perguntou:

“Quer que eu vá chamar o inspetor Reckless, ou prefere que eu fique aqui?”

“Pode ir, se quiser. Eu fico aqui de olho.”

Era possível que ele houvesse economizado dez ou quinze minutos indo no lugar da tia, mas não havia nada que se pudesse fazer para ajudar Seton, e ele não tinha a menor intenção de deixá-la sozinha naquele lugar fedendo à morte. Além disso, sua tia era uma andarilha veloz e forte; no final das contas, pouco tempo seria perdido.

Ela partiu sem demora, e ele a observou até uma curva no beco, a sumir de vista. Ele então subiu até o alto das dunas e encontrou um nicho protegido onde pudesse sentar, com as costas apoiadas em um tufo de capim. Dali podia continuar observando a cabana, e podia ver à direita toda a extensão da praia, e à esquerda o beco rebaixado. De vez em quando, via de relance a silhueta alta da tia a seguir seu caminho. Ela parecia estar andando bem depressa, mas ainda demoraria pelo menos quarenta e cinco minutos até Reckless e seus homens aparecerem carregando sua maca e toda a sua parafernália. Pentlands era o ponto mais próximo da praia ao qual uma ambulância podia chegar, e o beco rebaixado era o caminho mais curto até o posto de observação. Carregados com o equipamento como eles estariam, seria difícil avançar contra o vento.

Dalgliesh só havia passado alguns minutos dentro da casinha, mas todos os detalhes estavam nítidos e claros em sua mente. Não tinha a menor dúvida de que Digby Seton fora assassinado. Embora não houvesse examinado o corpo — isso era tarefa para Reckless —, nem sequer tocado nele, a não ser para verificar rapidamente que estava frio e a rigidez cadavérica bem avançada, tinha poucas dúvidas de que não encontrariam nenhum bilhete de suicídio. Digby Seton, aquele rapaz descontraído, descomplicado, um tanto estúpido, tão encantado com a sua fortuna quanto uma criança com um brinquedo novo e cheio de planos felizes de boates cada vez maiores e mais vistosas, não possuía um perfil de suicida. E até mesmo Digby era sensato o suficiente para saber que existiam maneiras mais fáceis de morrer do que usar veneno para queimar as próprias entranhas. Com exceção do cantil, não havia nenhuma garrafa junto ao corpo. O veneno quase certamente estava no cantil. Devia ter sido uma dose bem grande. A mente de Dalgliesh percorreu as possibilidades. Arsênico? Antimônio? Mercúrio? Chumbo? Todos eram capazes de produzir aqueles sintomas. Mas tudo isso não passava de conjectura. No devido tempo, os patologistas teriam todas as respostas; o nome do veneno, a dose, o tempo que Seton levara para morrer. E o resto ficaria a cargo de Reckless.

Supondo, no entanto, que o veneno tivesse sido posto dentro do cantil, quem eram os prováveis suspeitos? Alguém com acesso tanto ao veneno quanto ao cantil. Isso era evidente. Alguém que conhecesse bem a vítima; que sabia que Digby, sozinho e entediado, não poderia resistir a dar um gole no cantil antes de enfrentar o vento frio e a longa caminhada até em casa. E isso supunha alguém capaz de convencê-lo a comparecer a um encontro ali no posto de observação. Por que outro motivo ele teria ido até lá? Ninguém em Monksmere jamais soubera que Digby Seton se interessasse por observação de pássaros ou caminhadas. E ele não estava vestido para nenhuma dessas duas atividades. Tampouco carregava um binóculo. Não restava dúvida: aquilo era assassinato. Nem mesmo Reckless seria capaz de sugerir que Digby morrera de causas naturais, ou que alguém com um senso de humor pervertido pusera o corpo ali apenas para incomodar Adam Dalgliesh e sua tia.

Dalgliesh não tinha dúvidas de que os dois assassinatos estavam relacionados, mas sua falta de semelhança o deixava espantado. Era como se lidasse com duas mentes distintas. A morte de Maurice Seton fora de uma complexidade quase desnecessária. Embora com o laudo de morte por causas naturais, fornecido pelo patologista, talvez ainda fosse difícil provar que de fato havia sido um assassinato, poucos outros detalhes eram naturais em relação a ele. A dificuldade não era a falta de provas. Havia provas demais, isso sim. Era como se o assassino tivesse necessitado provar a própria inteligência tanto quanto precisava matar Seton. Mas aquela segunda morte era mais simples, mais direta. Ali não havia qualquer possibilidade de um veredicto de causas naturais. Aquele assassino não estava tentando encenar nada. Nem sequer houvera uma tentativa de fazer a morte parecer suicídio, de sugerir que Digby se matara em um acesso de remorso por causa da morte do irmão. É claro que não teria sido fácil forjar um suicídio, mas Dalgliesh considerava revelador que nem mesmo se tivesse tentado isso. E começava a entender por quê. Podia pensar em uma razão vital pela qual o seu assassino quereria evitar qualquer suposição de que Digby se matara por remorso ou estava de alguma forma envolvido na morte do irmão.

Dalgliesh estava se sentindo surpreendentemente quentinho e confortável no abrigo de capim. Podia ouvir o vento assobiando nas dunas e as batidas insistentes das ondas. Mas os tufos altos de capim o escondiam tão bem que ele experimentava uma estranha sensação de isolamento, como se o rugido do vento e do mar estivesse vindo de muito longe. Através do fino véu de capim, podia ver o posto de observação, uma cabana conhecida, comum e primitiva, igual a meia dúzia de outras que margeavam o santuário de pássaros, quando vista de fora. Quase conseguiu convencer a si mesmo de que ela era igual a todas as outras. Influenciado pela sensação de isolamento e irrealidade, teve que resistir a um impulso absurdo de ir ver se o corpo de Seton estava mesmo lá dentro.

Jane Dalgliesh devia ter feito o trajeto em um tempo muito bom. Menos de quarenta e cinco minutos transcorreram quando ele teve o primeiro vislumbre de pessoas se aproximando pela rua. O grupo disperso apareceu por um breve instante, depois tornou a ser ocultado pelas dunas. Da segunda vez em que ele o viu, não achou que estivesse mais próximo. Então, inesperadamente, o grupo dobrou a última curva do beco e surgiu ao seu lado. Ele viu um incongruente conjunto de pessoas fustigadas pelo vento, carregadas de equipamentos, parecendo uma expedição mal organizada e levemente desanimada. Reckless estava lá, é claro, com um semblante taciturno e rígido de raiva, usando a eterna capa de chuva abotoada até o queixo. Trouxera consigo seu investigador, o cirurgião da polícia, um fotógrafo e dois jovens agentes de polícia que traziam uma maca e um pedaço de lona enrolado. Pouca coisa foi dita. Dalgliesh gritou o que sabia no ouvido do inspetor, em seguida voltou para seu abrigo nas dunas e deixou os outros continuarem seu trabalho. Aquilo não era da sua alçada. Não fazia sentido haver outro par de pés revirando a areia úmida em volta do posto de observação. Os homens puseram mãos à obra. Houve muitos gritos e muita gesticulação. Como se quisesse atrapalhar de propósito, o vento tinha aumentado quando eles chegaram e, até mesmo no abrigo relativo do beco, era difícil se fazer ouvir. Reckless e o médico desapareceram dentro da cabana. Lá dentro pelo menos eles estariam abrigados, pensou Dalgliesh. Abrigados, abafados e rodeados pelo cheiro da morte. Que fizessem bom proveito. Depois de uns cinco minutos, os dois tornaram a aparecer, e o fotógrafo, o mais alto do grupo, curvou-se quase ao meio e fez passar o equipamento para dentro da cabana. Enquanto isso, os dois agentes faziam esforços malsucedidos para erguer a lona ao seu redor. Esta pulava e se agitava em suas mãos, e cada rajada de vento a fazia bater em seus tornozelos. Dalgliesh se perguntou por que eles estavam se dando àquele trabalho. Era pouco provável haver muitos passantes naquela praia deserta, e tampouco as cercanias cobertas de areia da cabana produziriam novas provas. Apenas três conjuntos de pegadas conduziam à entrada: as suas, as de sua tia, e um terceiro conjunto que provavelmente pertencia a Digby Seton. As pegadas já haviam sido medidas e fotografadas, e a areia soprada pelo vento sem dúvida logo as apagaria por completo.

Foi necessária meia hora para tirar o corpo da cabana e deitá-lo sobre a maca. Enquanto os agentes lutavam para segurar as lonas impermeáveis, ao serem amarradas as correias, Reckless se aproximou de Dalgliesh.

"Um amigo seu me ligou ontem à tarde", disse ele. "Um cavalheiro chamado Max Gurney. Parece que ele vinha guardando uma informação interessante sobre o testamento de Maurice Seton."

Aquele era um início inesperado.

"Nós almoçamos juntos", disse Dalgliesh, "e ele me perguntou se deveria entrar em contato com o senhor."

"Foi o que ele disse. Seria de imaginar que ele poderia ter chegado a essa conclusão sozinho. Seton foi encontrado morto com marcas de violência no corpo. É óbvio que estaríamos interessados nos aspectos financeiros."

"Talvez ele compartilhe a sua opinião de que Seton morreu por causas naturais", sugeriu Dalgliesh.

"Pode ser. Mas isso não é da conta dele. De toda forma, ele agora falou conosco, e a informação que deu foi novidade para mim. Em Seton House não havia registro nenhum do fato."

"Seton fez uma cópia da carta com papel-carbono", disse Dalgliesh. "Gurney vai lhe mandar o original pelo correio, e o senhor verá as marcas do carbono no verso. Alguém provavelmente destruiu a cópia."

Com um ar sombrio, Reckless falou:

"Alguém. Talvez o próprio Seton. Ainda não mudei de opinião em relação a essa morte, senhor Dalgliesh. Mas talvez o senhor tenha razão. Sobretudo levando em conta isto aqui." Ele meneou a cabeça em direção à maca, que os dois policiais agachados sob as varas agora se preparavam para erguer. "Quanto a este, não restam dúvidas. Isto aqui é assassinato mesmo. Então nós temos um farto leque de escolhas. Um assassino e um piadista desagradável. Ou um assassino e dois crimes. Ou ainda dois assassinos."

Dalgliesh sugeriu que essa última hipótese era pouco provável em uma comunidade tão pequena.

"Pouco provável, senhor Dalgliesh, mas possível. Afinal de contas, as duas mortes não têm muita coisa em comum. Esta segunda não tem nada de particularmente sutil ou engenhoso. Só uma dose cavalar de veneno no cantil de Seton e a certeza de que, mais cedo ou mais tarde, ele tomaria um gole. Tudo que o assassino precisou fazer foi se assegurar de que a vítima não estivesse muito perto de um auxílio médico na hora H. Não que fosse adiantar muito, ao que parece."

Dalgliesh se perguntou como o assassino conseguira atrair Seton até a cabana. Teria sido às custas de persuasão ou de ameaças? Seton estava esperando encontrar um amigo ou um inimigo? No caso da segunda hipótese, seria ele o tipo de homem a comparecer ao encontro sozinho e indefeso? Mas suponhamos que aquele fosse um encontro diferente. Por quantas pessoas em Monksmere Digby Seton se disporia a caminhar mais de três quilômetros em terreno difícil em um dia frio de outono, na iminência de uma tempestade de vento?

A maca agora estava avançando. Um dos policiais aparentemente fora instruído a ficar vigiando a cabana. O restante se retirou em fila indiana atrás do cadáver como uma escolta heterogênea de carpideiras maltrapilhas, e Dalgliesh e Reckless saíram caminhando juntos em silêncio. À sua frente, a forma coberta sobre a maca se balançava suavemente de um lado para o outro conforme os agentes passavam pelos acidentes do solo. As bordas da lona se agitavam em um ritmo regular, como a vela de um barco ao vento, e lá no alto do céu um pássaro começou a sobrevoar o cadáver, gritando feito uma alma penada, antes de se erguer em uma curva ampla e desaparecer acima dos charcos.

2

Dalgliesh só conseguiu ficar sozinho com Reckless no início da noite. O inspetor passara a tarde interrogando os suspeitos e verificando quais haviam sido os movimentos de Digby Seton nos últimos dias. Chegou a Pentlands logo antes das seis, supostamente para perguntar outra vez à srta. Dalgliesh se ela vira alguém andando pela praia em direção a Sizewell na véspera, e se ela fazia ideia do que poderia ter levado Digby Seton a visitar a cabana. Ambas as perguntas já haviam sido respondidas mais cedo, quando Dalgliesh e a tia foram encontrar Reckless no Green Man para dar seu depoimento formal sobre a descoberta do corpo. Jane Dalgliesh afirmara ter passado toda a noite de segunda-feira em Pentlands, e não ter visto ninguém. No entanto, como ela mesma assinalou, Digby — ou na realidade qualquer um — poderia ter andado até a cabana pelo beco rebaixado atrás das dunas ou pela praia, e a maior parte desses dois caminhos não era visível de Pentlands.

"Mesmo assim", disse Reckless com teimosia, "ele deve ter passado pelo seu chalé para chegar à rua. Seria possível ter feito isso sem que a senhora o visse?"

"Ah, sim, contanto que ele ficasse perto do penhasco. Há uma faixa de uns vinte metros entre o meu acesso à praia e o início do beco onde eu poderia tê-lo visto. Mas o fato é que não o vi. Talvez ele quisesse passar despercebido e tenha escolhido o momento para isso."

Como se estivesse pensando em voz alta, Reckless balbuciou alguma coisa.

"E isso sugere um encontro secreto. Bem, nós já desconfiamos disso mesmo. Ele não era o tipo de homem que saía para observar pássaros sozinho. Além do mais, o sol já devia estar se pondo quando ele partiu. A senhorita Kedge disse que ele ontem tomou chá sozinho em Seton House. Ela encontrou a louça suja à sua espera hoje de manhã."

"Tomou chá, mas não jantou?", indagou a srta. Dalgliesh.

"Não, senhorita Dalgliesh. Parece que ele morreu antes de jantar. Mas é claro que a autópsia vai nos revelar mais detalhes."

Jane Dalgliesh pediu licença e foi até a cozinha preparar o jantar. Dalgliesh sentiu que ela achava de bom-tom deixá-lo sozinho com Reckless. Assim que a porta se fechou atrás da tia, ele perguntou:

"Quem foi a última pessoa a vê-lo?"

"Latham e Bryce. Mas quase todo mundo admite ter passado algum tempo com ele ontem. A senhorita Kedge o viu pouco depois do café da manhã, quando foi até a casa cuidar dos seus afazeres. Ele a manteve contratada como uma espécie de secretária-empregada. Passou a usá-la da mesma forma que o meio-irmão fazia, imagino. Depois disso ele almoçou em Rosemary Cottage com a senhorita Calthrop e a sobrinha, e saiu pouco depois das três. Passou na casa de Bryce a caminho de Seton House para fofocar sobre o reaparecimento do cutelo de sua tia, e para tentar descobrir o que o senhor havia ido fazer em Londres. A sua viagem parece ter provocado um interesse generalizado. Latham estava com Bryce nessa hora, e os três ficaram juntos até Seton sair pouco depois das quatro."

"Que roupa ele estava usando?"

"A mesma com que foi encontrado. Podia estar levando o cantil no bolso do paletó, da calça ou do sobretudo. Ele tirou o sobretudo em Rosemary Cottage, claro, e a srta. Calthrop o pendurou no armário do hall. Na casa de Bryce, ele o pendurou no encosto de uma cadeira. Ninguém admite ter visto o cantil. A meu ver, qualquer um deles poderia ter posto o veneno lá dentro: Kedge, Calthrop, Marley,

Bryce ou Latham. Qualquer um. E não precisa necessariamente ter sido ontem." Dalgliesh observou que Reckless não citara o nome de sua tia; mas isso não significava que ela não estivesse na lista.

"É claro que não posso avançar muito antes de receber o parecer do legista e saber qual foi o veneno usado", prosseguiu Reckless. "Depois disso conseguiremos progredir. Não deve ser muito difícil provar que o culpado tinha o veneno. Não é o tipo de coisa que os médicos receitam ou que se compra no balcão da farmácia."

Dalgliesh achava que podia adivinhar qual o veneno usado, e de onde ele viera. Mas não disse nada. Já houvera teorias demais elaboradas antes dos fatos, e ele achou mais prudente aguardar a autópsia. No entanto, se estivesse certo, não seria assim tão fácil para Reckless provar que o culpado possuía o veneno. Quase todo mundo em Monksmere tinha acesso a essa fonte específica. Começou a sentir certa pena do inspetor.

Os dois passaram alguns minutos sentados em silêncio. Não foi um silêncio tranquilo. Dalgliesh podia sentir a tensão entre eles. Não conseguia adivinhar o que Reckless sentia, apenas reconhecer, com uma espécie de irritação incontrolável, o próprio constrangimento e antipatia. Olhou para o rosto do inspetor com um interesse distante, encaixando os traços mentalmente como faria ao montar um retrato falado, observando os malares planos e largos, as duas áreas de pele branca de aspecto macio de cada lado da boca, os cantos dos olhos virados para baixo e o leve cacoete na pálpebra superior, único sinal de nervosismo demonstrado pelo inspetor. Um rosto comum e anônimo, que não revelava nada. No entanto, mesmo sentado ali com sua capa de chuva velha, com o rosto cinza de tão cansado, Reckless dava uma impressão de força e personalidade. Podia não ser uma personalidade que os outros julgassem atraente. Mas ela existia.

De repente, como se houvesse tomado uma decisão, Reckless disse com um tom ríspido:

"O chefe da polícia de Suffolk quer chamar a Scotland Yard. Está pensando no assunto. Mas eu acho que ele já decidiu. E há quem diga que já não era sem tempo."

Dalgliesh não conseguiu pensar em nenhum comentário adequado. Ainda sem olhar para ele, Reckless acrescentou:

"Ele parece compartilhar a sua opinião de que os dois crimes estão ligados."

Dalgliesh se perguntou se estava sendo acusado de tentar influenciar o chefe da polícia do condado. Não se lembrava de ter externado essa opinião para Reckless, mas aquilo lhe parecia óbvio. Foi o que disse, antes de acrescentar:

"Ontem, quando eu estava em Londres, ocorreu-me como Maurice Seton pode ter sido morto. Até agora não passa de uma conjectura, e só Deus sabe como o senhor vai conseguir provar. Mas eu acho que sei como aconteceu."

Ele expôs rapidamente sua teoria, prestando muita atenção em cada inflexão da própria voz que o inspetor pudesse interpretar como crítica ou autocongratulação. Sua teoria foi ouvida em silêncio. Então Reckless falou:

"Como chegou a essa conclusão, senhor Dalgliesh?"

"Não sei muito bem. Várias pequenas coisas, acho. Os detalhes do testamento de Seton; a forma como ele se comportou na mesa do Cortez Club, sua insistência para ocupar um quarto específico sempre que ficava hospedado no Cadaver Club; até mesmo a arquitetura da sua casa."

"Imagino que seja possível", disse Reckless. "Mas, sem uma confissão, eu nunca conseguirei provar nada a não ser que alguém entre em pânico."

"O senhor poderia procurar a arma."

"Um tipo engraçado de arma, senhor Dalgliesh."

"Mas mesmo assim é uma arma, e uma arma letal."

Reckless tirou um mapa do bolso e o estendeu sobre a mesa. Juntos, os dois se curvaram acima do papel, e o inspetor usou um lápis para indicar um raio de trinta quilômetros ao redor de Monksmere.

"Aqui?", perguntou ele.

"Ou aqui. Se eu fosse o assassino, iria procurar águas profundas."

"Mas não o mar", disse Reckless. "A arma correria o risco de aparecer enquanto ainda pudéssemos identificá-la. Não que eu considere provável alguém relacioná-la com o crime."

"Mas o senhor poderia ter feito a conexão. E o assassino não podia correr esse risco. Melhor se livrar da arma quando havia todas as chances de ela nunca ser encontrada, ou de ser encontrada tarde demais. Caso não haja nenhum velho poço de mina, eu procuraria uma represa ou um rio."

O lápis foi baixado, e Reckless desenhou três cruzinhas.

"Vamos tentar primeiro aqui, senhor Dalgliesh. E espero que esteja certo. Se não estiver, com essa segunda morte para solucionar, vai ser tudo uma perda de tempo."

Sem dizer mais nada, ele dobrou o mapa e foi embora.

3

Mais gente apareceu depois do jantar. Celia Calthrop, sua sobrinha, Latham e Bryce chegaram separados por um curto intervalo, de carro ou a pé, lutando contra a tempestade cada vez mais forte para se abrigar na suposta segurança ao redor da lareira de Jane Dalgliesh. Talvez eles não suportassem ficar sozinhos nem se sentissem à vontade na companhia uns dos outros, pensou Dalgliesh. Aquele pelo menos era um terreno neutro, que proporcionava uma reconfortante ilusão de normalidade, a proteção ancestral da luz e de uma lareira quente em contraste com a escuridão e hostilidade da noite. Com certeza não era um momento para pessoas nervosas ou imaginativas demais ficarem sozinhas. O vento alternava uivos e gemidos na encosta da praia, e a maré veloz subia ruidosamente formando pequenas barreiras de seixos em seu avanço. Até mesmo ali da sala, em Pentlands, ele podia ouvir o longo suspiro quando as ondas recuavam. De vez em quando, uma lua intermitente lançava sua luz mortiça sobre Monksmere, tornando aparente a tempestade e permitindo-lhe ver, das janelas do chalé, as árvores raquíticas que se contorciam e lutavam como agoniadas, e toda a amplidão do mar a se estender sob o céu, branca e turbulenta.

Com a cabeça baixa, os hóspedes que não tinham sido convidados se esforçaram para subir o caminho até a porta da srta. Dalgliesh com o mesmo desespero de um bando de fugitivos.

Às oito e meia, todos já haviam chegado. Ninguém se

dera ao trabalho de ir buscar Sylvia Kedge, mas, com exceção dela, o pequeno grupo de cinco noites antes estava novamente reunido. E Dalgliesh ficou espantado ao ver como estava diferente. Ao analisar cada um ali presente, constatou que todos pareciam dez anos mais velhos. Cinco noites antes, encontravam-se apenas levemente preocupados e um pouco intrigados com o sumiço de Seton. Agora, estavam ansiosos e abalados, assombrados por imagens de sangue e morte das quais tinham pouca esperança de conseguir se livrar. Por trás da valente fachada de descontração, das tentativas algo desesperadas de manterem a normalidade, ele podia farejar seu medo.

Maurice Seton morrera em Londres, e ainda era teoricamente possível acreditar que tivesse morrido de causas naturais, ou então que alguém em Londres fosse responsável pelo seu assassinato, mesmo que não pela mutilação do corpo. Mas a morte de Digby acontecera em terreno familiar, e ninguém podia fingir que houvesse nela qualquer coisa de natural. Visivelmente, porém, Celia Calthrop ainda estava disposta a tentar. Sentada em uma das poltronas junto à lareira, ela mantinha os joelhos abertos em uma pose desgraciosa e agitava as mãos no colo.

"Que tragédia mais terrível. Pobre rapaz! Acho que nunca vamos saber o que o levou a cometer esse ato. E ele tinha tudo para querer viver: juventude, dinheiro, talento, beleza, charme."

Essa avaliação surpreendentemente irrealista de Digby Seton foi recebida em silêncio. Então Bryce falou:

"Até concordo que ele tinha dinheiro, Celia. Ou pelo menos a perspectiva de um dia ter dinheiro. Mas, tirando isso, eu tendo a pensar no pobre Digby como um bobalhão sem sal, inútil, vaidoso e vulgar. Não que eu quisesse o mal dele, de jeito nenhum. E tampouco acredito que ele tenha se matado, aliás."

Impaciente, Latham lançou:

"É claro que ele não se matou! E Celia também não acredita nisso! Por que não ser honesta para variar um pouco, hein, Celia? Por que não admite que está com tanto medo quanto nós?"

"Eu não estou com o menor medo!", disse Celia com dignidade.

"Ah, mas deveria estar!" O semblante de gnomo de Bryce estava franzido de maldade, e seus olhos chisparam para ela. De repente, ele pareceu menos atormentado, com menos cara de velho cansado.

"Afinal de contas, é você quem sai ganhando com a morte dele. Mesmo depois das despesas ocasionadas pelas duas mortes, deve sobrar um bom dinheiro. E Digby vinha visitando você com bastante frequência ultimamente, não é? Ele não almoçou na sua casa ontem? Você deve ter tido várias oportunidades para deixar cair uma coisinha dentro do cantil dele. Foi você mesma quem nos disse que ele estava sempre com o cantil. Aqui mesmo, nesta sala. Está lembrada?"

"E onde é que eu teria conseguido arrumar arsênico?"

"Ah... mas nós ainda não sabemos que foi arsênico, Celia! Esse é exatamente o tipo de comentário que você não deveria fazer. Na minha frente e na frente de Oliver não tem problema, mas o inspetor talvez fique com uma impressão errada. Espero que não tenha ido falar com ele sobre arsênico!"

"Eu não tenho ido falar com ele sobre nada. Tudo o que fiz foi responder às perguntas que ele fez da maneira mais completa e honesta que fui capaz. Sugiro que você e Oliver façam o mesmo. E não sei por que vocês estão tão ansiosos para provar que Digby foi assassinado. É essa tendência mórbida que vocês têm de ver tudo pelo lado ruim."

"É só uma tendência mórbida de encarar a verdade", disse Latham, seco.

Mas Celia não se deixou deter:

"Bom, se tiver sido mesmo assassinato, tudo o que posso dizer é que Jane Dalgliesh teve muita sorte por estar acompanhada de Adam quando encontrou o corpo. Caso contrário, as pessoas poderiam começar a inventar caraminholas. Mas um superintendente da Scotland Yard... bem, naturalmente ele sabe como é importante não mexer em nada nem manipular os indícios."

Fascinado demais com o absurdo daquele comentário e com a capacidade de Celia de enganar a si mesma para protestar, Dalgliesh se perguntou se ela havia esquecido a sua presença. Os outros também pareciam ter esquecido.

"E o que é que as pessoas poderiam começar a pensar?", perguntou Latham em voz baixa. Bryce riu.

"Celia, você não pode estar seriamente desconfiando da senhorita Dalgliesh! Caso esteja, em breve vai ter que encarar um delicado problema de etiqueta. Sua anfitriã está preparando um café para você pessoalmente agora mesmo. Vai tomá-lo com educação, ou vai derramá-lo com discrição no vaso de flores?"

De repente, Eliza Marley se virou para eles:

"Pelo amor de Deus, calem a boca, vocês dois! Digby Seton está morto, e teve uma morte horrível. Vocês podiam não gostar dele, mas era um ser humano. E mais: ao seu modo, sabia aproveitar a vida. Podia não ser do modo de vocês, mas e daí? Planejar suas horríveis boates e decidir como gastar o seu dinheiro o deixavam feliz. Vocês podem até desprezar isso, mas ele não estava prejudicando ninguém. E agora ele está morto. E um de nós o matou. Eu não acho isso nada engraçado."

"Querida, não fique assim." A voz de Celia havia adquirido o tom vibrante e emocionado que ela agora assumia de forma quase inconsciente sempre que ditava os trechos mais eletrizantes de seus romances.

"Nós já estamos todos acostumados com Justin. Nem ele nem Oliver estavam ligando para Maurice ou Digby, então não adianta esperar que se comportem com uma decência normal, quem dirá com respeito. Acho que infelizmente eles não se importam com ninguém a não ser com eles mesmos. Isso é egoísmo puro, é claro. Egoísmo e inveja. Nenhum dos dois jamais perdoou Maurice por ser um escritor criativo, quando tudo que eles sabem fazer é criticar o trabalho dos outros e ganhar dinheiro com o talento alheio. Isso é muito comum: a inveja que os parasitas literários sentem dos artistas criativos. Lembrem-se do que aconteceu com a peça de teatro de Maurice. Oliver a destruiu porque não podia suportar vê-la fazendo sucesso."

"Ah, a peça!", Latham riu. "Celia, querida, se Maurice queria ter uma catarse emocional, deveria ter consultado um psiquiatra, não infligido isso ao público sob o disfarce de uma peça teatral. Três qualidades são essenciais para um autor de teatro, e Maurice Seton não possuía nenhuma delas. É preciso saber escrever diálogos, entender o que significa conflito dramático e ter noções básicas sobre o ofício da cenografia."

"Não venha me falar em ofício, Oliver. Quando você produzir um trabalho que dê qualquer sinal de talento criativo original, aí sim poderemos conversar sobre o ofício. E isso vale para você também, Justin."

"E o meu livro?", indagou Bryce, ofendido.

Celia lançou-lhe um olhar demorado e triste, e deu um profundo suspiro. Era óbvio que não estava preparada para comentar sobre o livro de Bryce. Dalgliesh se lembrou do romance em questão: um curto exercício de sensibilidade que havia sido bem recebido, mas que Bryce aparentemente nunca havia encontrado energia para repetir. Ele ouviu a risada de Eliza Marley.

"Esse não é o livro que os críticos disseram ter a mesma intensidade e sensibilidade de um conto? Não chega a ser nenhuma surpresa, considerando que praticamente não passava disso. Até eu consigo fazer a sensibilidade durar cento e cinquenta páginas."

Dalgliesh não ficou na sala para ouvir mais do que o primeiro lamento de protesto de Bryce. Como era de prever, a discussão estava descambando para ofensas literárias. Isso não o espantava, pois ele já havia reparado nessa tendência em seus colegas escritores; mas não estava nem um pouco disposto a participar. A qualquer momento, eles pediriam a sua opinião, e os seus próprios poemas sem dúvida seriam castigados pela devastadora sinceridade dos jovens. É bem verdade que a discussão parecia distrair seus pensamentos do tema assassinato, mas havia maneiras mais agradáveis de passar a noite.

Depois de segurar a porta para sua tia passar quando esta entrou trazendo a bandeja do café, ele aproveitou a oportunidade para sair de fininho. Talvez fosse pouco gentil abandoná-la justamente naquela hora aos argumentos de seus convidados, mas ele não duvidava de sua capacidade de sobrevivência. Tinha menos certeza no que dizia respeito a si próprio.

Seu quarto estava calmo e muito silencioso, isolado pela construção sólida e pelas vigas de carvalho do burburinho de vozes dissonantes no andar de baixo. Ele soltou os trincos da janela na parede que dava para o mar e empurrou com as duas mãos para abri-la contra a força do vento. Este entrou no quarto com força, fazendo a colcha da cama se dobrar para cima, arrastando os papéis de cima da escrivaninha e folheando as páginas de seu Jane Austen de cabeceira, como se fosse a mão de um gigante. O vento tirou seu fôlego e o fez apoiar-se no peitoril da janela, ofegante, para receber no rosto os borrifos de água do mar e sentir o gosto do sal secando nos lábios. Ao fechar a janela, o silêncio lhe pareceu total. O estrondo do mar foi ficando mais longe até se apagar, como gemidos distantes em outra praia.

Fazia frio no quarto. Ele pôs o roupão em volta dos ombros e acendeu uma das barras do aquecedor elétrico. Então recolheu as folhas de papel espalhadas e tornou a colocá-las em cima da pequena escrivaninha com um cuidado obsessivo, uma de cada vez. Os retângulos de papel branco pareciam repreendê-lo, e ele se lembrou de que ainda não havia escrito para Deborah. Não fora por preguiça, nem por ter estado ocupado ou preocupado demais com a questão do assassinato de Seton. Ele sabia muito bem o que o tinha impedido de escrever: a relutância covarde de se comprometer ainda mais, nem que fosse com uma única palavra, antes de ter se decidido em relação ao futuro. E ele estava tão longe de uma decisão nessa noite quanto no primeiro dia de suas férias. Quando os dois haviam se despedido, em sua última noite juntos, sabia que ela entendia e aceitava que aquele intervalo era de certa forma fundamental para os dois, que ele não estava indo sozinho para Monksmere apenas para fugir de Londres ou para se recuperar do estresse de seu último caso. Se fosse isso, não haveria motivo para ela não ter ido também. Deborah não tinha tanto apego assim pelo próprio trabalho. Mas ele não havia feito tal sugestão, e ela não tinha dito nada exceto aquela última frase: "Lembre-se de mim em Blythburgh". A escola em que Deborah havia estudado ficava perto de Southwold, e ela conhecia e amava a região de Suffolk. Bem, ele havia se lembrado dela, e não apenas de Blythburgh. De repente, sentiu uma intensa saudade. Uma saudade tão forte que não deu mais nenhuma importância ao fato de ser sensato ou não escrever para ela. Diante da ânsia que sentia de revê-la, de ouvir sua voz, todas as suas incertezas e toda a sua falta de confiança em si mesmo pareceram tão insignificantes e ridiculamente irreais quanto o mórbido resquício de um pesadelo que se apaga com a luz do dia. Ansiava por falar com ela, mas, com a sala lotada de gente, não havia chance de poder ligar nessa noite. Então acendeu a luminária da escrivaninha, sentou-se e tirou a tampa da caneta. As palavras vieram simples, fáceis, como às vezes acontecia. Ele as anotou sem parar para pensar demais, ou sequer para ponderar se estava sendo sincero.

Lembra-te de mim em Blythburgh, pediste,
Como se em meu pensamento não vivesses
E jeito houvesse de prender ainda mais
Um coração já por inteiro teu.
Minha mente encantada por ti almeja
Para tua imagem ver com mais clareza,

E neste sagrado e deserto lugar
A graça que me deste relembrar.
Eu de ti repleto devo, preciso recordar,
Em Blythburgh, meu amor, e onde mais andar.

"Esta afetação metafísica, como quase toda poesia de qualidade duvidosa, está chegando a você com segundas intenções. Não preciso lhe dizer quais são. Não vou dizer que gostaria que você estivesse comigo. Este lugar está repleto de morte e fatos desagradáveis, e não sei qual das duas coisas é pior. Mas, com a ajuda de Deus e do departamento de investigação criminal de Suffolk, devo estar de volta a Londres na sexta-feira à noite. Seria bom saber que você talvez possa ir a Queenhithe."

Escrever esse recado deve ter levado mais tempo do que ele percebeu, pois a batida de sua tia à porta o espantou.

"Eles já estão indo, Adam", disse ela. "Não sei se você faz questão de se despedir."

Ele desceu com a tia. De fato, estavam todos indo embora, e ele ficou surpreso ao constatar que o relógio marcava onze e vinte. Ninguém lhe dirigiu a palavra, e todos pareceram dar tão pouca importância à sua reaparição quanto à sua ausência. O fogo na lareira havia sido abandonado, e agora mal passava de uma pilha de cinzas brancas. Bryce ajudava Celia Calthrop a vestir o casaco, e Dalgliesh a ouviu dizer:

"Que falta de educação a nossa, ficar até tão tarde. E eu tenho que acordar bem cedo. Sylvia me ligou de Seton House no final da tarde me pedindo que a levasse de carro ao Green Man amanhã assim que acordarmos. Ela tem algo urgente para dizer a Reckless."

Latham, que já estava na porta, deu meia-volta.

"Como assim... algo urgente para dizer a ele?"

A srta. Calthrop deu de ombros.

"Oliver, meu caro, como é que eu vou saber? Ela mais ou menos deu a entender que sabia alguma coisa sobre Digby, mas imagino que seja só Sylvia tentando mais uma vez chamar a atenção para si. Você sabe como ela é. Mas não se pode recusar escutar o que ela tem a dizer."

"Mas ela não deu nenhuma pista do que se trata?"

Latham estava insistindo bastante.

"Não deu, não. E eu certamente não iria lhe proporcionar a satisfação de perguntar. E tampouco vou me apressar muito. Se o vento continuar assim, terei sorte se conseguir dormir esta noite."

Latham olhou para ela como se quisesse lhe fazer mais perguntas, mas Celia já havia passado por ele. Depois de murmurar um último e distraído boa-noite para sua anfitriã, ele seguiu os outros para dentro da tempestade. Alguns minutos depois, ao apurar os ouvidos em meio aos uivos do vento, Dalgliesh ouviu portas batendo e o leve ruído de carros se afastando.

4

O vento acordou Dalgliesh pouco antes das três. Enquanto recuperava a consciência devagar, ele ouviu as três batidas do relógio da sala, e seu primeiro pensamento ao despertar foi uma surpresa entorpecida de que um barulho tão suave e pouco insistente pudesse ecoar de forma tão nítida em meio aos outros ruídos da noite. Ficou acordado, à escuta. O torpor cedeu lugar ao prazer, e em seguida a uma leve animação. Ele sempre tinha gostado das tempestades em Monksmere. O prazer era conhecido e previsível: o frisson do perigo, a ilusão de estar parado à beira do caos, o contraste entre o conforto conhecido de sua cama e a violência da noite. Ele não estava preocupado. Pentlands já havia resistido aos mares de Suffolk por quatrocentos anos. Iria resistir também nessa noite. Os barulhos que ele ouvia agora não tinham mudado com os anos. Por mais de quatro séculos, homens haviam ficado deitados naquele quarto, acordados, ouvindo o mar. As tempestades eram todas parecidas, todas impossíveis de serem descritas, exceto por meio de clichês. Ele ficou deitado, sem se mexer, ouvindo os ruídos conhecidos: o vento que se projetava contra as paredes da casa como um animal ensandecido; o barulho de fundo incessante do mar; o sibilar da chuva que surgia quando o vento baixava; e, em meio à calma momentânea, o farfalhar dos seixos que caíam do telhado e dos peitoris das janelas. Por volta das vinte para as quatro, a tempestade pareceu diminuir. Houve alguns instantes de absoluta paz, nos quais Dalgliesh pôde ouvir a própria respiração. Pouco depois, ele deve ter pego novamente no sono.

De repente, tornou a despertar com uma rajada de vento tão violenta que o chalé pareceu balançar, e o mar rugiu como se estivesse prestes a desabar sobre o telhado. Ele nunca havia experimentado algo assim antes, nem mesmo em Monksmere. Era impossível dormir com uma fúria daquelas. Teve um impulso desconfortável de estar desperto e vestido.

Acendeu a luz da cabeceira e, nesse exato instante, sua tia apareceu no vão da porta, usando um roupão xadrez abotoado até o pescoço e uma grossa trança de cabelos a descer pelo ombro.

"Justin está aqui", disse ela. "Ele acha que deveríamos ir ver se Sylvia Kedge está bem. Talvez tenhamos que tirá-la daquele chalé. Ele diz que o mar está subindo depressa."

Dalgliesh estendeu a mão para pegar as roupas.

"Como ele chegou aqui? Não ouvi nenhum barulho."

"Bom, não é de espantar que não tenha ouvido mesmo. Você provavelmente estava dormindo. Ele veio a pé. Disse que não consegue pôr o carro na estrada por causa da água que subiu. Então parece que precisaremos ir pela encosta da praia. Ele tentou telefonar para a guarda costeira, mas a linha está muda."

Ela desapareceu, e Dalgliesh se vestiu depressa, praguejando em voz baixa.

Uma coisa era estar deitado na segurança quentinha da cama e analisar os ruídos da tempestade; outra era percorrer a duras penas o ponto mais alto da encosta da praia em uma aventura que só tinha atrativos para gente jovem, cheia de energia ou incuravelmente romântica.

Sentiu uma irritação irracional direcionada a Sylvia Kedge, como se a jovem fosse de certa forma responsável pelo risco que ela própria estava correndo. Com certeza ela sabia se o chalé era seguro durante uma tempestade! É claro que Bryce podia estar exagerando. Se Tanner's Cottage tinha resistido à enchente de 1953, resistiria também nessa noite. Mas Sylvia era deficiente. Eles precisavam mesmo ir até lá se certificar. Ainda assim, não chegava a ser uma empreitada agradável. No melhor dos casos, seria desconfortável, exaustivo e constrangedor. No pior dos casos, sobretudo com Bryce a acompanhá-lo, tinha todos os ingredientes para ser uma farsa burlesca.

Quando ele desceu, sua tia já estava na sala, pondo uma garrafa térmica e algumas canecas dentro de uma mochila, totalmente vestida. Já devia estar usando a maior parte das roupas por baixo do roupão quando fora chamá-lo. Ocorreu a Dalgliesh que a visita de Bryce não era totalmente inesperada, e que o perigo que Sylvia Kedge corria talvez fosse mais real do que ele pensava. Bryce, que vestia uma pesada capa impermeável que descia até os tornozelos, encimada por um imenso chapéu do mesmo material, estava em pé no meio da sala, pingando e reluzindo de tão molhado, como um anúncio ambulante de sardinhas. Segurava um pedaço de corda grossa enrolada e tinha um ar de saber o que fazer com ela, o ar de um homem pronto para a ação.

"Se alguém precisar nadar, meu caro Adam, temo que tenha de ser você", disse ele. "Infelizmente, eu sou asmático." Ele lançou a Dalgliesh um olhar breve e irônico antes de concluir, em tom de menosprezo: "Além disso, não sei nadar."

"Claro", respondeu Dalgliesh com a voz débil. Será que Bryce achava mesmo que alguém podia nadar em uma noite daquelas? Mas não fazia sentido discutir. Dalgliesh sentiu-se como um homem comprometido com uma empreitada que sabe ser uma loucura, mas à qual não tem energia para resistir.

"Eu não chamei Celia nem Liz", prosseguiu Bryce. "De nada adianta sermos muitos. Além disso, Tanner's Lane está alagado, de modo que elas não conseguiriam passar. Tentei ligar para Latham. Mas ele não estava em casa. Então vamos ter que nos virar sozinhos." Ele não parecia preocupado com a ausência de Latham. Dalgliesh engoliu as perguntas que gostaria de ter formulado. Já havia muito a fazer sem abordar novos problemas. Mas que diabos Latham poderia estar fazendo em uma noite como aquela? Será que Monksmere inteira tinha enlouquecido?

Quando eles saíram do abrigo do beco e subiram ao topo da encosta, não sobrou energia para nada a não ser avançar, e Dalgliesh acabou esquecendo o problema de Latham. Andar com o corpo ereto era impossível, e eles avançaram com dificuldade, como animais agachados, até as coxas e os músculos abdominais doloridos os forçarem a se ajoelharem para recuperar o fôlego e a energia, com as mãos espalmadas contra a grama. Mas a noite estava mais quente do que Dalgliesh imaginara, e a chuva, agora menos pesada, já secava suavemente em suas faces. De vez em quando, eles chegavam a um abrigo proporcionado pela vegetação e pelos arbustos e, liberados da força do vento, punham-se a caminhar a passos leves, como espíritos desencarnados pela escuridão amena que recendia a vegetação.

Quando emergiram do último desses abrigos, viram Priory House surgir da direção do mar; as janelas iluminadas faziam a casa parecer um grande navio a enfrentar a tempestade. Bryce tornou a conduzi-los até a proteção dos arbustos e gritou:

"Sugiro que a senhorita Dalgliesh ligue para Sinclair e chame a governanta dele para ajudar. Pelo que parece, eles estão acordados. E vamos precisar de uma escada comprida e resistente. O melhor plano é você, Adam, ir a pé até Tanner's Lane, contanto que a água não esteja alta demais, para chegar a casa o quanto antes. Os que ficarem avançarão para dentro a partir da praia até conseguirem atravessar o beco e alcançar a casa pelo norte. Por esse lado nós devemos conseguir alcançar você com a escada."

Antes de ele terminar de expor esse plano inesperadamente lúcido e positivo, a srta. Dalgliesh, sem dizer uma palavra sequer, já tinha partido em direção a Priory House. Dalgliesh, forçado a contragosto a desempenhar o papel de herói, ficou intrigado com a mudança no comportamento de Bryce. Era óbvio que o homenzinho nutria uma paixão secreta pela ação. Até mesmo a afetação de seus modos tinha desaparecido. Dalgliesh tinha a sensação nova, e nada desagradável, de estar sob as ordens de alguém. Ainda não estava convencido de que houvesse qualquer perigo real. No entanto, caso houvesse, o plano de Bryce serviria.

Entretanto, quando eles chegaram a Tanner's Lane e foram abrigar-se junto ao declive da margem sul para conseguir ver Tanner's Cottage mais abaixo, o perigo ficou aparente. Sob uma lua que parecia correr no céu, o beco emitia um brilho branco, vindo de um turbulento lençol de espuma que já cobrira o caminho do jardim e agora lambia a porta do chalé. A luz do térreo estava acesa. De onde eles estavam, a feia e atarracada casinha de bonecas parecia estranhamente solitária e ameaçada. Bryce, porém, pareceu considerar a situação mais esperançosa do que imaginara. Sibilou no ouvido de Dalgliesh:

"A água não está muito alta. Você deveria conseguir passar com a corda. Que engraçado: pensei que ela já estivesse mais alta agora. Talvez já tenha chegado ao nível máximo. Na verdade, o perigo não é muito. Mesmo assim, acho melhor você entrar." Ele soava quase decepcionado.

A água estava incrivelmente fria. Dalgliesh já esperava que estivesse, mas mesmo assim o choque da temperatura o deixou sem fôlego. Ele havia despido o impermeável e o paletó, e estava apenas de calça e suéter. Tinha uma das pontas da corda amarrada em volta da cintura. A outra, passada ao redor do tronco de uma árvore jovem, era liberada centímetro por centímetro pelas mãos cuidadosas de Bryce. A correnteza veloz já lhe chegava às axilas, e Dalgliesh teve que se esforçar muito para permanecer ereto. De vez em quando, seus pés tropeçavam em um desnível no chão do beco, e ele perdia o equilíbrio. Então, durante alguns segundos desesperados, lutou para manter a cabeça fora d'água enquanto se debatia na ponta da corda como um peixe fisgado. Era inútil tentar nadar contra aquela correnteza. Quando ele chegou à porta e apoiou as costas nela, as luzes do chalé continuavam acesas. O mar se convulsionava em volta de seus tornozelos, e cada onda fazia a água subir um pouco mais. Ofegando para recuperar o fôlego, ele gesticulou para Bryce soltar a corda. Em resposta, a pequena silhueta compacta do outro lado agitou os braços com entusiasmo, mas não fez qualquer gesto para desamarrar a corda da árvore. Aqueles gestos exuberantes provavelmente não passavam de um sinal de parabéns pelo fato de Dalgliesh ter conseguido alcançar seu objetivo. Este amaldiçoou a própria insensatez por não ter combinado com Bryce quem deveria ficar com a corda antes de se lançar na empreitada com um fervor tão espetacular. Qualquer comunicação gritada entre os dois era impossível. Se ele não quisesse permanecer amarrado à árvore indefinidamente — e a sua situação já estava desconfortavelmente próxima do burlesco —, era melhor deixar Bryce ficar com a corda. Soltou o laço, e a corda se desvencilhou de sua cintura. Na mesma hora, Bryce começou a enrolá-la com gestos largos dos braços.

O vento havia diminuído um pouco, mas Dalgliesh não conseguiu escutar nenhum ruído vindo de dentro do chalé, e ninguém respondeu a seus chamados. Empurrou a porta, mas constatou que estava emperrada. Alguma coisa a impedia de abrir. Então empurrou com mais força, e sentiu a obstrução ceder como um saco pesado sendo arrastado pelo chão. Uma fresta larga o suficiente se abriu para ele poder passar, e ele viu que o saco era o corpo de Oliver Latham.

Latham estava caído no saguão exíguo, impedindo a passagem pela porta da sala, e sua cabeça repousava com o rosto virado para cima sobre o primeiro degrau da escada. Ele parecia ter batido com a cabeça no corrimão. O sangue ainda vazava de um entalhe atrás de sua orelha esquerda, e havia outro corte acima do olho direito. Dalgliesh se ajoelhou ao seu lado. Latham estava vivo, e quase recuperando os sentidos. Ao sentir o contato da mão de Dalgliesh, ele soltou um grunhido, virou a cabeça para um dos lados e vomitou. Seus olhos cinzentos se abriram, tentaram entrar em foco, depois tornaram a se fechar.

Dalgliesh olhou para a sala toda acesa e viu uma forma imóvel sentada bem ereta no divã. O rosto se destacava, oval e muito pálido, contra os fios escuros dos cabelos. Os olhos negros eram imensos. Eles o observavam, atentos, curiosos. Sylvia parecia totalmente alheia à água agitada que agora se espalhava em ondas pelo chão.

"O que houve?", perguntou Dalgliesh.

"Ele veio aqui me matar", respondeu ela com calma. "Eu usei a única arma que tinha. Joguei o peso de papel em cima dele. Ele deve ter batido com a cabeça quando caiu. Acho que eu o matei."

A resposta de Dalgliesh foi curta:

"Ele vai viver. Não teve nada de muito sério. Mas preciso levá-lo para o primeiro andar. Fique onde está. Não tente se mexer. Já volto para buscá-la."

Ela deu de ombros com um movimento leve e perguntou:

"Por que não podemos atravessar o beco? O senhor veio por lá."

A resposta de Dalgliesh foi brutal:

"Porque a água já está chegando às minhas axilas e parece uma enxurrada. Eu não consigo nadar carregando uma aleijada e um homem semi-inconsciente. Vamos subir para o primeiro andar. Se for preciso, vamos ter que subir no telhado."

Ele ajeitou o ombro sob o corpo de Latham e se preparou para suspendê-lo. A escada era íngreme, mal iluminada e estreita, mas o próprio fato de ser estreita era uma vantagem. Depois de conseguir equilibrar Latham nos ombros, foi possível subir se apoiando nos dois corrimões. Por sorte, a escada não tinha curvas. Ao chegar lá em cima, ele tateou em busca do interruptor e o patamar superior se encheu de luz. Parou por alguns instantes tentando lembrar onde ficava a claraboia. Então abriu a porta à sua esquerda com um empurrão e tornou a tatear em busca de uma luz. Levou alguns segundos para encontrá-la. Quando estava no limiar da porta, segurando o corpo de Latham com a mão esquerda e correndo a direita pela parede, o cheiro do quarto invadiu suas narinas: úmido, abafado, adocicado e enjoativo, como um leve cheiro de decomposição. Então seus dedos encontraram o interruptor e o quarto surgiu, iluminado por uma única lâmpada nua que pendia do centro do teto. Era óbvio que aquele tinha sido o quarto da sra. Kedge, e ele pensou que deveria estar com o mesmo aspecto da última vez em que ela dormira ali. Os móveis eram pesados e feios. A cama grande, ainda feita, ocupava quase toda a parte dos fundos do quarto e recendia a umidade e decomposição. Dalgliesh largou Latham em cima dela com delicadeza e ergueu os olhos para o teto oblíquo. Ele tinha razão em relação à claraboia. Mas havia apenas uma janelinha quadrada, e esta dava para o beco. Se eles precisassem sair do chalé, teria de ser pelo telhado.

Ele voltou à sala para pegar Sylvia. A água já batia na sua cintura, e ela estava em pé no divã, apoiada no console da lareira. Dalgliesh reparou que trazia em volta do pescoço uma pequena nécessaire de plástico. Esta provavelmente continha todos os seus objetos de valor. Ao vê-lo entrar, Sylvia correu os olhos pela sala como para se certificar de que não havia mais nada que quisesse levar. Ele avançou com dificuldade até onde ela estava, sentindo a força da correnteza mesmo naquele espaço confinado, e perguntando-se quanto tempo a estrutura do chalé ainda iria resistir. Era fácil se reconfortar pensando que o chalé havia resistido a outras enchentes. Mas a maré e o vento eram imprevisíveis. A água podia até ter subido mais em outros anos, mas era difícil haver entrado com mais força. Até mesmo enquanto avançava até a silhueta que o aguardava, ele pensou poder ouvir as paredes se sacudirem.

Quando chegou onde ela estava, ele a ergueu nos braços sem dizer nada. Surpreendeu-se com sua leveza. Era verdade que podia sentir o peso dos ferros da perna fazendo força para baixo, mas a parte superior do corpo dela era tão etérea que dava a impressão de não ter ossos, ou mesmo de não ter sexo. Quase ficou surpreso ao sentir sob as mãos a caixa torácica e a firmeza dos seios empinados. Ela ficou deitada em seu colo sem se mexer enquanto ele a carregava de lado, escada acima até o quarto da mãe. Foi só então que se lembrou das muletas. Sentiu um súbito constrangimento, uma relutância em mencioná-las. Como se estivesse lendo seus pensamentos, ela disse:

"Desculpe. Eu deveria ter me lembrado. Elas estão presas na ponta do console da lareira."

Isso significava mais uma viagem até o térreo, mas não havia como evitar. Teria sido difícil carregar Sylvia e suas muletas na mesma viagem por aquela escada estreita. Estava prestes a levá-la até a cama quando ela olhou para o corpo de Latham que se contorcia e disse, com súbita veemência:

"Não! Ali não! Deixe-me aqui." Ele a fez deslizar delicadamente de seus braços, e ela se recostou na parede. Por alguns instantes, seus olhos ficaram no mesmo nível, e os dois se entreolharam sem dizer nada. Dalgliesh teve a impressão de que, nesses instantes, algum tipo de comunicação foi transmitida entre eles, mas nem mesmo mais tarde conseguiria entender se aquele olhar escuro tinha sido um alerta ou um pedido de socorro.

Não teve dificuldade nenhuma para encontrar as muletas. Na sala, a água agora já havia coberto o console da lareira, e, quando Dalgliesh chegou ao pé da escada, as muletas saíram flutuando pela porta da sala. Ele as agarrou pelas alças de borracha e as puxou por cima do corrimão. Quando recomeçou a subir a escada, uma grande onda entrou pela porta da frente, despedaçada, e as jogou a seus pés. A base do corrimão se soltou, rodopiou como se estivesse no meio de um redemoinho e foi arremessada contra a parede, onde se despedaçou. E dessa vez não houve qualquer dúvida: o chalé balançou.

A claraboia ficava a uns três metros do chão, e não

havia como alcançá-la sem ficar em pé sobre alguma coisa. Era inútil tentar mover a pesada cama, mas ao lado havia uma cômoda quadrada de aspecto bem sólido que ele arrastou e posicionou sob a claraboia.

"Se puder me empurrar para fora primeiro, eu posso ajudar... com ele", disse Sylvia.

Ela olhou para Latham, que a essa altura já tinha conseguido ficar em pé e estava sentado na beira da cama segurando a cabeça com as mãos. Ele soltava grunhidos audíveis.

"Tenho mãos e ombros fortes", acrescentou ela.

Ao dizer isso, ela estendeu as mãos feias para ele, parecendo uma suplicante. Na verdade, era esse mesmo o plano de Dalgliesh. Transferir Latham para o telhado era a parte mais complicada. Sem a ajuda de Sylvia, duvidava de que fosse possível.

A claraboia, encardida de sujeira e toda enfeitada com teias de aranha, parecia difícil de abrir. No entanto, quando Dalgliesh deu um soco na moldura, ouviu a madeira podre se partir. A claraboia se projetou para fora e foi imediatamente levada embora pelo temporal. A noite irrompeu no pequeno quarto fechado, varrendo-o com bem-vindas rajadas de ar gelado e fresco. Nessa hora, as luzes piscaram, e eles puderam ver, como do fundo de um poço, o pequeno quadrado cinzento de céu revolto e a lua que parecia correr por ele.

Latham avançou pelo quarto na sua direção.

"Mas que porcaria está...? Alguém desligou a droga da luz."

Dalgliesh tornou a guiá-lo até a cama.

"Fique aqui e poupe suas forças. Vai precisar delas. Vamos ter que subir até o telhado."

"Subam vocês. Eu vou ficar aqui. Chamem um médico. Eu quero um médico. Ai, meu Deus, minha cabeça."

Dalgliesh o deixou se balançando na beira da cama, patético e choroso, e voltou para junto de Sylvia.

Pulando da cadeira, ele segurou a moldura externa da

claraboia e se suspendeu até lá em cima. Como se lembrava, o ponto mais alto do telhado oblíquo ficava a poucos metros de distância. Mas a inclinação era mais pronunciada do que ele imaginava, e o duto da chaminé, que poderia proporcionar-lhes abrigo e apoio, ficava pelo menos um metro e meio mais à esquerda. Ele tornou a pular para o chão e disse a Sylvia:

"Veja se consegue se sentar no telhado e recuar até a chaminé. Se tiver qualquer problema, fique parada e me espere. Quando estivermos os dois lá fora, eu cuido de Latham, mas vou precisar da sua ajuda para puxá-lo até o telhado. Mas só vou empurrá-lo pela claraboia quando você estiver bem equilibrada. Grite quando estiver pronta. Quer suas muletas?"

"Quero", respondeu ela com calma. "Quero minhas muletas, sim. Posso prendê-las no telhado, elas talvez sejam úteis."

Ele a suspendeu através da claraboia pelos ferros que prendiam suas pernas da coxa ao tornozelo. A rigidez do metal tornou fácil empurrá-la até a parte mais alta do telhado. Ela se segurou no telhado e passou uma das pernas para o outro lado, depois se agachou bem rente à superfície para se proteger da fúria da tormenta, com os cabelos se agitando ao vento. Ele a viu menear a cabeça com vigor, um sinal de que estava pronta. Ela então se inclinou na sua direção e estendeu as duas mãos.

Foi nessa hora que ele sentiu um aviso, o inconfundível instinto capaz de perceber o perigo. Ele fazia parte do seu instrumental de policial da mesma forma que seu conhecimento sobre armas de fogo e seu faro para detectar uma morte que não fosse por causas naturais. Essa sensação já o havia salvado inúmeras vezes, e obedecia a ela de forma instintiva. Naquele momento não havia tempo para argumentação ou análise. Se os três quisessem sobreviver, tinham que subir naquele telhado. Mas ele percebeu que Latham e Sylvia não podiam ficar lá em cima sozinhos.

Fazer Latham passar pela claraboia não foi fácil. Ele mal

estava consciente, e nem mesmo o movimento da água que agora se espalhava pelo chão do quarto foi capaz de inspirar nele qualquer sensação de perigo. Tudo que ele queria era que o deixassem afundar nos travesseiros da cama e lutar tranquilamente contra a náusea que o dominava. Mas pelo menos ele cooperou um pouco. Ainda não era um peso morto. Dalgliesh tirou os sapatos, os seus e os de Latham, e então o ajudou a chegar até a cadeira e o suspendeu através da claraboia. Mesmo quando as mãos de Sylvia já haviam segurado Latham pelas axilas, ele não o soltou, mas passou pelo buraco imediatamente atrás dele, preparando-se para o impacto do vento, de costas para o beco alagado, com as pernas dependuradas para dentro do quarto. Juntos, os dois foram puxando e empurrando o homem semi-inconsciente, até as mãos de Latham segurarem o telhado e ele conseguir suspender-se e ficar sentado, sem se mexer. Sylvia o soltou, segurou as muletas e recuou até ficar apoiada no duto da chaminé. Dalgliesh terminou de subir e se juntou a Latham.

Foi então que aconteceu. No mesmo segundo em que Dalgliesh soltou Latham, ela atacou. Foi tão instantâneo que ele mal conseguiu ver o violento chute das pernas cheias de ferros. Mas os ferros atingiram as mãos de Latham e, na mesma hora, este soltou o telhado, e seu corpo escorregou. Dalgliesh estendeu as mãos para segurar Latham pelos pulsos. Sentiu um tranco súbito, insuportável, e teve que sustentar todo o peso de Latham quando este se esparramou sobre o telhado, com os braços e pernas formando uma cruz. Sylvia então desferiu outro chute, e mais outro. E agora eram as mãos de Dalgliesh que estavam sendo atingidas. Suas mãos estavam anestesiadas demais para registrar a dor, mas ele sentiu o jorro repentino de sangue quente e soube que não demoraria muito para seus pulsos se fraturarem e Latham escapar de suas mãos inúteis. E então seria a sua vez. Sylvia estava bem apoiada na chaminé, e estava armada com as muletas e com aqueles ferros mortais. Ninguém na margem podia vê-los.

Eles estavam do outro lado do telhado, e a noite estava escura. Para observadores ansiosos, se é que de fato havia algum, não deviam passar de silhuetas agachadas destacadas contra o céu. E, quando o seu corpo e o de Latham fossem encontrados, não haveria nenhum ferimento que não pudesse ser explicado pela fúria das pedras e do mar. Sua única chance era soltar Latham. Sozinho, provavelmente conseguiria arrancar as muletas da mão de Sylvia. Sozinho, teria uma chance mais do que razoável. Mas é claro que ela sabia que ele não iria soltar Latham. Sempre soubera exatamente como o adversário iria agir. Ele se segurou, teimoso; e ela continuou a chutar.

Nenhum dos dois havia levado Latham em consideração. Talvez Sylvia achasse que ele estava inconsciente. De repente, porém, uma das ardósias do telhado, solta pela sua queda, desprendeu-se, e seus pés encontraram um apoio. Algum instinto desesperado de sobrevivência brotou dentro dele. Ele se projetou para a frente, soltando a mão esquerda do aperto cada vez mais fraco de Dalgliesh, e agarrou com súbita força os ferros das pernas de Sylvia. Surpresa, ela perdeu o equilíbrio e, nesse instante, uma rajada de vento fustigou o telhado. Latham tornou a puxar, e ela caiu. Dalgliesh esticou a mão na sua direção, e conseguiu segurar a cordinha da pequena nécessaire em volta de seu pescoço. A cordinha se partiu, e o corpo de Sylvia passou rolando por ele. As botas cirúrgicas desengonçadas não conseguiram encontrar apoio, e as pernas rígidas, impotentes com seus pesados ferros, fizeram-na rolar inexoravelmente em direção à borda do telhado. Ela então bateu na calha e foi projetada no ar, girando feito uma boneca mecânica, com as pernas escancaradas contra o céu. Eles ouviram um grito lancinante, depois mais nada. Dalgliesh enfiou a nécessaire no bolso da calça e ficou deitado sem se mexer, com a cabeça pousada sobre as mãos ensanguentadas. E foi então que sentiu nas costas os cutucões de uma escada.

Sem os ferimentos, a descida até a praia teria sido relativamente fácil. Mas agora as mãos de Dalgliesh não tinham praticamente qualquer utilidade. A dor havia começado, e ele mal conseguia dobrar os dedos. Não lhe restava força nenhuma nas mãos. O último esforço de Latham parecia tê-lo deixado exausto. Ele parecia prestes a mergulhar novamente em um estado de inconsciência. Foi preciso Dalgliesh gritar em seus ouvidos durante alguns minutos para conseguir fazê-lo trepar na escada.

Dalgliesh desceu primeiro, de costas, sustentando Latham da melhor maneira possível com os braços dobrados. O rosto de Latham, coberto de suor, estava a poucos centímetros do seu. Dalgliesh pôde sentir seu hálito, os resquícios adocicados e ranços de álcool em excesso, de vários tipos de excesso. Perguntou-se com amargura se a sua última descoberta consciente antes de os dois serem atirados no vazio seria aquela: Latham sofria de uma halitose branda. Havia descobertas mais importantes no mundo, e maneiras mais agradáveis de morrer. Latham bem que poderia fazer um esforço! Mas que droga, por que o sujeito era incapaz de manter um condicionamento físico decente? Dalgliesh pôs-se a alternar entre os dentes palavrões e palavras de incentivo murmuradas, e Latham, como se as estivesse escutando, conseguiu fazer mais um esforço, segurando o degrau seguinte da escada com as duas mãos para avançar alguns dolorosos centímetros. De repente, o degrau se vergou e se soltou da escada. Escapou da mão de Latham, traçou uma trajetória curva no céu e desapareceu no meio das ondas, sem fazer barulho. Por alguns segundos nauseantes, as cabeças dos dois despencaram pelo vão e ficaram dependuradas, com os olhos esbugalhados, acima da água revolta apenas sete metros mais abaixo. Então Latham ergueu a cabeça, encostou-a na beira da escada e grunhiu para Dalgliesh:

"É melhor você voltar. Esta escada não vai aguentar duas pessoas. Não faz sentido nós dois nos molharmos."

"Poupe seu fôlego", retrucou Dalgliesh. "E siga em frente."

Ele encaixou os cotovelos sob a axila de Latham e o levantou para a frente por mais alguns degraus. A escada rangeu e se curvou. Após o esforço, os dois ficaram imóveis antes de tornar a tentar. Dessa vez, Latham conseguiu segurar um dos degraus com os pés e se projetou para a frente com uma força tão inesperada que Dalgliesh quase perdeu o equilíbrio. A escada, pega por uma súbita rajada, virou de lado. Eles puderam senti-la se mover sobre o telhado. Nenhum dos dois ousou se mexer até o vento se regularizar. Então recomeçaram a avançar aos poucos. Já estavam próximos da margem. Lá embaixo, podiam ver as formas escuras das árvores emaranhadas. Dalgliesh pensou que já deveriam escutar o que as pessoas diziam no alto da encosta, mas não havia som nenhum, a não ser o uivo do temporal. Ele supôs que o pequeno grupo estivesse esperando em silêncio, aterrorizado demais para quebrar sua concentração temerosa, mesmo que fosse com gritos de incentivo. De repente, tudo terminou. Ele sentiu a mão forte de alguém segurá-lo pelos tornozelos. Então foi puxado até a segurança.

Não teve consciência de nenhum alívio, apenas de um intenso cansaço e repulsa por si mesmo. Não havia sobrado força em seu corpo. Mas sua mente estava alerta, e pensamentos amargos a ocupavam. Ele subestimara as dificuldades, deixara-se arrastar por Bryce para aquela farsa amadora, desprezando tolerantemente o perigo, e comportara-se como um tolo impulsivo. Os dois haviam seguido como dois escoteiros para salvar Sylvia de morrer afogada. E o resultado era Sylvia afogada. Bastaria ter esperado tranquilamente a água baixar no quarto do primeiro andar. O temporal já estava amainando. Pela manhã, os três poderiam ter sido resgatados com todo o conforto, com frio, é provável, mas sãos e salvos.

E então, como uma resposta a seu raciocínio, ele ouviu o ronco. Este se transformou em um rugido, e o pequeno grupo na margem ficou olhando, fascinado, enquanto o chalé desabava lentamente no mar com uma espécie de graça desengonçada. O rugido reverberou pelo alto da encosta, e as ondas que batiam na barreira de tijolos saltaram e ecoaram. A espuma se ergueu como em uma dança rumo ao céu noturno, espirrando em seus olhos. Então o ronco se acalmou. O último Tanner's Cottage fora tragado pelo mar.

O alto da encosta da praia estava repleto de formas escuras. Estas se reuniram à sua volta, escondendo o temporal. Suas bocas abriam e fechavam, mas Dalgliesh não conseguia ouvir nada do que diziam. Teve uma imagem nítida dos cabelos brancos de R. B. Sinclair esvoaçando diante da lua, e pôde ouvir Latham pedindo a presença de um médico com a insistência belicosa de uma criança. Sentiu uma vontade insuportável de afundar na vegetação macia e ficar ali deitado, sem se mexer, até a dor sumir de suas mãos e aquele torpor terrível abandonar seu corpo. Mas alguém o estava pondo de pé. Imaginou que fosse Reckless. As mãos encaixadas sob suas axilas ficaram subitamente firmes, e ele pôde sentir o cheiro forte e pungente do impermeável molhado e sentir o contato áspero do tecido no rosto. Então as bocas, que abriam e fechavam como bocas de marionetes, começaram a emitir sons. Perguntavam se ele estava bem, e alguém, que ele pensou ser Alice Kerrison, sugeriu que voltassem todos para Priory House. Alguém mencionou o Land Rover. O carro provavelmente conseguiria atravessar o beco até Pentlands, se a srta. Dalgliesh preferisse levar Adam para casa. Pela primeira vez, Dalgliesh reparou no Land Rover, uma silhueta escura na periferia do grupo. O carro devia pertencer a Bill Coles, e a figura corpulenta vestida com uma capa de chuva amarela devia ser o próprio Coles. Como é que ele havia conseguido chegar até ali? O borrão branco dos rostos parecia esperar que ele tomasse uma decisão. Ele disse então: "Eu quero ir para casa".

Afastou as mãos que tentavam ajudá-lo e se ergueu usando os cotovelos até a traseira do Land Rover. No chão havia uma coleção de lamparinas de segurança que lançaram sua luz amarela na fileira de pessoas sentadas. Pela primeira vez, ele viu a tia. Ela estava com um dos braços em volta dos ombros de Latham, e este se apoiava nela. Dalgliesh pensou que ele parecia o protagonista romântico de um melodrama vitoriano, com o rosto comprido e pálido, os olhos fechados e o lenço branco que alguém lhe amarrara em volta da testa já manchado de sangue. Reckless entrou e sentou-se ao lado de Dalgliesh. Enquanto o Land Rover partia pela encosta da praia, Dalgliesh estendeu as mãos machucadas como um cirurgião esperando pelas luvas.

"Se conseguir pôr a mão no meu bolso", disse ele a Reckless, "tem uma nécessaire de plástico que vai lhe interessar. Eu a arranquei do pescoço de Sylvia Kedge. Não posso tocar em nada agora."

Ele mudou de posição para que Reckless, que se sacudia violentamente com os sacolejos do Land Rover, pudesse pôr a mão dentro de seu bolso. O inspetor sacou a nécessaire, desamarrou o cordão e abriu-a usando o polegar para alargar a boca. Então despejou o conteúdo no colo. Dentro da nécessaire havia uma pequena fotografia desbotada de uma mulher em uma moldura de prata oval, uma fita cassete, uma certidão de casamento dobrada e uma aliança de ouro.

5

A claridade exercia uma pressão dolorosa sobre as órbitas oculares de Dalgliesh. Ele subiu nadando por um caleidoscópio de vermelhos e azuis que não paravam de girar e abriu as pálpebras coladas de sono; o dia luminoso o fez piscar. Devia passar bastante de sua hora habitual de acordar; fachos de luz já aqueciam em seu rosto. Ele passou alguns instantes deitado, esticando com cuidado as pernas e sentindo quase com prazer a dor retornar a seus músculos doloridos. Sentiu as mãos pesadas. Tirou-as debaixo das cobertas e virou diante dos olhos os dois casulos brancos, focalizando-os com a atenção forçada de uma criança. Era provável que aquelas ataduras de aspecto profissional tivessem sido postas por sua tia, mas ele não tinha nenhuma lembrança clara disso. Ela também devia ter usado alguma pomada, pois ele pôde sentir uma viscosidade desagradável sob a camada de ataduras. Já estava tomando consciência de que suas mãos ainda doíam, mas conseguia mover as articulações, e as pontas de seus três dedos do meio, as únicas partes visíveis das mãos, estavam com um aspecto normal. Não parecia haver nenhum osso quebrado.

Ele conseguiu passar os braços pelas mangas do roupão e foi até a janela. Do lado de fora, a manhã calma e clara lhe trouxe uma lembrança imediata de seu primeiro dia de férias. Por alguns instantes, a fúria da noite pareceu tão distante e lendária quanto qualquer uma das grandes tempestades do passado. Mas as provas estavam bem diante do seu nariz. A ponta da encosta da praia visível pela janela que dava para o leste da casa estava devastada, nua, como se um exército houvesse marchado por ali deixando em seu rastro galhos partidos e plantas arrancadas. Embora o vento agora fosse uma simples brisa que mal agitava os destroços da encosta, o mar continuava turbulento, e suas grandes ondas vagarosas se estendiam até o horizonte como se estivessem pesadas de areia. O mar tinha a mesma cor da lama, opaco e violento demais para refletir o azul translúcido do céu. A natureza não conseguia chegar a um consenso: enquanto o mar travava as últimas batalhas de uma guerra particular, a terra jazia exausta sob um céu clemente.

Ele deu as costas para a janela e olhou para o quarto à sua volta como se o visse pela primeira vez. Um cobertor dobrado repousava sobre o encosto da poltrona junto à janela, e em cima do braço havia um travesseiro. Sua tia devia ter passado a noite ali. Não era provável que tivesse sido por preocupação com ele. Ele então se lembrou. Eles haviam trazido Latham para Pentlands também; sua tia devia ter lhe cedido seu quarto. Essa compreensão o deixou irritado, e ele se perguntou se estaria sendo muito mesquinho para reprovar na tia uma preocupação por um homem do qual jamais gostara. Bem, e daí? A antipatia era mútua, se é que isso podia constituir uma justificativa, e o dia já ameaçava ser traumático o suficiente sem que ele precisasse iniciá-lo com uma autocrítica mórbida. Mas ele poderia muito bem ter passado sem Latham. Os acontecimentos da noite ainda estavam muito frescos na memória para que a ideia de jogar conversa fora durante o café da manhã com seu companheiro de aventura lhe parecesse agradável.

Enquanto descia a escada, ele pôde ouvir um murmúrio de vozes na cozinha. Sentiu o conhecido cheiro matinal de café e bacon, mas não havia ninguém na sala. Sua tia e Latham deviam estar tomando café juntos na cozinha. Ele já podia ouvir com mais nitidez a voz aguda e arrogante deste último, embora as respostas em voz mais baixa de sua tia fossem inaudíveis. Pegou-se andando com passos tão leves que eles talvez nem sequer o escutassem, e caminhou pé ante pé pela sala como um intruso. Logo, porém, seria inevitável enfrentar as desculpas e explicações de Latham, ou até mesmo — que horror pensar nisso — a sua gratidão. Não demoraria muito para Monksmere inteira ir até lá fazer perguntas, argumentar, discutir, mostrar surpresa. Quase nada na história seria novo para ele, e a satisfação de ter tido razão já não o seduzia. Ele já sabia há bastante tempo, e desde segunda-feira à noite sabia também como. Para os suspeitos, porém, o dia traria uma vingança gratificante, e era provável que eles fossem tirar dela o máximo proveito possível. Haviam experimentado medo, desconforto e humilhação. Seria uma grosseria privá-los daquela diversão. Por ora, contudo, ele continuou pisando leve, como quem reluta em despertar o dia.

Havia um pequeno fogo aceso na lareira da sala, e suas chamas finas tremeluziam débeis sob a claridade do sol. Ele viu que passava das onze, e que o correio já chegara. Uma carta endereçada a ele estava em pé sobre o console da lareira. Mesmo do outro lado da sala, ele pôde reconhecer a caligrafia grande e inclinada de Deborah. Levou a mão ao bolso do roupão em busca da carta que escrevera para ela e que não chegara a postar e, com dificuldade, colocou-a em pé ao lado do outro envelope: sua caligrafia miúda e reta parecia obsessiva de tão perfeita, ao lado do generoso garrancho traçado por ela. A carta de Deborah dentro de um envelope fino. Isso significava uma página, no máximo. De repente, ele entendeu o que Deborah poderia ter escrito em não mais de uma página, e a carta foi contaminada pela ameaça que pairava sobre o dia; abri-la tornou-se uma tarefa perfeitamente adiável. Enquanto ele ficou ali parado, zangado com a própria indecisão e tentando forçar-se a executar aquela única ação simples, ouviu o carro se aproximar. Então eles já estavam chegando, sem dúvida ávidos de curiosidade e tomados pelo prazer da expectativa. Quando o carro chegou mais perto, no entanto, ele reconheceu o Ford usado por Reckless e, indo até a janela, pôde ver que o inspetor estava sozinho. No minuto seguinte, a porta do carro bateu e Reckless se imobilizou por um instante, como se reunisse forças para se aproximar do chalé. Trazia o gravador de Celia Calthrop debaixo do braço. O dia havia começado.

Cinco minutos depois, os quatro escutaram juntos a confissão da assassina. Sentado ao lado do gravador, Reckless não parava de franzir o cenho para a fita, com a expressão ansiosa, levemente contrariada de alguém que imagina que o gravador vá pifar a qualquer momento. Sentada em sua poltrona habitual, à esquerda da lareira, imóvel, com as mãos unidas no colo, Jane Dalgliesh escutava com a mesma atenção que dedicaria a uma música. Latham estava em pé junto à parede, com um dos braços apoiados na chaminé da lareira e a cabeça, envolta em ataduras, encostada nas pedras cinzentas. Dalgliesh pensou que ele parecia um ator ligeiramente fora de moda posando para uma foto publicitária. Ele próprio estava sentado em frente à tia, equilibrando uma bandeja sobre os joelhos e espetando com um garfo os cubinhos de torrada com manteiga que ela havia preparado para ele, ou então envolvendo com as mãos confortavelmente isoladas do calor uma caneca fumegante de café.

A voz da moça morta pôs-se a falar com eles, não com a irritante e conhecida submissão, mas nítida, confiante e controlada. Somente de vez em quando se ouvia um quê de animação logo reprimida. Aquele era o seu canto de triunfo, mas ela contava sua terrível história com a mesma segurança e o mesmo distanciamento de um locutor profissional lendo um livro no rádio na hora de dormir.

"Esta é a quarta vez que dito minha confissão, e não vai ser a última. A fita pode ser gravada várias vezes. É sempre possível melhorar. Nada precisa ser definitivo. Maurice Seton costumava dizer isso quando trabalhava em seus livros lamentáveis, como se valesse a pena estes serem escritos, como se alguém se importasse com a palavra que ele usaria. E na maioria das vezes a palavra que ele acabava usando era minha, ou sugerida por mim, sussurrada com um tom muito hesitante, bem baixinho, para que ele não percebesse que era um ser humano que estava falando. Para ele, eu não era nem isso. Era apenas uma máquina capaz de fazer anotações, datilografar, remendar suas roupas, lavar a louça, até cozinhar um pouco. É claro que, como não podia usar as pernas, eu não era uma máquina muito eficiente. Mas isso de certa forma tornava as coisas mais fáceis para ele. Significava que ele nem sequer precisava pensar em mim como pertencente ao sexo feminino. É claro que ele nunca me viu como mulher. Era de esperar. Depois de algum tempo, no entanto, eu nem mesmo pertencia ao sexo feminino. Ele podia me pedir para trabalhar até mais tarde, para passar a noite aqui, para compartilhar seu banheiro. Ninguém iria fazer fofoca. Ninguém se importaria. Nunca houve nenhum boato escandaloso. Por que haveria? Quem iria querer me tocar? Ah, ele estava bem seguro comigo dentro de casa. E só Deus sabe como eu estava segura com ele.

"Ele teria rido caso eu lhe houvesse dito que daria uma boa esposa. Não, rido não. Teria ficado com nojo. Teria achado isso igual a acasalar com uma pessoa retardada, ou então com um animal. Por que a deformidade causa tanto nojo? Ah, ele não era o único. Eu já vi essa expressão em outros rostos. Adam Dalgliesh. Por que eu deveria citá-lo? Ele mal consegue olhar para mim. É como se estivesse dizendo: 'Eu gosto que as mulheres sejam bonitas. Gosto que sejam graciosas. Sinto muito por você, mas você me causa repulsa'. Eu causo repulsa em mim mesma, superintendente. Eu causo repulsa em mim mesma. Mas não devo ficar desperdiçando fita com preliminares. Minhas primeiras confissões foram compridas demais, tinham um equilíbrio imperfeito. No final, chegaram a entediar a mim mesma. Mas haverá tempo para contar a história da maneira certa, para contá-la de forma perfeita, de modo que eu possa ficar ouvindo esta fita vezes sem conta, pelo resto da vida, sem nunca deixar de sentir o mesmo prazer intenso da primeira vez. Então talvez um dia eu a apague. Mas ainda não. Nunca, talvez. Seria divertido deixá-la para a posteridade. A única desvantagem de planejar e executar o crime perfeito é que ninguém mais é capaz de apreciar o fato. Não custa nada eu ter a satisfação, ainda que infantil, de saber que depois de morrer ocuparei as manchetes dos jornais.

"Foi um plano complicado, é verdade, mas isso o tornou ainda mais satisfatório. Afinal de contas, matar um homem não tem nada de difícil. Centenas de pessoas fazem isso todo ano, e têm seus breves instantes de fama antes de serem esquecidas como as notícias da véspera. Eu poderia ter matado Maurice Seton em qualquer dia que houvesse escolhido, sobretudo depois de conseguir aqueles trezentos miligramas de arsênico branco. Ele os roubou do museu do Cadaver Club e os substituiu por um frasco de fermento, na época em que estava escrevendo *Vaso mortal*. Pobre Maurice: a necessidade de uma história verossímil o obcecava. Ele não era sequer capaz de escrever sobre um envenenamento por arsênico sem manusear a substância, cheirá-la, ver com que rapidez ela se dissolvia, saborear o risco de brincar com a morte. Essa atenção aos detalhes, essa ânsia por uma experiência indireta foi central para o meu plano. Foi ela quem o levou, ele, a vítima predestinada, até Lily Coombs e o Cortez Club. Foi ela quem o levou a seu assassino. Ele era especialista em mortes imaginárias. Eu gostaria de ter estado lá para ver o que achou da morte de verdade. É claro que ele planejava devolver o arsênico; apenas pegara emprestado. Antes de ele conseguir devolvê-lo, porém, eu também fiz a minha substituição. O bicarbonato que estava na vitrine do Cadaver Club foi substituído por Maurice por mais bicarbonato. Pensei que o arsênico pudesse vir a ser útil. E de fato será. Daqui a pouquíssimo tempo, será muito útil mesmo. Não terei problema nenhum em despejá-lo naquele cantil que Digby sempre carrega consigo. E depois? Esperar o momento inevitável em que ele estiver sozinho e não conseguir passar nem mais um minuto sem beber? Ou dizer a ele que Eliza Marley descobriu alguma coisa sobre a morte de Maurice e quer um encontro secreto com ele na praia? Qualquer método vai servir. O final será o mesmo. E, depois que ele morrer, o que é que alguém vai poder provar? Depois de algum tempo, pedirei para falar com o inspetor Reckless e direi que Digby vinha reclamando de indigestão e que eu o vi mexer no armário de remédios de Maurice. Explicarei como Maurice certa vez pegara um pouco de arsênico emprestado no Cadaver Club, mas que ele me garantira ter devolvido o veneno. Mas e se ele não tivesse devolvido? E se não tivesse conseguido se separar do veneno? Seria típico de Maurice. É o que todos dirão. Todos saberão sobre *Vaso mortal.* O pó da vitrine do museu será testado e classificado como inócuo. E Digby Seton terá sucumbido a um trágico acidente por culpa do meio-irmão. Acho isso muito agradável. É uma pena Digby, que, apesar de sua estupidez, soube apreciar tanto várias das minhas ideias, não poder ficar sabendo dessa última parte do plano.

"Eu poderia ter usado o arsênico em Maurice com a mesma facilidade, e poderia ter testemunhado a sua morte agonizante em qualquer dia que houvesse escolhido. Teria sido fácil, fácil demais. Fácil e nada inteligente. A morte por envenenamento não teria cumprido nenhuma das condições necessárias ao assassinato de Maurice. Foram essas condições que tornaram o assassinato tão interessante de planejar e tão agradável de executar. Em primeiro lugar, ele tinha que morrer de causas naturais. Digby, como seu herdeiro, seria o suspeito natural, e era importante para mim que nada pusesse em risco a herança de Digby. Além do mais, Maurice tinha que morrer longe de Monksmere; não podia haver nenhum risco de alguém desconfiar de mim. Por outro lado, eu queria que o crime fosse vinculado à comunidade de Monksmere; quanto mais eles fossem importunados, quanto mais fossem alvo de suspeitas e quanto mais assustados ficassem, melhor; eu tinha muitas velhas contas a acertar. Além do mais, queria poder observar a investigação. Não queria que o caso fosse tratado como um crime londrino. Tirando a diversão que seria observar as reações dos suspeitos, achei importante poder acompanhar o trabalho da polícia. Eu precisava estar presente para ver tudo e, caso necessário, controlar a situação. As coisas não correram exatamente como eu planejara mas, de modo geral, pouco aconteceu que eu já não soubesse que aconteceria. Por ironia, eu às vezes fui menos hábil do que esperava no que diz respeito a controlar minhas próprias emoções, mas todos os outros se comportaram exatamente conforme eu havia planejado.

"Por fim, era preciso atender às exigências de Digby. Ele queria que o assassinato fosse vinculado a L. J. Luker e ao Cortez Club. Sua motivação, claro, era de outra natureza. Ele não desejava particularmente que Luker fosse alvo de suspeita. Só queria lhe mostrar que havia mais de uma maneira de cometer um assassinato e se safar. O que Digby queria era uma morte que a polícia tivesse de aceitar como natural — porque seria natural —, mas que Luker soubesse que havia sido assassinato. Foi por isso que insistiu para mandar as mãos cortadas para Luker. Eu primeiro tirei a maior parte da carne com ácido — essa era uma das vantagens de ter um laboratório fotográfico no chalé e o ácido à mão —, mas mesmo assim não gostei da ideia. Era um risco burro, desnecessário. No entanto, cedi ao capricho de Digby. Paparicar um condenado faz parte da tradição. É preciso tentar atender aos seus pedidos mais inocentes.

"No entanto, antes de eu descrever como Maurice morreu, há duas pequenas questões a esclarecer. Nenhuma delas tem importância, mas eu as menciono porque ambas tiveram um papel indireto no assassinato de Maurice, e ambas foram úteis para fazer as suspeitas recaírem sobre Latham e Bryce. Não posso levar muito crédito pela morte de Dorothy Seton. Fui responsável, é claro, mas não tinha a intenção de matá-la. Teria sido um desperdício de esforço planejar matar uma mulher tão obviamente inclinada à autodestruição. Afinal de contas, não demoraria muito.

Quer ela tivesse tomado uma overdose de remédios, caído no penhasco durante um de seus passeios noturnos semidrogados, morrido com o amante durante uma de suas desenfreadas viagens de carro pela região ou simplesmente bebido até morrer, tudo seria apenas uma questão de tempo. Eu nem sequer estava particularmente interessada no fato. Então, logo depois de ela e Alice Kerrison partirem para as últimas férias em Le Touquet, encontrei o manuscrito. Uma obra em prosa notável. Pena que as pessoas que dizem que Maurice Seton não sabia escrever nunca terão a oportunidade de lê-la. Quando ele se dava ao trabalho, era capaz de escrever frases incendiárias. E, nesse caso, ele se deu ao trabalho. Estava tudo lá: dor, frustração sexual, ciúme, desprezo, desejo de punir. Quem melhor do que eu poderia saber como ele se sentia? Pôr tudo no papel de próprio punho deve ter lhe proporcionado enorme satisfação. Não podia haver máquina de escrever ou teclas mecânicas entre a sua dor e a expressão da sua dor. Ele precisava ver as palavras se formando sob suas mãos. É claro que não pretendia usar o manuscrito. Quem fez isso fui eu: simplesmente usei vapor para abrir uma de suas cartas semanais para a mulher e o pus lá dentro. Pensando bem, nem mesmo tenho certeza do que achava que aconteceria. Imagino que a diversão fosse boa demais para desperdiçar, só isso. Mesmo que ela não destruísse a carta e confrontasse o marido com ela, Maurice jamais poderia ter certeza absoluta de que ele próprio não a havia posto no correio por engano. Eu o conhecia muito bem, entendem? Ele vivia com medo do próprio subconsciente, convencido de que este o trairia no final. No dia seguinte, eu me deleitei vendo seu pânico, sua busca desesperada, suas olhadelas ansiosas na minha direção para ver se eu sabia de alguma coisa. Quando ele me perguntou se eu tinha jogado fora algum papel, respondi com calma que só havia queimado uma pequena quantidade de pedacinhos. Vi seu rosto iluminar-se. Ele preferiu acreditar que eu tinha jogado a carta fora sem ler. Qualquer outro pensamento teria sido intolerável, de modo que foi nisso que ele escolheu acreditar até o dia de sua morte. A carta nunca foi encontrada. Tenho um palpite em relação ao fim que levou. Mas Monksmere inteira considera Maurice Seton em grande parte responsável pelo suicídio da mulher. E quem poderia ter um motivo melhor para vingança aos olhos da polícia do que o amante dela, Oliver Latham?

"Provavelmente não preciso explicar que fui eu quem matou a gata de Bryce. Isso teria ficado óbvio para Bryce na época, caso ele não houvesse demonstrado tamanho desespero para soltar o corpo do animal, a ponto de não reparar no nó. Se estivesse em condições de examinar a corda e o método, teria percebido que eu havia amarrado Arabella sem me erguer mais do que uns três ou cinco centímetros na cadeira. Porém, como eu previra, ele não agiu de forma racional, nem pensou de forma ponderada. Jamais lhe ocorreu por um segundo sequer que Maurice Seton pudesse não ser o culpado. Pode parecer estranho eu perder tempo falando sobre a morte de uma gata, mas a morte de Arabella teve seu papel no meu plano. Ela garantiu que a vaga antipatia entre Maurice e Bryce se transformasse em uma inimizade ativa, de modo que Bryce, assim como Latham, também tivesse um motivo para vingança. A morte de um animal talvez seja um motivo fraco para a morte de um homem, e achei pouco provável que a polícia perdesse tempo com Bryce. Mas a mutilação do corpo era outra história. Quando a autópsia demonstrasse que Maurice morrera de causas naturais, a polícia se concentraria nos motivos para as mãos terem sido decepadas. Naturalmente, era vital que eles jamais desconfiassem por que essa mutilação era necessária, e convinha haver pelo menos duas pessoas em Monksmere amarguradas, ofendidas, com um motivo evidente. Dois outros motivos me levaram a matar Arabella, porém. Em primeiro lugar, eu quis matar a gata. Ela era uma criatura inútil. Assim como Dorothy Seton, era sustentada e adulada por um homem que acreditava que a beleza tem o direito de existir, por mais estúpida que seja, por mais inútil, pelo simples fato de ser bela. Foram necessários apenas dois segundos de contorções na ponta de uma corda de varal para acabar com essa bobagem. Além disso, a morte da gata foi de certa forma um ensaio geral. Eu queria testar minha capacidade de encenação, testar meu comportamento sob pressão. Não vou perder tempo agora descrevendo o que descobri sobre mim mesma. Nunca me esquecerei: a sensação de poder, a indignação, a embriagante mistura de medo e empolgação. Senti isso várias vezes desde então. Estou sentindo isso agora. Bryce é capaz de fornecer uma descrição vívida do meu abalo emocional, do meu comportamento inteiramente descontrolado depois de o corpo da gata ser solto, e nem tudo foi encenação.

"Mas voltando a Maurice. Foi um golpe de sorte que me levou a descobrir o único fato a seu respeito que era vital para os meus objetivos: ele sofria de uma grave claustrofobia. Dorothy, é claro, devia saber. Afinal de contas, havia noites em que ela permitia que o marido dividisse o quarto com ela. Ele deve tê-la acordado algumas vezes com seu pesadelo recorrente, da mesma forma que acordou a mim. Muitas vezes me pergunto o quanto ela sabia, e o quanto revelou a Oliver Latham antes de morrer. Era um risco que eu tinha de correr. Mas e se ela tivesse contado? Ninguém pode provar que eu sabia. Nada pode mudar o fato de que Maurice Seton morreu por causas naturais.

"Eu me lembro daquela noite, mais de dois anos atrás; lembro-me dela com grande clareza. O dia de meados de setembro havia sido chuvoso e ventoso, e a noite foi ficando mais turbulenta à medida que escurecia. Estávamos trabalhando juntos desde as dez da manhã, e as coisas não corriam bem. Maurice estava tentando terminar uma série de contos para um jornal vespertino. Aquele não era o seu métier, e ele sabia disso; estava trabalhando contra o relógio, coisa que detestava fazer. Eu tinha interrompido o trabalho apenas duas vezes: à uma e meia, para preparar um almoço leve, e depois às oito da noite, quando fiz sanduíches e uma sopa. Às nove, quando terminamos de comer, o vento uivava em volta da casa, e pude ouvir a maré alta batendo na praia. Nem mesmo Maurice podia esperar que eu voltasse para casa de cadeira de rodas depois de escurecer, e ele não se ofereceu para me levar. Afinal de contas, isso lhe daria o trabalho de me buscar no dia seguinte. Então ele sugeriu que eu passasse a noite lá. Não me perguntou se eu estava disposta. Não lhe ocorreu que eu pudesse fazer qualquer objeção, ou que talvez preferisse a minha própria escova de dentes, meus produtos de toalete, ou mesmo a minha própria cama. As cortesias normais da vida não se aplicavam a mim. Mas ele me disse para fazer a cama no antigo quarto da mulher, e ele próprio veio procurar uma camisola para mim. Não sei por que fez isso. Acho que talvez tenha sido a primeira vez, desde a morte de Dorothy, em que ele conseguiu abrir suas gavetas e seus armários, e que a minha presença era ao mesmo tempo uma oportunidade para quebrar um tabu e uma espécie de apoio moral. Agora que posso usar qualquer uma das roupas íntimas dela, ou rasgá-las em pedaços se tiver vontade, consigo sorrir ao me lembrar daquela noite. Pobre Maurice! Ele não se lembrava que aqueles pedacinhos de chifon, aquelas transparências brilhantes de náilon e seda eram tão bonitos, tão delicados, tão pouco adequados para meu corpo deformado. Pude ver a expressão em seu rosto quando suas mãos hesitaram antes de tocar as peças. Ele não suportava pensar nas roupas de Dorothy encostadas na minha pele. Então, no fundo da gaveta, encontrou o que queria: uma velha camisola de lã que havia sido de Alice Kerrison. Dorothy a havia usado uma vez por insistência de Alice quando estava gripada e suando frio. E foi essa camisola que Maurice estendeu para mim. Fico me perguntando: será que ele teria tido outro destino caso houvesse agido de outra forma nessa noite? É provável que não. Mas agrada-me pensar que as suas mãos, ao hesitarem em tocar aquelas peças de tecido inútil e chamativo, estavam escolhendo entre a vida e a morte.

"Passava um pouco das três da manhã quando fui acordada por seu grito. No início, pensei que fosse o grito de um pássaro. Então o barulho se repetiu uma, duas vezes. Tateei em busca das muletas e fui até o quarto dele. Imerso em uma espécie de transe, ele estava apoiado na janela do quarto com a expressão desorientada de um sonâmbulo. Consegui convencê-lo a voltar para a cama. Não foi difícil. Ele segurou minha mão feito uma criança. Quando subi as cobertas até seu queixo, ele de repente segurou meu braço e disse: 'Não me deixe! Não vá ainda! É o meu pesadelo. Sempre o mesmo. Eu sonho que estou sendo enterrado vivo. Fique comigo até eu dormir'. Então eu fiquei. Fiquei ali sentada segurando sua mão com a minha até meus dedos ficarem duros de frio e meu corpo inteiro começar a doer. No escuro, ele me contou muitas coisas sobre si e sobre o grande medo que o consumia, antes de os seus dedos relaxarem, de os balbucios cessarem e de ele pegar em um sono tranquilo. Sua boca ficou entreaberta, fazendo-o parecer burro, feio e vulnerável. Era a primeira vez que eu o via dormir. Fiquei satisfeita em ver aquela feiura, aquela vulnerabilidade, e experimentei uma sensação de poder tão prazerosa que quase me deu medo. Sentada ali ao seu lado, ouvindo-o respirar baixinho, fiquei pensando em como poderia usar aquela informação nova em meu benefício. Comecei a planejar como poderia matá-lo.

"Na manhã seguinte, ele não me disse nada sobre os acontecimentos da noite. Nunca cheguei a ter certeza se ele havia esquecido por completo o pesadelo e minha ida ao seu quarto. Mas acho que não. Acho que ele se lembrava bem o bastante para tentar não pensar no assunto. Afinal de contas, não precisava se desculpar nem me explicar nada. Ninguém precisa justificar as próprias fraquezas para um criado ou para um animal. É por isso que é tão agradável, tão conveniente ter um animal doméstico em casa.

"Não havia pressa para o plano, nenhum limite de tempo dentro do qual ele precisasse morrer, e isso em si aumentava o interesse da situação e me permitiu bolar um assassinato mais complexo e mais sofisticado do que teria sido possível caso eu estivesse agindo com pressa. Nesse ponto, sou da mesma opinião que Maurice. Ninguém consegue fazer seu melhor trabalho às pressas. No final, é claro, houve alguma urgência, quando encontrei e destruí a cópia da carta a Max Gurney anunciando que Maurice estava pensando em alterar seu testamento. A essa altura, porém, meus planos definitivos já estavam prontos havia mais de um mês.

"Desde o início eu sabia que iria precisar de um cúmplice, e quem deveria ser esse cúmplice. A decisão de usar Digby Seton para destruir em primeiro lugar o meio-irmão, e depois a ele próprio, era tão magnífica em sua ousadia que eu às vezes ficava com medo da minha própria desfaçatez. Mas o plano não era tão temerário quanto parece. Eu conhecia Digby, e sabia exatamente quais eram as suas fraquezas e as suas forças. Ele é menos burro e muito mais ganancioso do que as pessoas percebem, mais prático, porém menos imaginativo, e, embora não seja particularmente corajoso, é obstinado e persistente. Acima de tudo, possui uma fraqueza e uma vaidade inerentes. Meu plano utilizava tanto as suas habilidades quanto os seus defeitos. Eu cometi muito poucos erros ao lidar com ele e, ainda que o tenha subestimado em alguns aspectos importantes, isso se revelou menos catastrófico do que eu poderia ter temido. Agora, é claro, ele está virando uma ameaça e um estorvo, mas não me incomodará por muito tempo. Caso se houvesse mostrado menos irritante e mais leal a mim, eu talvez cogitasse deixá-lo viver por mais um ano, ou algo assim. Teria preferido evitar que os impostos acarretados por sua morte incidissem sobre os bens de Maurice. Mas não tenho a intenção de deixar a ganância me conduzir à insensatez.

"No início, não cometi a grosseria de apresentar a Digby um plano para matar Maurice. O que eu lhe sugeri não passava de uma brincadeira complicada. É claro que ele não acreditou nisso durante muito tempo, mas nem precisava acreditar. Durante toda a fase preliminar de planejamento, nenhum de nós dois pronunciou a palavra assassinato. Ele sabia, e eu também sabia, mas nenhum dos dois disse nada. Nós mantivemos cuidadosamente a ficção de que estávamos conduzindo uma experiência, talvez não totalmente desprovida de perigo, mas sem qualquer malícia, para provar a Maurice que era possível transportar um homem de Londres até Monksmere em sigilo e sem o seu conhecimento ou a sua cooperação. Isso seria o nosso álibi. Caso o plano desse errado e fôssemos descobertos com o cadáver nas mãos, tínhamos a nossa história pronta, e ninguém poderia desmenti-la. O senhor Seton nos jurara que não seríamos capazes de raptá-lo e trazê-lo de volta a Monksmere sem sermos descobertos. Ele queria usar esse estratagema em seu novo livro. Haveria muitas testemunhas para confirmar que Maurice adorava experimentos, que era meticuloso em relação aos detalhes. E, se ele sofresse um enfarte inesperado durante a viagem e morresse, quem nos poderia culpar? Morte acidental? É possível. Mas assassinato? Jamais.

"Acho que Digby quase acreditou nessa ficção durante algum tempo. Eu fiz o possível para mantê-la. Poucos homens têm a coragem ou a força mental necessárias para planejar um assassinato a sangue-frio, e Digby com certeza não é um deles. Ele gosta que os seus fatos desagradáveis venham sempre embalados para presente. Prefere fechar os olhos para a realidade. Ele sempre fechou os olhos para a verdade em relação a mim.

"Uma vez convencido de que aquilo era um joguinho inofensivo com regras fáceis, sem qualquer risco pessoal e com um prêmio de duzentas mil libras, Digby começou a gostar de planejar os detalhes. Não lhe dei nenhuma incumbência que não estivesse dentro de suas capacidades específicas, e ele não estava pressionado pelo tempo. Em primeiro lugar, teve que arrumar uma moto de segunda mão e um side-car comprido no formato de um torpedo. Precisou comprá-los separadamente, em dinheiro vivo, em uma região de Londres na qual não fosse conhecido. Teve que alugar ou comprar um apartamento que gozasse de relativa privacidade e com acesso a uma garagem, e teve que guardar segredo de Maurice em relação ao novo endereço. Tudo isso era relativamente simples, e de modo geral fiquei satisfeita com a forma eficiente com que meu assecla realizou as tarefas. Esse foi quase o período mais árduo para mim. Havia pouco que eu pudesse fazer pessoalmente para controlar os acontecimentos. Uma vez que o corpo fosse trazido para Monsksmere, eu estaria aqui para organizar e dirigir as operações. Nessa primeira etapa, porém, tive que confiar em Digby para cumprir minhas instruções. Era ele quem precisava administrar sozinho a questão do Cortez Club, e seu plano para atrair Maurice até Mews Cottages nunca me agradou particularmente. Parecia-me desnecessariamente complicado e perigoso. Eu podia pensar em maneiras mais seguras e mais fáceis. Mas Digby insistiu em incluir o Cortez Club no plano. Precisava envolver Luker e impressioná-lo. Então eu o deixei fazer o que queria — afinal de contas, o plano não poderia me incriminar —, e reconheço que tudo funcionou às mil maravilhas. Digby se confidenciou com Lily Coombs, a quem revelou a ficção em relação à experiência de raptar seu meio-irmão, e disse a ela que Maurice havia apostado umas duas mil libras que isso era impossível. Lily ganhou cem libras em dinheiro pela sua ajuda. Tudo que precisava fazer era ficar de olho na chegada de Maurice, contar-lhe alguma bobagem sobre tráfico de drogas, e guiá-lo até Carrington Mews para obter mais informações sobre o que lhe interessava. Caso ele não mordesse a isca, nada estaria perdido. Eu tinha outros planos para atraí-lo até lá, e um deles poderia ser usado. Mas é claro que ele mordeu a isca. Aquilo era pelo bem da sua arte, e ele tinha de ir. Digby vinha fazendo cuidadosas alusões a Lily Coombs e ao Cortez Club em cada uma de suas visitas, e Maurice já havia datilografado a indefectível fichinha branca para usar mais tarde. Quando chegou a Londres para sua estadia habitual de outono, era certo que um dia acabaria aparecendo no Cortez Club, assim como era certo que ficaria hospedado no mesmo quarto de sempre no Cadaver Club, o quarto em que podia entrar sem ter de usar o pequeno e claustrofóbico elevador. Digby podia até prever para Lily Coombs a noite em que ele iria aparecer. Ah, sim, Maurice mordeu a isca direitinho! Ele teria ido ao inferno pelo bem da sua ficção. E, naturalmente, foi isso que ele fez.

"Quando Maurice apareceu na porta do chalé de Carrington Mews, o papel de Digby foi relativamente simples. Um golpe rápido para nocauteá-lo, leve o suficiente para não deixar marcas mas forte o suficiente para ser eficaz, não foi difícil para um antigo campeão de boxe. A adaptação do side-car para transformá-lo em caixão ambulante tinha sido fácil para alguém que construíra o Sheldrake sozinho. O side-car estava pronto e a postos, e a casa tinha um acesso direto à garagem. O corpo franzino, inconsciente e com a respiração irregular — pois Lily cumprira bem o seu papel, e Maurice bebera muito mais vinho do que o recomendado — foi posto dentro do side-car e a tampa foi fixada. É claro que havia furos laterais para respiração. Sufocá-lo não fazia parte do meu plano. Então Digby bebeu sua meia garrafa de uísque e foi cuidar de seu álibi. Não tínhamos como saber ao certo quando este seria necessário, é claro, e isso constituiu uma ligeira preocupação. Seria uma pena Maurice morrer antes da hora. Que ele iria morrer, e que a sua morte seria um tormento, isso era certo. Era apenas uma questão de quanto tempo o tormento duraria, e de quando ele iria começar. Mas eu instruí Digby a se fazer prender pela polícia assim que estivesse a uma distância segura de casa.

"Mais tarde, na manhã seguinte, assim que foi liberado, Digby partiu com a motocicleta e o side-car rumo a Monksmere. Não olhou para o cadáver. Eu o havia instruído a não abrir o side-car, mas duvido que ele tenha ficado tentado a fazer isso. Ainda estava vivendo no confortável e imaginário mundo do plano que eu criara para ele. Eu não podia prever o quão forte seria a sua reação quando ele parasse de fingir que acreditava. No entanto, quando ele partiu secretamente de Carrington Mews naquela manhã, não tenho dúvidas de que sentia a mesma animação inocente de um colegial que vê que a sua brincadeira está correndo bem. Não houve nenhum problema durante o trajeto. O traje de motociclista feito de plástico preto, o capacete e os óculos foram um disfarce perfeito, como eu sabia que seriam. Digby tinha no bolso uma passagem só de ida de Liverpool Street até Saxmundham e, antes de sair do West End, pôs no correio para Seton House a minha descrição do Cortez Club. Parece quase desnecessário dizer que é fácil imitar um estilo de datilografar, mas não a máquina usada. Eu havia datilografado aquele trecho algumas semanas antes, na própria máquina de Maurice, usando uma luva na mão direita e com os dedos esquerdos envoltos em ataduras. O trecho sobre o corpo mutilado flutuando à deriva no mar tinha sido datilografado por Maurice, e eu o peguei entre os seus papéis. Usá-lo foi um dos requintes pequenos, porém agradáveis, que eu incorporei ao plano depois de saber da ideia da senhorita Calthrop para um começo eficaz a ser usado em um dos livros de Maurice. Em todos os sentidos, isso foi um presente para mim, assim como havia sido para Maurice. Em grande parte, esse detalhe determinou todo o formato do plano, e eu o usei de forma brilhante.

"Mas houve uma parte vital do meu plano que eu ainda não mencionei. Por mais estranho que pareça, embora eu esperasse que fosse a mais difícil, essa parte foi a mais fácil de todas. Eu precisava obrigar Digby Seton a se casar comigo. Pensei que fazê-lo aceitar isso demandaria semanas de cuidadosa persuasão. E eu não dispunha dessas semanas. Todo o planejamento precisou ser feito durante os raros fins de semana em que ele estava em Monksmere. Deixei que ele me escrevesse, pois podia ter certeza de que as cartas seriam queimadas, mas eu nunca escrevi para ele, e nós nunca nos telefonamos. No entanto, convencê-lo a realizar essa parte desagradável porém essencial do plano não era o tipo de coisa que eu podia fazer pelo correio. Cheguei até a me perguntar se isso não seria o detalhe que poria a perder toda a empreitada. Mas eu o julguei mal. Digby não era de todo burro. Se fosse, eu jamais teria corrido o risco de torná-lo cúmplice da própria destruição. Ele saberia reconhecer o inevitável. E, afinal de contas, o casamento era do seu interesse. Ele precisava se casar para pôr as mãos no dinheiro. Não havia mais ninguém que quisesse desposar. Ele certamente não queria uma esposa que fosse lhe fazer exigências ou interferir na sua vida, uma esposa que talvez até quisesse dormir com ele. Além disso, sabia que precisava se casar comigo por uma razão mais importante do que todas as outras. Ninguém poderia provar que tínhamos matado Maurice a menos que um de nós confessasse. E, pela lei, uma esposa não pode incriminar o próprio marido. É claro que ficou combinado que iríamos nos divorciar depois de um período razoável, e eu fui muito generosa em relação ao acordo nupcial. Não generosa a ponto de levantar suspeitas. Apenas muito, muito generosa. Podia me dar ao luxo de sê-lo. Ele tinha que se casar comigo para me manter calada e para conseguir o dinheiro. E eu tinha que me casar com ele porque queria ficar com toda a sua fortuna. Como viúva.

"Nós nos casamos no civil em 15 de março, em um cartório de Londres. Ele alugou um carro e foi me buscar cedo. Ninguém nos viu sair do chalé. Como poderiam ter visto? Celia Calthrop estava viajando, de modo que não havia perigo de ela aparecer para me visitar. Oliver Latham e Justin Bryce estavam em Londres. Eu não sabia nem me importava em saber se Jane Dalgliesh estava em casa. Liguei para Maurice e disse a ele que estava indisposta e não podia trabalhar. Ele ficou irritado, mas não preocupado, e eu não tive o menor medo de que aparecesse no chalé para ver como eu estava passando. Maurice tinha horror de doença. Se o seu cachorro adoecesse, ele se preocuparia. Mas do cachorro ele gostava. Acho muito agradável pensar que ele poderia estar vivo agora se ao menos tivesse se dado ao trabalho de passar em Tanner's Cottage nesse dia e se perguntado para onde eu tinha ido — e por que tinha mentido.

"Mas o tempo e esta fita estão se esgotando. Eu já acertei minhas contas com Maurice Seton. Isto aqui é meu triunfo, não minha justificação, e ainda há muita coisa para contar.

"Digby, junto com a moto e o side-car, chegou a Tanner's Cottage pouco antes das seis horas de quarta-feira. Já estava escuro, e não havia ninguém por perto. Neste litoral, nunca há ninguém na rua depois que a noite cai. Maurice, é claro, estava morto, e o rosto de Digby estava muito pálido sob o capacete quando ele ergueu a tampa do side-car. Acho que ele esperava ver o rosto de sua vítima contorcido em uma careta de horror, com os olhos mortos a fitá-lo com um ar de acusação. Ao contrário de mim, ele não tinha lido os manuais de Maurice sobre medicina forense. Não sabia que os músculos relaxam depois da morte. Aquele semblante calmo, tão normal, tão vazio de expressão, tão completamente desprovido de capacidade para causar medo ou pena, pareceu reconfortá-lo. Mas eu havia me esquecido de explicar sobre a rigidez cadavérica. Ele não imaginava que fôssemos ter que quebrar os joelhos rígidos para poder sentar o cadáver na cadeira de rodas e levá-lo até a praia. Não apreciou nem um pouco essa parte necessária do plano. Ainda posso ouvir sua risadinha nervosa diante da visão dos gambitos de Maurice vestidos com aquela calça ridícula e bem esticados como as pernas de um boneco. Digby então as golpeou, a rigidez cadavérica cedeu, e as pernas ficaram dependuradas e caídas sobre o descanso de pés como as de uma criança. Esse pequeno ato de violência pessoal com o cadáver teve algum efeito em Digby. Eu estava totalmente disposta a decepar as mãos eu própria. Queria manejar aquele cutelo. Mas Digby o arrancou da minha mão e ficou esperando sem dizer nada enquanto eu preparava as mãos para ele sobre o banco do barco. Eu talvez tivesse feito um serviço melhor. Mas duvido que tivesse gostado mais de fazê-lo do que ele. Quando tudo terminou, peguei as mãos e as pus dentro da minha nécessaire impermeável. Digby tinha serventia para elas; pretendia mandá-las para Luker. Mas eu antes precisava fazer umas coisas com as mãos na privacidade do meu laboratório. Enquanto isso, pendurei a nécessaire no ombro e fiquei saboreando a sensação daquelas mãos que pareciam rastejar sobre a minha pele.

"Por último, Digby empurrou o barco para dentro da maré vazante, entrando bastante no mar. Eu não estava preocupada com manchas de sangue. Os mortos sangram lentamente, quando chegam a sangrar. Se houvesse algum respingo na roupa de motociclista, o mar iria limpar. Digby tornou a sair do mar na minha direção, reluzindo em meio à escuridão, com as mãos unidas acima da cabeça, como alguém que acaba de ser ritualmente purificado. Não disse nada enquanto me empurrava na cadeira de rodas de volta até o chalé. Como já disse, eu o subestimei sob alguns aspectos, e foi somente nesse trajeto silencioso de volta pelo beco estreito que me ocorreu que ele poderia ser perigoso.

"O trabalho do restante da noite deveria ter sido o mais simples. O plano era que Digby fosse de moto até Ipswich o mais depressa possível. No caminho, ele pararia em algum lugar solitário às margens da represa de Sizewell Sluice, soltaria o side-car e o jogaria na água funda. Uma vez em Ipswich, tiraria as placas da moto e a abandonaria em uma rua secundária. A moto era velha, e era pouco provável que alguém se desse ao trabalho de tentar encontrar seu dono. E, mesmo que a moto fosse relacionada com Digby e alguém encontrasse o side-car, ainda tínhamos nossa segunda linha defensiva: a história da experiência de raptar Maurice, uma brincadeira inocente que tinha saído tragicamente errada. E teríamos Lily Coombs para confirmar nossa história.

"Minhas instruções para Digby foram bem claras. Depois de abandonar a moto, ele primeiro poria no correio o manuscrito de Maurice com a descrição do cadáver sem mãos à deriva no mar. Depois iria até a estação, ainda com o macacão de motociclista, e compraria um bilhete para poder ingressar na plataforma. Eu não queria que o condutor reparasse no passageiro que estava subindo no trem em Ipswich com uma passagem emitida em Londres. Digby passaria pela barreira quando houvesse gente suficiente, subiria no trem para Saxmundham, tiraria o macacão no banheiro, poria a roupa dentro de uma pequena bolsa, e chegaria a Saxmundham às oito e meia. Então pegaria um táxi até Seton House, onde eu estaria à sua espera no escuro para verificar que tudo havia corrido conforme o plano e lhe dar novas instruções. Como eu já disse, essa era a parte mais fácil do trabalho da noite, e eu imaginava que não haveria nenhum problema. Mas Digby estava começando a ter noção do próprio poder. Ele fez duas coisas muito burras. Não conseguiu resistir à tentação de soltar o side-car e andar com a moto por Monksmere a toda a velocidade, chegando até a se exibir para Bryce. E convidou Liz Marley para encontrá-lo em Saxmundham. A primeira atitude não passou de um exibicionismo infantil; a segunda poderia ter sido fatal. A essa altura, eu já estava fisicamente muito cansada, e emocionalmente despreparada para lidar com a insubordinação dele. Quando ouvi o carro da senhorita Marley chegar e fiquei olhando os dois escondida pelas sombras da cortina, o telefone tocou. Agora sei que era apenas Plant fazendo uma pergunta rotineira sobre o senhor Seton. Na hora, porém, o telefone me abalou. Duas coisas imprevistas estavam acontecendo juntas, e eu não estava preparada para nenhuma das duas. Se tivesse tido tempo para me organizar, eu teria lidado melhor com a situação. Mas não foi o caso, e tive uma briga violenta com Digby. Não há por que perder tempo aqui com o que qualquer um de nós dois disse, mas tudo terminou com Digby saindo no meio da noite, furioso, e segundo ele com a intenção de voltar para Londres. Eu não acreditei. Ele tinha coisas demais em risco para desistir àquela altura. Aquilo não passava de mais um gesto infantil de independência provocado pela briga, cujo objetivo era simplesmente me assustar. Mesmo assim, fiquei esperando o Vauxhall voltar até de madrugada, sentada no escuro, já que não me atrevia a acender nenhuma luz, perguntando-me se um instante de descontrole iria pôr a perder todo o meu cuidadoso planejamento, e imaginando como a situação ainda poderia ser remediada. Só voltei para casa às duas da manhã. No dia seguinte, voltei cedo para Seton House. Ainda não havia nenhum sinal do carro. Foi só na quinta à noite, quando telefonaram para Pentlands, que fiquei sabendo o que havia acontecido. A essa altura, eu já não tinha qualquer necessidade de simular um choque. É bom saber que Digby Seton logo irá pagar pelo que me fez passar durante essas vinte e quatro horas. Ele se mostrou muito astuto em relação à coisa toda. Sua história sobre o falso telefonema foi muito esperta. Isso poderia explicar qualquer alusão à morte de Maurice que ele pudesse ter feito em seus balbucios semiconscientes. Reforçava o seu álibi. E tornava as coisas ainda mais desconfortáveis para a comunidade de Monksmere. Fui obrigada a admirar sua engenhosidade, sua inventividade. E fiquei me perguntando quanto tempo demoraria para ele começar a pensar em se livrar de mim.

"Resta pouco a dizer. Devolver o cutelo para Jane Dalgliesh foi tão fácil quanto havia sido roubá-lo. O macacão de motociclista de plástico foi cortado em vários pedaços e lançado na maré vazante. Eu retirei a pele dos dedos das mãos de Maurice com ácido no laboratório, e Digby pôs seu embrulho no correio. Foi tudo muito simples. Tudo correu conforme o planejado. E agora sobrou apenas o último capítulo. Daqui a alguns dias poderei ditar esta confissão novamente. Não sinto nenhum ódio específico por Digby. Ficarei grata quando ele estiver morto, mas me contento em imaginar sua agonia sem precisar vê-la. Gostaria, porém, de ter estado presente quando Maurice Seton morreu.

"E isso me faz lembrar a última explicação de todas. Por que não me contentei em deixar seu corpo em Londres, um punhado de carne e roupas em uma sarjeta de Paddington? O motivo é simples. Nós tínhamos que decepar suas mãos. Aquelas mãos incriminatórias, com os nós dos dedos esfolados até o osso nos pontos em que ele as havia usado para esmurrar a tampa do caixão."

A voz havia terminado seu relato. A fita ainda continuou a rodar por alguns segundos. Então Reckless se inclinou para a frente e fez parar o gravador. Sem dizer nada, curvou-se para tirá-lo da tomada. Jane Dalgliesh se levantou da cadeira e, depois de murmurar alguma coisa para Latham, saiu da sala na direção da cozinha. Quase na mesma hora, Dalgliesh ouviu água correndo e os ruídos da tampa de uma chaleira. O que ela estaria fazendo?, perguntou-se. Começando a preparar o almoço? Fazendo um café novo para as visitas? O que sua tia estava pensando? Agora que tudo terminara, será que estava mesmo interessada na comoção de ódio que havia destruído e perturbado tantas vidas, inclusive a sua? Uma coisa era certa. Se ela mais tarde mencionasse Sylvia Kedge, não ficaria remoendo arrependimentos sentimentaloides do tipo: "Ah, se nós tivéssemos sabido! Se tivéssemos podido ajudá-la!". Para Jane Dalgliesh, as pessoas eram como eram e pronto. Tentar fazê-las mudar era tão inútil e presunçoso quanto sentir pena delas. Era a primeira vez que o distanciamento emocional de sua tia o deixava tão abalado; aquilo nunca lhe parecera tão assustador.

Aos poucos, Latham foi relaxando sua pose forçada diante da lareira e deixou-se cair na poltrona vazia. Ele soltou uma risada hesitante.

"Pobre Maurice! Morreu porque escolheu a camisola errada. Ou terá sido porque escolheu o quarto errado?"

Reckless não respondeu. Com cuidado, enrolou o fio do gravador e ajeitou o aparelho debaixo do braço. Virando-se para a porta, disse para Dalgliesh:

"Nós achamos o side-car. Estava a vinte metros do ponto que o senhor marcou. Mais um palpite feliz, senhor Dalgliesh."

Dalgliesh foi capaz de visualizar a cena. A margem da represa tranquila devia estar agradável sob o sol do início da manhã: uma paz verde perturbada apenas pelo ronco distante do tráfego, pelo correr das águas, pelas vozes graves dos homens curvados trabalhando, pelos chiados da lama conforme eles se moviam pelo leito do rio. Então o objeto que eles buscavam havia enfim despontado à superfície, com o mesmo formato de uma gigantesca abóbora listrada, com o casco preto todo enfeitado de plantas e reluzindo conforme as gotas de lama escorriam. Não tinha dúvidas de que o side-car parecera muito pequeno para o grupo de policiais que o puxavam e endireitavam na direção da margem. Mas, afinal de contas, Maurice Seton tinha sido um homem pequeno.

Depois de Reckless sair, Latham disse com um tom belicoso:

"Preciso agradecer a você por ter salvo a minha vida."

"Precisa mesmo? Achei que fosse o contrário. Foi você quem a chutou para fora do telhado."

A resposta foi curta, defensiva.

"Foi um acidente. Eu não tinha a intenção de fazê-la cair."

É claro que não, pensou Dalgliesh. Tinha de ser um acidente. Latham era o último dos homens a ser capaz de viver sabendo que matara uma mulher, mesmo que fosse em legítima defesa. Bem, se era assim que ele preferia recordar o ocorrido, não fazia diferença começar agora ou mais tarde. E que importância tinha tudo isso, afinal? Dalgliesh desejou que Latham fosse embora. Qualquer gratidão que pudesse haver entre os dois era uma noção ridícula e constrangedora, e tanto a sua mente quanto o seu corpo estavam doloridos demais para apreciar uma manhã de conversa fiada. Mas havia uma coisa que ele precisava saber.

"Eu estava me perguntando por que você foi a Tanner's

Cottage ontem à noite", disse ele. "Imagino que tenha visto os dois... Digby e Kedge."

O branco ofuscante dos dois envelopes quadrados apoiados lado a lado sobre a lareira contrastava fortemente com as pedras cinzentas da chaminé. Ele logo teria de abrir a carta de Deborah. Como era ridícula, como era humilhante aquela ânsia de atirá-la no fogo sem ler, como se fosse possível eliminar o passado inteiro com um único gesto decidido. Ele ouviu a voz de Latham:

"É claro que vi. Na primeira noite em que cheguei. Aliás, eu menti em relação ao horário. Cheguei logo depois das seis. Pouco depois disso, fui dar uma volta pelo penhasco e vi duas pessoas mexendo no barco. Reconheci Sylvia, e pensei que o homem fosse Seton, embora não pudesse ter certeza. Estava escuro demais para ver o que eles faziam, mas era evidente que estavam lançando o barco no mar. Não consegui ver qual era o objeto no fundo da embarcação, mas depois adivinhei. Aquilo não me preocupou. No que me diz respeito, era bem feito para Maurice. Como você parece ter adivinhado, Dorothy Seton mandou para mim aquela última carta que ele lhe escreveu. Imagino que estivesse esperando que eu fosse vingá-la. Infelizmente, acho que ela se enganou de homem. Já vi um número excessivo de atores de segunda categoria passarem por bobos nesse papel para querer desempenhá-lo. Não tinha objeção nenhuma em deixar alguma outra pessoa fazer isso mas, quando Digby foi assassinado, pensei que estivesse na hora de descobrir as intenções de Kedge. Celia nos disse que Sylvia estava planejando conversar com Reckless hoje de manhã; então me pareceu prudente falar com ela primeiro."

Naturalmente, de nada adiantaria assinalar que Latham poderia ter salvado a vida de Digby caso houvesse se pronunciado antes. E será que o que ele dizia era mesmo verdade? Os dois assassinos tinham sua história pronta: a aposta com Seton; a experiência que saíra terrivelmente errada; o pânico ao descobrirem que Maurice estava morto; a decisão de decepar as mãos machucadas para tentar disfarçar o crime. Sem uma confissão, teria sido mesmo possível provar que Maurice Seton não morrera de causas naturais?

Dalgliesh segurou a carta de Deborah entre o polegar esquerdo e a palma da mão toda envolta em ataduras, e tentou inserir as pontas dos dedos da mão direita sob a aba do envelope; mas o papel resistente não cedeu. Impaciente, Latham disse:

"Me dê aqui, deixe que eu abro!"

O envelope se abriu sob seus dedos compridos manchados de nicotina. Ele o estendeu para Dalgliesh.

"Pode ler, não se importe comigo."

"Não tem problema", disse Dalgliesh. "Eu sei o que está escrito. Não há pressa." Ao mesmo tempo em que falava, porém, ele já estava desdobrando a folha de papel. A carta tinha apenas oito linhas. Deborah nunca havia sido muito loquaz, nem mesmo nas cartas de amor, mas aquelas derradeiras frases em staccato eram de uma economia brutal. E por que teria sido diferente? O dilema que os acometia era um dilema humano básico. Eles podiam passar uma vida inteira juntos a explorá-lo arduamente, ou então jogar tudo fora em oito linhas. Dalgliesh se pegou contando e tornando a contar as linhas, calculando o número de palavras, reparando com um interesse pouco natural no espaço que as separava, nos detalhes da caligrafia. Deborah havia decidido aceitar o emprego que estavam lhe oferecendo na sucursal norte-americana da empresa. Quando ele recebesse aquela carta, ela já estaria em Nova York. Não podia mais suportar ficar pairando na periferia de sua vida esperando ele tomar uma decisão. Achava pouco provável que os dois um dia fossem tornar a se ver. Era melhor assim, para ambos. Frases convencionais, quase banais. Um adeus sem estilo nem originalidade, sem dignidade, até. E, caso a carta houvesse sido escrita com dor, aquelas linhas seguras não exibiam nenhum sinal disso.

Dalgliesh podia ouvir a voz aguda e arrogante de Latham, que continuava a falar ao fundo: ele dizia alguma coisa sobre uma consulta marcada em um hospital de Ipswich para fazer uma radiografia do crânio, sugeria que Dalgliesh o acompanhasse para que os médicos examinassem sua mão, comentava com desprezo sobre a quantia que Celia teria de pagar aos advogados antes de conseguir pôr as mãos na fortuna de Seton, e tentava mais uma vez, com o mesmo atabalhoamento de uma criança, se justificar pela morte de Sylvia Kedge. Dalgliesh virou as costas para ele e, pegando em cima da lareira a carta que ele próprio havia escrito, pôs os dois envelopes idênticos um por cima do outro e tentou rasgá-los com impaciência. O papel, no entanto, era duro demais, e no final das contas ele foi obrigado a jogar os envelopes inteiros no fogo. Foi preciso muito tempo para queimarem, e cada folha foi se carbonizando e se curvando à medida que a tinta se apagava até, por fim, os seus próprios versos surgirem brilhantes à sua frente, prateados sobre um fundo negro, recusando-se obstinadamente a morrer; ele sequer foi capaz de segurar o atiçador para pulverizá-los em cinzas.

ESTA OBRA FOI COMPOSTA PELO GRUPO DE CRIAÇÃO EM GARAMOND E
IMPRESSA PELA GEOGRÁFICA EM OFSETE SOBRE PAPEL PAPERFECT
DA SUZANO PAPEL E CELULOSE PARA A EDITORA SCHWARCZ
EM JULHO DE 2011